ハヤカワ文庫JA
〈JA855〉

ロミオとロミオは永遠に
〔上〕

恩田　陸

早川書房
5892

ROMEO AND ROMEO FOREVER

by

Riku Onda

2002

Cover Direction & Design 岩郷重力＋Y.S

目次

ロミオとロミオは永遠に

〔上〕

プロローグ　エデンの東

静かな闇が広がっていた。

冷たくねっとりとして、深い闇。太古の昔から変わらぬ、漆黒の夜。じっと見上げていると、身体が暗い宇宙に逆さに落ちていくような錯覚に襲われる。

世界は沈黙している。誰もがぐっすりと眠り込んでいる。星の囁きすら聞こえてきそうだ——俺の心臓の音の方が、よっぽどうるさいに違いない。

少年は、震えるように小さく息を吸い込んだ。

もう一度時間を確認する。何度も時計を見ているから、時刻を把握していないわけではないのだが、平常心を保つための儀式が彼には必要だった。

遅れた割には順調だった。もう忘れよう。

そのことに満足するのと同時に、不安でもあった。うまくいきすぎてはいないか？

これは何かの罠ではないか？

疑うことは、習慣になっていた。うまくいかないことの方が当たり前だった。準備に準備を重ねて辿り着いたここまでの道のりを考えると、一瞬気が遠くなる。

だが、この日のこの時間をおいて「成仏《じょうぶつ》」する機会はない。草も適当に枯れていて、地雷を探しながら進むのには好都合だ。腰まで草が繁る夏場は、とてもじゃないが地雷を探すどころではない。今、自分は千載一遇のチャンスを迎えているのだ。

大丈夫だ。うまくいっているのは、これまでの努力が報われているからで、誰かの陰謀じゃない。自分を信じろ。ここで失敗するわけにはいかないのだ。

震える吐息を放つと、顔が凍りつきそうに冷たいことに気が付いた。

この寒さでは、思った以上に体力の消耗が早い。急がなければ。

「――どうしたの？」

彼の後ろにぴったりと影のように寄り添っていたもう一人の少年が、低く訝《いぶか》しげな声を出したので、彼は、自分が不自然に固まっていたことに気付く。

「なんでもない。行くぞ」

少年は自分を励ますように呟くと、黒光りするゴーグルをかぶった。こめかみの部分のスイッチを入れる。一瞬の沈黙のあと、ブゥーンという鈍い音が頭に響き始めた。

思わずホッとする。ここでゴーグルが使えなかったら、話にならない。

少年は待った。暗く四角い視界の奥に、ぼんやりと何かが形を結び始める。

よし、見える——見えるぞ。これなら大丈夫だ。

狭い視界のあちこちに、うっすらと白く浮かび上がっている影がある。

あれが地雷だ。八〇式対人地雷。ここではプラスチック地雷は使われていないはず。見えている影が、埋められている地雷の全てだ。

少年は、恐怖に強張《こわば》っていた自分の身体の中に、少しずつ力が湧いてくるのを感じた。さすが、この暗視スコープはよく出来ている。電池さえ切れなければ、地雷原を突破できそうだ。地雷は大した密度では埋められていないようだが、油断は禁物である。長年放置されているから、腐食したり、不安定な状態になっているものも多いだろう。なるべく余計な震動を与えないよう、そっと通り過ぎるに限る。

よし、行け。

少年は自分に合図し、軍手を脱ぐと、地面に腹ばいになった。最後は素手の感覚だけが頼りだ。いくら暗視スコープがあるとはいえ、石がごろごろしているから、地雷がその陰になっている可能性もある。優しく地面を撫でて、死のプレゼントが埋められていないかどうか探りながら進むのが、時間は掛かっても一番の近道だった。

掌《てのひら》にざらざらした砂の手触りを感じる。地面の底から、冷気が身体に伝わってくる。

少なくとも、この瞬間、俺はまだ生きている。

そろそろと、しかし潔《いさぎよ》く闇の中に進み出る。ほんの少し地雷原に足を踏み入れただけなのに、空気の温度が違うような気がした。少しずつ、身体を移動させていく。

そっと後ろを振り返ると、少し距離を置いて、もう一人が後ろからついてくるのが確認できた。必ず五メートルくらいは間を空《あ》けてついてくるように、うるさいほど言い聞かせてあった。もし彼が地雷に引っかかっても、巻き添えにならないようにだ。しかし、あまり離れると、彼の通ったあとを辿ってこれなくなってしまう。なにしろ、こんな闇の中だ。少し離れるとたちまち姿を見失ってしまうので、ついてくる方も目を凝らし、置いてきぼりを食わないように用心しなければならない。かといって、明かりを点《つ》けるなんて論外だった。ここでは、蛍の光でも見張りの注意を引くのにじゅうぶんだった。あいつらの注意を引いたらおしまいだ。目敏《めざと》く、疑い深く、執念深く、情け容赦ない攻撃を加えてくる。

自分の呼吸と心臓の鼓動とが、重なり合ってリズムを刻むのを聞きながら、少年は慎重に進んでいった。たちまち、膝と背中がずきずきと痛み始める。ずっと窮屈な体勢でここまで来たのだから、当然だ。酷使された筋肉が抗議の悲鳴を上げるが、彼は無視した。

ここまでの長く苦しい道のりを考えたら、このくらい、なんだ。あと二時間も掛からないじゃないか。ここさえ通り抜ければ、新しい未来が待っているのだ。少年は自分を叱咤激励した。

こめかみにどっと汗が吹き出してきた。

よくない傾向だ、と身体のどこかで危険信号を感じる。あまりにも長時間、極度の緊張状態に晒《さら》されてきたために、徐々に注意力が散漫になってきているのだ。今、自分の精神はかぼそい糸一本で世界に繋ぎ止められている。時折ふっと意識が遠のき、全てを放り出して大声で笑い出したいという衝動が、ぽっと顔を出しそうになる。

少し休んだ方がいいのかもしれない。五分でも、三分でもいい。息を整えれば、あるいは——しかし、それはできない相談だった。早く辿り着きたい、ここから一刻も早く抜け出したいという強迫観念にも似た切望が、彼の動きを止めることを許さなかった。休んでなどいられない。肉体も精神も、とっくに疲労の限界を超えてしまっている。いったん振り切れてしまった針は、もはや正常値など指すことはできない。今動くのを止めたら、全身がバラバラになって崩れ落ちてしまいそうだ。一瞬でも動きを止めたら、俺は積もりに積もった疲労と痛みを自覚してしまう。感じてしまう。押しつぶされてしまう。進め、何も考えるな、反射だけに身を委ねろ、考えるな、進むしかないのだ、進むしか——

突然、ピッ、という能天気で耳障りな音がした。

目の前が真っ白になる。

少年はぎょっとして、感電でもしたようにその場に固まった。

なんだ？　何が起きた？

深呼吸をして、大きく、力を込めて瞬きをすると、ずっと見ていた暗闇の中の画面が戻ってきた。

思わず安堵の溜息を漏らす。彼は額の汗を拭った。

駄目だ、頭がいかれてる。ここ数日、ほとんど眠っていないから、いい加減頭の中がオーバーヒートして、そろそろ焼き切れようとしているのだ。

「――大丈夫？」

後ろの方から、心細そうな声が聞こえてきた。

すっかり忘れていたが、ちゃんと付いてきているようだ。少年はホッとして、ちょっとだけ後ろを振り返ってみせた。

「大丈夫さ。いよいよ後半だ。油断するなよ」

それは、自分に言った言葉でもあった。

少年は顔のゴーグルの位置を直した。溜まっていた汗がだらだらと頬を伝う。その汗を拭い、彼は気持ちを引き締めて前方に目を凝らした。

全身がハッとする。

一瞬、自分を取り巻く世界が押し広げられたような感覚があった。

あれは。

遙か前方に、黒い塊《かたまり》が見えた。目の錯覚だろうか？　いや、あれは、間違いない。確かにあれは——森だ。「外れの森」だ。思ったよりも距離を稼いでいたらしい。最短ルートを進んでこられたのだ。すると、つまり、あの森の向こうには——

「おい、森が見えるぞ。あともう少しだ」

抑えようとしても、思わず声が弾んだ。一瞬にして眠気が吹き飛び、興奮がアドレナリンを呼び覚ました。頭の中が晴れ渡ったかのような爽快感。ほんの少し前までは耐え難かった掌の痛みすら、頼もしく感じられる。再び、リズミカルな呼吸と心臓の鼓動とが、明るく頭の中に響き始める。さあ、確実に出口は迫っている。身体を少しずつ動かすだけでいい。二十センチ。また二十センチ。膝を機械的に前に動かす。ああ、本当に、本当に、出口はすぐそこまで来ているのだ。何も考えずに、腕を動かすだけでいい。右。左。右。左。右。左。右——

歓喜と興奮に満たされていた彼の頭の中に、突然バチッという火花が散った。

画像が陽炎《かげろう》のようにゆらりと歪む。

うん？

歓喜に水を注《さ》され、少年は動きを止めた。

沈黙。

次の瞬間、ガーッという金属音が脳味噌じゅうに轟いた。

反射的に身体を反《そ》らし、小さな悲鳴を上げる。

なんだ、今のは？

しかし、続けて目の前にたくさんの火花が散り、画像が乱れた。真っ白な画面に、稲妻のような光が乱舞する。

「うわっ」

顔に着けているのだから、ひとたまりもない。

少年は、思わずゴーグルを両手で押さえて身体を起こしてしまった。膝をついて、頭を振り回す。画像の乱れは止まらない。激しい点滅、乱舞する光、脳味噌に突き刺さったまま、ぐちゃぐちゃにかき混ぜようとする金属音。頭の奥まで針を差し込まれたような苦痛に、少年はゴーグルを外そうと暴れた。しかし、パニックに陥っているので、なかなかゴーグルを外すことができない。あまりの苦痛に、脳が手に命令を下すことができないのだ。頭がきりきりと痛む。脳味噌だけ、どこかに散ってしまったかのようだ。これまでの道のりや、今自分がどこにいるのかも忘れ、少年は暴れた。頭の中が真っ白になる。方向感覚を失う。世界がぐるぐると回っている。上下左右、東西南北。どこが前で、どこが後ろだ？　なんでこのゴーグルは外れてくれないんだ？

少年はよろけて身体のバランスを崩す。どこが空で、どこが地面だ？　足はどこにある？　俺の頭は？　俺は、立ち上がろうとしているのか、倒れようとしているのか？　どこだ？　地面はどこだ？　本能がバランスを取ろうとして、不自然なほど大きく一歩、前に足が踏み出された。足の裏が思い切り地面を踏む。靴の裏に何か堅いものの感触。カチリという澄んだ音。

世界が静止し、次の瞬間、沈黙から目覚めた。

閃光。

爆音が闇を切り裂き、爆風が夜の荒野を渡っていく。

光と白い煙は、遠いところからもよく見えた。

再び静寂が訪れ、それらの余韻がゆっくりと闇に散っていこうとした時、空から、何か生温かいものがパラパラと静かに降り注ぎ始めた。

第一章　ショウほど素敵な商売はない

横浜からの道は、埃っぽかった。

雨模様ならば少しは砂が押さえられたのだろうが、今のところ雨の降る気配はない。かといって、彼らの門出を祝福するような晴天が広がっているわけでもなく、カーキ色の幌《ほろ》の隙間から見える空は、不安を掻き立てるような濁った灰色がどこまでも続いている。

幌の中は、目を凝らしてやっと互いの姿が見えるほどの薄暗さだ。

横浜駅で四つのチームに振り分けられ、四台の幌付きトラックにそれぞれ二十人ほどの少年たちが積み込まれてから、既に二時間ほど経っている。しかし、少年たちは誰一人として口をきこうとしない。もっとも、口をきいたところで、トラックの震動と幌がはためく音で、言葉など聞き取れないだろうが。膝を抱え、ごつごつした床板に尻を置いていると、悪路の震動がもろに伝わってきて、とてもじゃないが快適な乗り心地とはいえない。なのに、ほとんどの者はぐったりとして震動に身を委ねているし、中にはぐっすり眠り込んでいる者もいる。無理もない、ここにいる少年たちは、横浜に辿り着くまでにエネルギーを使い果たし、疲労困憊《こんぱい》しているのだ。

だが、その中でアキラは、一人好奇心に満ちた目を見開いて、幌の隙間から吹き込む早春の風を頬に受け止めていた。風はまだ冷たい。

本当は、ここで眠っておいたほうがよいのだろう。だが、疲労を押しのけて身体の奥から滲み出てくるざわざわした予感の熱っぽさに、アキラはどうしても眠ることができなかったのだ。それに、彼の隣に座っている、一番最後にトラックに乗り込んできた少年が気になって、密かにずっと盗み見ていたというのもある。

その少年は、ひどく落ち着いていた。みんなが追い立てられてよろよろとトラックに転がり込んできたのに、最後に入ってきた彼は、まるで湖でボートに乗り込むみたいに、ひらりと優雅に飛び乗ってきたのだ。色白で、さらさらした茶色の髪の彼を見て、アキラは一瞬、女が入ってきたのかと思った。それほど、彼は華奢《きゃしゃ》で端整な容姿だったのだ。

彼は一番外に近いところにすとんと腰を降ろし、ずっと外に目を向けたままだ。その顔に、疲労の色が全く見えないのが驚きだった。

近いところから来たのだろうか？　中部地区とか、東海地区とか。しかし、距離が短ければ短いほど、ハンディは大きいはずだ。あの「弁当箱」と恐れられている金属製の重いリュックを背負わされるよりは、遠くから歩いた方がいいと、わざわざ親戚のいる中国地区からエントリーした奴もいると聞く。

「あっ」

密かに見ていた横顔が、突然小さく叫んで身を乗り出した。

「どうした？」

アキラは思わず声を掛ける。

「モンシロチョウ」

あっけに取られて、少年が指差すところに目をやる。

がらんとした荒涼たる平野を貫く殺風景な道端に、確かにひらひらした白い蝶がもつれあって舞っているのが見えた。二人は幌の隙間に顔を並べて蝶の姿を目で追ったが、たちまち白い点となって遠ざかっていく。

「春だなー」

アキラがのんびり呟くと、少年は面白がるような顔をしてアキラを見た。

「世間一般ではね。誰？」

少年は、聡明そうな瞳でアキラに尋ねた。

「カナザワアキラ。おまえは？」

「アカシシゲルだ」

互いの耳元に口を付けて、叫ぶように会話を交わす。

「京阪神地区からのエントリーか？　それともあそこは中国地区？」

「いや、俺は北海道地区からのエントリーだ」

「北海道！」

アキラは絶句した。とてもそんなふうには見えない。

先祖の出身地は苗字を聞けば分かるが、まさか北海道からとは。

改めてアキラはシゲルの華奢な身体を見た。

再開拓事業団の初期メンバーの子孫だろうか。北海道地区からのエントリーは最も過酷だと言われている。ただでさえ屈強なメンバーの多い中から地区予選で勝ち上がり、更に厳寒の津軽海峡を泳ぐか手製の機械で渡るかしなければならない。本土に上陸しても、それから雪の深い奥羽ルートを南下してくるのが一苦労だ。今年は例年よりも雪が深く悪天候が続いたために、北海道地区からの受験者のうち、早々に三分の二が脱落したとニュースでは伝えていた。

文部省回収部隊ノ出動回数ハ、例年ノ三倍ヲ超エテイマス。横浜到達人数ハ八名ト少ナイデスガ、粒揃イノ北海道地区デモ今年ハ更ニヨリスグリノめんばーガ期待サレマス。ゼヒ栄光ノ卒業総代目指シテ、我ガ北海道ノ代表トシテ、皆サンガンバッテクダサイ。ココマデノ提供ハ、新世紀北海道再開拓事業団デシタ。

はーい、全国民の皆さんお待ちかね、今年もご入学シーズンがついにやってまいりました。あるある、ここに僕たちが独自に入手した、全国八九一名の顔写真付き受験者リストが。ああ、聞いているみんなにも見せてあげたいねえ。こうして見ていると、熱戦への期待で全身がゾクゾクしてくるね。果たして今年は、このうち何名が横浜まで辿り着けるんだろう？　うわっ、すごい、こいつはまた美形だ。どこのエントリーだろう？　嘘だろ、なんとなんと、北海道地区だ。信じられないよ、今ではすっかり住民の減ってしまった北海道地区から、こんな前世紀アイドルみたいなのが出てくるなんて。いやあ、こいつは楽しみだ、こいつは期待のスーパー・ノヴァだ。なあ二十八番、君のことだぜ！　早速決まった、僕の今年の一押しは、この二十八番だね。頑張ってくれよ、これだけ期待させといて、早々に脱落しちゃうっていうのだけはなしだぜ！

アキラの記憶に、全国民放送のアナウンサーやＤＪの声がパッと蘇った。

「おまえ、ひょっとして、二十八番の奴か？」

シゲルは怪訝《けげん》そうな顔をした。

「なんで知ってるんだ？」

「ラジオ聞いてなかったのか」

「うん。気が散るからな。天候が悪くて、受信状態もあまりよくなかったし。天気予報と、受験中間速報しか聞かなかった」

「信じられん」

アキラはまじまじと目の前の少年を見た。

今や受験産業は巨大化しており、入学試験期間の熾烈《しれつ》な情報戦は常識だ。禁止されているナビゲーション・システムを密かに使っている受験生もいると噂されている。文部省は摘発に躍起になっているが、年々手段は巧妙になってきているので、受験生との戦いは泥沼のいたちごっこと化していた。

二十八番は、今年の受験生の間では伝説的な存在だった。人気ＤＪの宣伝もあって、早くから全国の女の子の人気の的となり、多くの熱狂的な声援が寄せられたが、人気があったのみならず、二十八番は近年にない悪条件の中を、ぶっちぎりの早さで横浜に辿り着いたのである。その早さは、何か不正行為か新手のシステムを使用したのではないかという疑いを招いたほどだったが、試験後の厳しい検査も全部パスして、歴代のレコードを全て塗り替えるという栄誉を得た。

それが、目の前にいるこの華奢な少年だとは。

「ふうん。分からないもんだなあ」

「おまえはラジオ聞いてたのか」

「うん。でも俺は無精な性格だから、変な海賊局のマニアックな受験情報聞くのも面倒くさいし、気晴らしに実況放送聞く程度だったけど。おまえ、女の子に大人気だったんだぞ。現物を見てたら、もっと人気出ただろうなー」

「馬鹿らしい」

シゲルは軽蔑したような顔になると、一言で片付けた。アキラは気を悪くする様子もなく、ひたすら感心している。

「しかし、凄いなあ。あの奥羽ルートを六日間で踏破するなんて、信じられないよ。今年は雪も深かったんだろう？　危うく凍死者が出るところだったって聞いたよ」

「うん。でも、逆にこの季節なのに新雪が多かったから助かった。疲れたら、いつでも雪を掘れたからね。吹きっさらしでがちがちに凍った根雪の上を、休憩場所を探してうろうろするよりはずっとましだったよ」

正直言って、アキラは少し疑っていた。こんな体力のなさそうな少年が、最短距離で踏破できたのは、何かうまいトリックがあったのではないか、と。しかし、その淡々とした返事を聞いた瞬間、この少年は嘘をついていないと確信した。紛《まぎ》れもなく、彼は本物の勝者であると。

なぜか、シゲルも瞬時にそのことを感じ取ったようだった。アキラが彼のことを本物だと信じたことを。

その時、何か閃光のようなものが走った。

突然、シゲルがパッと手で何かを払ったのである。

アキラは目をぱちくりさせた。何が起きたのか気付かないほどの、短い時間の出来事だった。が、シゲルの見せた変化は劇的だった。それまでの静かな表情は消えうせ、ぞっとするほどの殺気が全身に張《みなぎ》っている。なんという反応の素早さだろう。この細い身体に、強靭なバネと反射神経が収まっているのだ。

シゲルの足元に、曲がった釘が落ちている。これをシゲルは叩き落としたのだ。シゲルの目は、暗い殺気を滲ませて荷台の奥の一点を見つめている。

シゲルの顔を見ていたアキラも緊張した。彼が見ているものを見定めようと、そっと身体の向きを変える。

揺れる荷台の薄暗い闇の奥で、ゆらりと誰かが身体を起こした。

どうやら、シゲルに釘を投げたのはそいつらしい。

「――ふうん。どうやらちっとは動けるみたいじゃねえか」

嫌な声だ。

アキラは、その声を聞いて、なんともいえない不愉快な気分になった。この世の悪意と猜疑心《さいぎしん》を固めたみたいな声だと思った。

「お陰様で。おまえみたいに図体がでかくないから、小回りが利くんだよ」

シゲルの声も負けず劣らずだったのに驚いた。思わず聞く者をカッとさせてしまうような挑発に満ちている。案の定、暗闇の中の相手もムッとしたらしかった。

「なあ」

不穏な怒りを孕《はら》んだ声が動いた。

「こっそり俺にだけ教えてくれよ。いったいどんなうまい手を使って、ここまで辿り着いたんだ？　誰か、そういうのが好きなエロ親父をたらしこんだんだろ？　文部省関係者か？　それとも、学校幹部？　その生っちろい尻を何回使ったら、ここまで来られるんだ？」

声が少しずつ大きくなってきた。ゆっくりこちらに近寄ってきているのだ。

現れた少年――少年と呼ぶにはあまりにも成長しすぎているし、あまりにも刹那《せつな》的な人生観を漂わせていたが――は、一目見るだに、こちらの戦闘意欲を喪失させてしまうような風貌だった。

たまんねえな。いったいどんな飯を食ったらここまで成長するんだよ。

アキラは思わず苦笑してしまった。

大柄、という言葉は控えめな表現である。鍛え上げられた鋼《はがね》のような巨体は、並外れた筋力を誇示していた。太い首には面長《おもなが》の顔が乗っかっていて、いかにも酷薄そうな鋭い目が埋まっている。しかも、よく見ると、左の目の上には古い大きな傷があり、そちらの目は一重まぶたなのに、もう片方の目は二重だった。短い灰色の髪、歪んだ耳。顔立ちは日本人と思えないほど彫りが深く整っているのだが、皮肉なことに、そのことが彼の不気味さ、異様さに拍車をかけていた。

シゲルは相手の風貌に威圧された様子もなく、にっこりと笑った。

「特別に教えてやろうか。口笛を吹きながらスキップしてきたのさ」

アキラは、その人を食った答にひやりとしつつも感心した。

さすが、ぶっちぎりの新入生だけあるぜ。いい度胸だ。

大柄な少年は笑った。怒りがぶち切れたことを示す、不吉な笑いだった。

衝突の予感に、狭い空間の緊張が沸騰する。

「やあやあやあ、はじめまして、俺、カナザワアキラ。おまえは？」

突然、アキラがシゲルの前に立ちはだかり、能天気な声で挨拶すると、その少年に向かって右手を差し出した。

出鼻をくじかれた少年は、場違いなものでも見るようにアキラの顔を覗き込む。

シゲルも、あっけに取られた顔で自分の前に飛び出してきたアキラを見ている。

「なんだ、おまえは」

「着く前に余計なエネルギー使うの、よそうぜ。せっかくみんな苦労してここまで辿り着いたのにさあ」

「変な奴だな。一人でも強い奴は減らしといた方が、自分のためなんだぜ」

「そうかなあ。まだ先は長いんだからさ、体力は温存しとこうよ」

「甘いな」

「名前くらい教えてくれたっていいじゃんか、ケチ」

「まあな。これから一緒に学ぶ仲間だもんなあ」

「そうだよ」

アキラが頷くと、少年は薄笑いを浮かべながらアキラの手をがっしり握った。

「リュウガサキシンジだ。よろしくな」

太い腕にぐっと青い血管が浮かぶ。

「アキラ！」

少年がアキラの腕をへし折ろうとしているのに気付いたシゲルが、鋭く叫んで飛び出そうとした。が、自分が目にしているものに気付き、ぽかんとした表情になる。

灰色の髪の巨体が宙に浮いていた。

次の瞬間、その巨体が地響きを立てて床に叩きつけられ、丸太みたいな足が寝ていた誰かにぶつかった。悲鳴が上がり、少年たちがそこここでごそごそと起き上がる。いったい何事かと、寝ぼけまなこできょろきょろ辺りを見回している者もいる。

リュウガサキは、自分の身体に何が起きたのか分からない様子で、腕を押さえて床の上からアキラを見上げた。その顔には、信じられないという表情が浮かんでいる。彼がアキラの腕をねじり上げるよりも先に、アキラが彼の腕を引き、肘の急所を押さえて投げ飛ばしたのだ。つまり、この決して体格的に恵まれていない少年の腕力が、自分と互角以上であり、しかも長年特殊な格闘技で鍛えていることに気付いたのである。

アキラは、困ったような顔でがりがりと頭を掻いた。

「――ったく、入学前から無駄な体力を使わせやがって」

すとんとシゲルの隣に座り込む。シゲルは、まだ驚嘆覚めやらぬ青ざめた顔で、アキラの顔をしげしげと見た。

「今のはなんだ？　柔道か？　それとも合気道？」

「さあね。まぐれさ」

アキラはとぼけた。

「ちっ。覚えとくぜ、アキラ」

リュウガサキは苦々しい表情でペッと唾を吐き出し、のっそりと起き上がった。

「そっちの二十八番の方も、これからは背中に気を付けるんだな。この次もママが守ってくれるとは限らないからな」

捨て台詞を残し、のそのそと奥に引っ込む。何でもない様子を装っていたが、腕を押さえたままのところを見ると、まだ相当痺れているらしい。

アキラは溜息をついて、シゲルをちょっとだけ恨めしそうに睨んだ。

「おまえもさあ、そんな綺麗な顔して、あんな体力馬鹿挑発するんじゃないよ。ああいうタイプは執念深いぜ。せっかく受かったのに、命が幾つあっても足りやしないよ」

シゲルは決まり悪そうな表情になる。

「ああいう奴、我慢できないんだ。俺の顔を見るなり、親の仇《かたき》みたいに敵意を剥き出しにしてくる。いつも同じ顔だ。いったい俺が何をしたっていうんだよ」

羞恥と嫌悪を滲ませて、シゲルはぷいと顔を背《そむ》ける。

無理もない、とアキラは思った。

確かにこれだけ目立つ容貌を持っていれば、理由もなく反感を抱く男は多いだろう。見かけによらぬ過剰に攻撃的な態度も、周囲の妬《ねた》みや偏見と戦ってきた結果の産物なのだ。

察するところ、これまでもさんざん嫌な目に遭ってきたらしい。

「――君たち、着く前からトラブルなんか起こしちゃ駄目だよ。『新宿』クラスに入れられたらどうするんだ」

二人の隣で寝ていた小柄な少年が、むくりと身体を起こして囁いた。

「起こしちまったか。ごめんな」

アキラが片手を上げて謝る。少年は、しげしげとアキラとシゲルを観察している。

「いいんだ。僕は自転車で来たから、みんなほど疲れてない」

「へえっ、おまえ『自転車組』か」

アキラは感心したように目の前の少年を見た。まだ中学一年といっても通りそうな幼さだが、目には優秀な頭脳を示唆する鋭さが感じられる。よほど成績優秀か、ずば抜けた特殊技能がない限り、自転車で横浜を目指すことは許されないのだ。いわば、「自転車組」は推薦入学に近いのである。

「君、赤本読んでないの？　『傾向と対策』は？」

「はあ？　なんだそれ」

「僕はノシロヒロシ」

「よろしくな。なんだい、『新宿』クラスって」

「聞いたことはある。一番成績下位のクラスだろ」

　シゲルが膝の上で頬杖を突いて答えた。

　ヒロシは冷たく鼻で笑う。

「そんなもんじゃないよ、成績とは別の次元だ。『新宿』クラスに入れられたが最後、ものすごいペナルティが付くんだから。まず二度とそこから這い上がれないし、進級もままならない。『新宿』は問題を起こした生徒が入れられるクラスで、他のクラスとは隔離されている。教師に逆らったり、一番の重罪である脱走を試みた札付きの生徒が入れられるところさ」

「脱走？　まさか。そんなことする奴いるのか？」

　アキラは驚きの声を上げた。周囲の期待を背負っての、血と汗と涙の結晶である、憧れの入学だ。入りたがる奴はいても、逃げたがる奴がいるなんて信じられない。

ヒロシは頷いた。

「校内にそういう宗派があるらしい。学校から脱走することによって、この世の全てから解脱《げだつ》できる、というような」

「あほらし」

「いや、結構根強い宗派らしいよ。うちの田舎の出身者にも、昔かぶれた奴がいたみたいだから」

シゲルが横から口を挟んだ。ヒロシはしたり顔で大きく頷く。

「新入生は、新興宗教に気を付けないとね。君らも、変に親切にしてくる上級生とか、用心した方がいいぜ」

その時、それまで一度もスピードを落とすことなく走ってきたトラックが、がくんと大きく急ブレーキを掛けた。少年たちは、不意を突かれて折り重なるようにつんのめった。

「ぎゃっ」「いてえ」「どけよ」

悲鳴と怒号がそこここで上がる。

くぐもった耳障りな音が暫《しばら》く続いたのち、トラックはついに止まった。

だだっぴろい不機嫌な灰色の空の下、少年たちはトラックから引きずり出され、整列させられた。

そこは、小さな広場だった。広場を囲むように大きな鉄の塀が延びており、中央には巨大な門がぴたりと閉ざされたまま聳《そび》え立っていた。門の両脇には高い見張り塔があって、銃を抱え背広を着た男たちが無表情に窓から姿を覗かせている。

歳月を感じさせる鉄の塀の向こうには、巨大な空間が感じられた。

鋼鉄の壁にぶつかっては跳ね返る風が、遙か彼方までびろびろと吹き渡っていくのが目に見えるようだ。その荒涼とした音を聞いていると、じわりと背中に不安が這い登ってくる。

とんでもないところにやってきてしまった、と、誰もが心の中で無意識のうちに呟いていた。冷たい風がシャツを刺し、骨に染み入るほどの寒さに震え上がりそうなのに、そのくせ全身にうっすらと汗をかいている。果たしてここに来たことは正解だったのか？　横浜に辿り着いた時の安堵と歓喜は間違いだったのか？

少年たちの間に、さざなみのような不安が広がり始め、徐々に大きく共鳴し始めた。いったい自分たちを何が待ち受けているのだ？　この門の奥にあるものはいったい何だ？

アキラは、あまりの息詰まるような緊張に耐えかね、小さく溜息をつくと周囲を見回した。

彼らを囲んで立っている文部省の職員は、微動だにせずに、じっと空を見上げている。

アキラは、職員たちも、自分たちに負けず劣らずひどく緊張していることに気が付いた。

むしろ、彼らの恐怖が、自分たちに伝染しているものらしい。

こいつらも、何かを待っているのだ。極度の緊張を強いられるような、何か恐るべきものを。

やがて、アキラは、かすかに空気の震えを感じた。

思わず空を見上げる。その震動音は、上の方から聞こえてくるような気がしたからだ。

隣にいたシゲルも、ハッとしたように顔を上げた。

明らかに、音はだんだん大きくなってくる。少しずつこちらに近付いてきているのだ。

他の少年たちもざわざわと騒ぎ始めた。誰もが空を仰ぎ、音の正体を見極めようと背伸びをしている。

最初は、三つの黒い点だった。

それが、徐々に大きくなってきて、大きな黄色の点と、小さな緑の点二つに変わった。

更に近付いてくると、それは手摺《てすり》の付いた乗り物で、中に数人の人間が乗っていることが分かった。

前世紀に流行《はや》った、未確認飛行物体教団の曼荼羅《まんだら》のようだ。かつて、自分にはそれが見えると、アメリカを中心に普及した宗教らしい。

しまいには、三つの轟音をとどろかせて、三台の円盤が広場の上空にやってきた。少年たちが見守っている空中の一点に止まり、スーッと垂直に広場に降りてくる。大きな黄色い円盤が、門の真ん中の真ん前に着陸した。透明な天井が中央で割れて開き、白衣を着た寸詰まりの男と、後ろにぴったりと寄り添う、銃を持ったボディガードらしき男二人が地面に降り立った。

その男を目にした印象を、どう説明すればいいのだろう。

アキラは、そのあまりにも異様な印象を、自分の中で言葉にするのに戸惑っていた。どうやら、周りにいる少年たちもそうらしい。そして、自分たちを囲むように立っている文部省の連中も、その男に畏怖《いふ》を抱いている。

その男がそこに立っているだけで、広場全体が、彼の持つ異様な雰囲気に飲み込まれてしまったような気がした。

この男は、何かが間違っている。どこがどうおかしいというのではないのだが、この男の世界の中心は、変なふうにねじれて歪んでしまっているのだ。この男を見ていると、燃えていったん溶けてからもう一度固まった、不透明なガラスの塊を覗き込んでいるようなもどかしい気分になる。

男は小柄だった——上から押し潰したような、小太りで不健康な体型だった。汚れた白衣はよれよれで、ところどころに点々と染みが付いている。それが、乾いた血糊のように見えるのは目の錯覚だろうか？

天然パーマらしき量の多い髪の毛は、思い思いの方向を向いていて、ちっともまとまっていなかった。まるで、頭が爆発したみたいだ。そして、その下に、青白い、神経質そうな顔があった。眉も目もくっきりしていて、黒縁の丸い眼鏡を掛けている。レンズは厚く、少し色が入っているため、表情の変化は読み取りにくい。

彼は今、笑っている——強いて言えば、にこやかな表情だと表現することもできるのだが、その笑顔は不気味だった。今にも崩壊しそうな予感に満ちた、強張った笑顔なのだ。その緊張感は、彼の全身についてもいえる。針で突いたら破裂しそうな灰色の風船。しかも、中には、強烈な毒を含んだ汚い何かがいっぱい詰まっている、ぶよぶよした風船。

そこに立っている男は、まさにそれだった。

「**みんな、ご入学、おめでとう！**」

唐突に、男は叫んだ。少年たちは、一様にビクッと身体を震わせた。

なんとも調子っぱずれで甲高く、生理的嫌悪を感じさせる気味の悪い声である。

「はーっはっはあ。僕はねえ、この日が一年で一番好きさ。君たちが来るのを指折り数えて楽しみにしてたんだよ。なにしろ、可愛い新入生たちだからねえ。あっ、このクルマ、いかすだろう？　これがイエローキャブ。そっちはグリーンキャブだ。ま、前世紀の言葉で言えば、これが大型タクシー、そっちが小型タクシーってとこかな？　見かけはキュートだけど、中身は高性能さ。でも、君たちが真面目な生活を送っていれば、全く縁のないシロモノさ。はっはあ。おっと、自己紹介を忘れてた。僕は、生活指導のタダノだ。誰よりも君たちを愛している。この学園の生徒たちはみんな、僕の愛する子供なんだよ。おっと、僕と同じぐらい、いや、もっと君たちを愛している人がいるな。校長先生さ。校長先生は、中で君たちを待っている。まだ君たちは、入学準備が完了していないからね。伝統の学生服をきちんと身につけて初めて、校長先生は君たちにお会いになる。君たちは期待の星だ。国の宝なんだ。だいたい、外の奴らは、君たちの親や先生どもは、まるで分かってない。君たちがどんなに苦労して己と戦い、この栄《は》える入学を勝ち取ったかってことをさ。君たちはまさに勝者であり、勇者なんだ。正真正銘のエリートなんだ。そのエリートの君たちが、更に崇高な卒業総代を目指して、これからの日々を、全力を尽くして戦う。なんて美しいんだろう。なんて素晴らしいことなんだろう」

アキラは、全身に鳥肌が立った。

こいつはもう、完全にイッちゃってるぜ。

この、ハイテンションの、熱に浮かされたような声はどうだ。一人で喋っているうちに興奮してきたらしく、額には汗が浮かび、頬を紅潮させ、握ったこぶしがブルブル震えている。今にも泣き出してしまうんじゃないかと思うくらいだ。

それにしても、この男の放つ凄まじいエネルギーはどこから出てくるのだろう。広場にいる全員が、彼の放つ毒を帯びた熱にさらされ、蒸し焼きになってしまいそうだ。

アキラは当惑して、チラッと隣のシゲルを見た。シゲルも辟易《へきえき》しているらしく、アキラの視線に気付いて、小さく肩をすくめてみせる。

「いや、もうこんなごたくはどうだっていい。さあ、今ここに紹介しよう。これが君たちを待っている大東京学園だ！」

タダノは更に甲高い声を張り上げ、感極まった表情で万歳をするように手を挙げた。

突然、ゴーッという地響きがした。みんなが動揺し、ざわざわする。

それは、巨大な鋼鉄の門が動き始める音だった。重いモーター音を響かせて、ゆっくりと門が左右に開き始める。その隙間から、遠くうっすらと黒い影が見えた。

少年たちの間に、興奮のどよめきが湧き起こった。

「あれが」

アキラは思わず呟いた。

最初に目に入ったのは、幅の広い舗装された道路だった。

道路は定規で測ったかのようにまっすぐ正面に延びていた。

そして、すぐに、その道路が、遠くに隔てられたある場所への橋になっていることに気付いた。

その隔てられた場所に視線を移して、見えてくるものは――

空に浮かぶ城のようだ。

道路の先にある灰色の空に、黒いデコレーションケーキのようなシルエットがぼんやり浮かんでいる。まず、絵葉書でおなじみの三点セットが真っ先に目に入った。真正面にある、階段状の屋根を中央に戴《いただ》いた横長の建物は国会議事堂講堂だ。そのすぐ後ろに見えるのは、大東京タワー。少し離れたところに見えるのは、丸い大観覧車だ。この三つが、友情・努力・勝利を表す大東京学園の三大シンボルと言われている。この三つは、前世紀のティーンエイジャーが信仰するスローガンだったというのが、その根拠らしい。

三点セットの建物を囲み、低い建物がいろいろ並んでいるのが学園の施設らしいが、そちらは学園を囲む切り立った崖を縁取る黒い森に遮《さえぎ》られてよく見ることはできない。

切り立った崖の一箇所に、白い滝が見えた。水量は多く、どこからあれだけの水が流れてくるのだろうかとアキラは思った。崖は要塞のようで垂直に近く、この場所からでは底の方は全く見えない。かなりの深さがあるようだ。

まさに陸の孤島。これからあの場所が、三年間の世界の全てになるのだ。

アキラはその巨大で異様な風景に圧倒された。あそこに自分が今から入ってゆき、あの中で暮らすことになるというのがまだ信じられなかった。

少年たちのどよめきは一段と大きくなった。誰もが自分と同じような不安と期待と興奮とを味わっているのだろう。

ぱあっと道路の両側に、滑走路のような明かりが点いたので、ひときわ大きな歓声が上がった。あかあかと点いた二列の明かりは、未来への花道に見えたのだ。

「さあ。準備はいいかい？　それではみんな、この『中央フリーウェイ』を」

興奮したタダノが絶叫し始めた時、突如、無粋なエンジン音が聞こえ、道路の向こうから二台のトラックがこちらに向かってくるのが見えた。タダノや他の職員たちが、怪訝そうな顔でトラックに目をやる。

「なんだ、あれは。この時間は生徒たちの『入学への助走』だから、車輛通行はするなとさんざん言っておいたはずだが」

タダノが打って変わった神経質な声で呟き、後ろにいた職員を恐ろしい形相で振り向いた。睨みつけられた職員は、真っ青になって縮み上がる。

職員は、おろおろしながら走ってくるトラックに向かって手を振った。

しかし、トラックはずんずんこちらに近付いてくる。

タダノは目に見えて不機嫌になり、イライラと付近を歩き回り始めた。明らかに、この儀式を中断されたのが気に食わないらしい。職員の慌てふためきようは尋常ではなかった。そのことからも、彼らがこの男をひどく恐れていることが窺《うかが》える。

「止まれ、止まれーっ」

ひきつった声で、背広の職員が大きく手を振ってトラックを止めた。

深く帽子をかぶった運転手が、きょとんとした顔で車を止める。タダノを始め職員たちが行く手を取り囲んでいるのを見ると、窓ガラスを下げて顔を突き出した。

「何か？」

「何か、じゃない。いったい誰の許可を得て、こんな時間に『中央フリーウェイ』を走ってるんだ？」

タダノがとげとげしい声で、必死に怒りを抑えながらも質問する。

「えっ？　総務庁の許可、貰ってますよ。ほら、時間も。十一時二十分から十分間。ね」

運転手は心外だという口調で、手に持ったカードをタダノに示した。

「う。本当だ」

タダノはカードをむしり取ると絶句した。みるみるうちに顔が紅潮していく。

「総務庁め！　何度言ったら分かるんだ、能無しめ。おい、きさまも、遠くから見れば分かるだろう、これから大事な『入学への助走』なんだ。今度こんな邪魔をしたらただじゃおかんぞ。いったいどこの業者だ。今日が何の日かも分かってないなんて」

「すいません、気をつけます、すぐ通りますから」

男はそっけなくお辞儀をすると、窓から顔を引っ込めようとした。

その時、タダノは何かに気付いたようにピタリと動きを止めた。

「待て」

運転手はビクッとした。

タダノはゆっくりと運転手に歩み寄り、顔を覗き込む。

「おまえ、顔を見せろ。帽子を外せ」

運転手は動かない。突如、タダノは彼に飛び掛かると乱暴に帽子をむしりとった。驚いたことに、あどけない坊主頭の少年の顔が現れる。

「あっ！　おまえは！」

「オグラ、先に行け！」

少年は後ろのトラックの運転手に向かって叫ぶと、車を急発進させた。

タダノの罵声《ばせい》が響く。

「またおまえらか、ウツノミヤにオグラ！　**脱走だ！　清掃局を呼べ！**」

急発進した二台のトラックは、広場の少年の列にまっすぐ突っ込んできた。少年たちが悲鳴を上げてバラバラと左右に散る。

けたたましいサイレンが、空を切り裂くようにあちこちで鳴り響き始めた。

アキラのすぐ脇を、トラックがタイヤをきゅるきゅる言わせてカーブした。アキラは慌てて飛びのく。運転席の坊主頭と、ほんの一瞬目が合った。その瞬間、そいつはニャッと不敵に笑い、アキラにウインクした。アキラはあっけに取られる。

二台のトラックは猛スピードで砂埃を上げ、アキラたちが少し前に来た道路を遠ざかっていく。

タダノは怒り狂った様子で「イエローキャブ」に飛び乗ると、猛々《たけだけ》しい砂埃を撒き散らして空に舞い上がった。天井を開けたまま、バズーカ砲を取り出して、凄まじい形相でトラックを狙っている。閃光と発射音がしたかと思うと、ひゅるひゅる音を立てて空を白い放物線が横切っていく。離れたところで爆発音。目標を外し、タダノは大声で何事か罵《ののし》っている。後ろに続いていた「グリーンキャブ」も、トラック目掛けて八つ当たりのようにビシビシ大量の弾を撃ち込み始めた。

「うわー、いきなり大活劇だ」

「うるさくてかなわん」

アキラとシゲルは呆然としたまま、空を見上げて戦いの行方を見守った。

その空の一角、大東京学園の方から黒い塊が来るなと思ったら、それは「グリーンキャブ」の大船団である。丸い円盤が、少年たちの上に影を落としてひゅんひゅんと通過していく。少年たちは、みんなぽかんとした顔で、耳を塞ぎながら空を見上げている。突如目の前で始まった戦闘の展開の速さに、脳味噌が対応しきれないのだ。

「なんか、地面が揺れてないか？」

シゲルがアキラの顔を見て呟いた。

「そういえば」

ズズズと低い地鳴りがした。少年たちが顔を見合わせる。

地面が左右にぐらぐらと揺れた。

「あれを見ろ」

誰かが叫んだ。

何もない荒れ野原だと思っていた地面のあちこちが砂を撒き散らしながらせり上がってきて、その下から青い装甲車が何台も姿を現し始めた。イチョウのマークの脇に、「大東京清掃局」と白いロゴが躍っている。青い鉄兜《てつかぶと》のような平べったい車体の下で、カタカタと唸りを上げてキャタピラが回転している。平原に姿を現した十数台の装甲車は、たちまち猛然とダッシュすると、地面に何本もの轍《わだち》をつけて、逃げるトラックを一斉に追い始めた。

「すげえ」

「大変そうだなあ」

地には巨大な装甲車の群れ、空には「グリーンキャブ」の大船団。たちまちトラックは包囲され、逃げ場を失って追い詰められていく。

遙か彼方で、閃光と爆音が激しく交錯した。

「がんばれ、つかまるな」

思わず、アキラは拳を握ってトラックの方を応援してしまった。

しかし、しばらく間を置いたのち、遠くでバシッという鈍い音を立ててトラックが炎上し、もくもくと黒い煙が灰色の空に立ち昇るのが見えた。

少年たちの間から「あー」「おー」という、賞賛とも慨嘆とも受け取れる複雑な声が上がる。彼らも、どうやらトラックの方を応援していたものらしい。

同時に、しつこく空を埋め続けていた複数のサイレンがピタリと鳴り止んだ。

「ひでえ。難聴になりそうだぜ」

アキラが頭をとんとんと叩きながらそばに立っていたノシロヒロシを見ると、ヒロシは澄ました顔で耳栓を外した。

「赤本読んどけばよかったのに」

アキラは顔をしかめ鼻を鳴らす。

なんという展開。なんというおかしな世界。

やがて、勝ち誇った様子で装甲車がゴトゴトと戻ってきて、再び地の底に消えていっはない。轍の跡が残されている以外に、ほんの数分前のスペクタクル劇を彷彿《ほうふつ》とさせるものはない。

続いて、ひゅるひゅると明るい音を響かせ、円盤の群れが、見事な編隊で上空を帰っていく。

そして、その一番最後に、タダノの乗った「イエローキャブ」が、その下に何かの入った網をぶら下げて近付いてきた。よく見ると、逃げた二台のトラックを運転していた二人の少年が中に入っている。

二人は網の間から、下で彼らを見上げている少年たちに手を振った。

「大東京学園にようこそ！」

あの坊主頭の少年が叫ぶ。

「黙れ！」

タダノがヒステリックに叫び、円盤から身を乗り出して少年に向かって麻痺銃を発射した。少年は、空中で器用に網を揺らしてビームを避ける。

「イエローキャブ」は、網を吊るしたまま、少年たちの前に威圧的に浮かんでいた。

「諸君」

タダノが拡声器を手に持ち、必死に癇癪《かんしゃく》を抑えながら話し始めた。彼の怒りが拡声器で増幅されてこちらに伝わってくるので、ひときわ不気味である。

「済まなかった。いきなり、我が学園の恥部を見せてしまったことを心から謝罪する」

タダノの声は震えていた。逆上寸前の鼻息がスースーと聞こえてくる。

「僕は、今心から恥じ入っている。心の底から自分を情けなく思う。僕の愛が足りないばっかりに、こういう生徒がでてきてしまったのかもしれない。もっと彼らに温かく接することができていれば、彼らをこんな人間にせずに済んだのかもしれない。だが」

キインと金属音が響いた。

「だが、いるんだ！　こういう連中がいるんだ！　こういうダニどもが、我が学園の名誉を失墜させ、学園内の倫理を堕落させるんだ！　こいつらは本当に分かってないんだ、僕がどんなに学園を、生徒たちを愛しているかってことを。新入生諸君、君たちは決してこんなふうに自分を貶《おとし》めてはいけない。自ら自分の価値を地に落とすようなことを絶対にやってはいけない。上を見ろ！　君たちを待つ栄光を、輝ける未来を！　さあ、一緒に叫ぼう、大東京学園に栄えあれ！」

タダノの絶叫が空にこだました。

「諸君、中断して申し訳なかった、気を取り直して今度こそ一緒にスタートしよう。これから君たちのご入学だ。栄光へのスタートラインに立つんだ！　さあ、生徒諸君、橋の上に進みたまえ！」

叫んでいるうちに気分が良くなってきたのか、タダノの声に再び恍惚感が蘇ってきた。

周りに立っていた職員たちが、少年たちを橋の上に追い立てる。少年たちは、顔を見合わせながらも、ぞろぞろと広い橋の上に歩いていった。全員が橋の上に進むと、ガーッと耳障《みみざわ》りな重い音を立てて後ろで門が閉まった。

突然、がくん、と大きな震動と共に橋が揺れた。少年たちは、不意を突かれて悲鳴を上げる。

「うわっ」

集団の最後尾にいた連中が、恐怖に満ちた悲鳴を上げた。

振り返ったアキラはぎょっとした。

「ま、まさか」

そこには、何もなかった。

橋であった部分が、なくなっている。ぽっかりと口を開けた奈落が、暗い谷底へと吸い込まれそうに続いている。

一瞬、何が起きたのか分からなかった。

が、行く手の道路に等間隔に見える割れ目を見て、アキラは突如理解した。

橋が、折り畳まれているのだ。十メートルばかり、道路の裏側に向かって。

タダノの興奮した声が空から降ってくる。

「諸君！　それでは、『入学への助走』を開始しよう。この橋は、千五百メートルの距離がある。これから四分間だけ、正面の学園正門を開ける。四分以内に門の内側に入れない奴は、ただちに『新宿』クラスへの編入が自動的に決定される。分かるね？」

ざわざわと恐怖に満ちた声が橋の上に漂い、少年たちは押し合いへし合いして前に進み始めた。皓々《こうこう》と灯った両側の照明が、今や彼らの不安を煽《あお》っている。

「言っておくが、この橋は十秒ごとに十メートルずつ折り畳まれていくことになっている。それでは諸君、栄光へのスタートだ！　**入学おめでとう！　愛してるよみんな！**」

橋が大きくギシッと揺れ、スッと両側の明かりが消えた。再び最後尾の橋が折り畳まれようとしているのだ。明かりが消えると、その部分の橋が畳まれるらしい。

たちまち、少年たちはパニックに陥った。

背中に火が点いたように、彼らは一斉に走り出す。

ズシリという反動があり、後ろで橋が落ちる気配がした。

わーっという悲鳴が上がり、皆が全力疾走になる。

走る走る。入学目指して。

走る走る。未知の世界に向かって。

なんという連中なんだ、ここはなんという世界なんだ。

アキラは混乱した頭の中で繰り返し叫びながら、彼方に見える黒い門目指し、ひたすら力の続く限り走り続けた。

第二章　逢う時はいつも他人

「駄目だ。つかまっちまったらしいな、あのサイレンは」

薄暗い部屋の、天井近くの万年床からむくりと起き上がった少年——にしては、その無精髭といい、腹の突き出た体型といい、年齢を疑いたくなるような風貌であったが——は、身体を乗り出して二段ベッドの下に寝ている少年に声を掛けた。

「ちぇっ。せっかく俺があんなに苦労して通行許可証を偽造したってのに。この手はもう駄目か。これでまた新しい手を考えなきゃなんないぜ」

下に寝ていた青白い面長の顔をした少年は顔をしかめて起き上がり、あきらめきれないように頭を掻きむしった。

「ぶうたれてる暇はないぜ。ここにもすぐに清掃局が来るぞ。おい！『くるみちゃん』はどうなってる」

上の段の方の少年は、激しくベッドの側の壁を叩いた。

「まだ上がってきてない」

壁の向こうからくぐもった声が戻ってくる。

「早く出せ！　奴ら、すぐ来るぞ」

「んな殺生《せっしょう》な」

ばたばた騒がしく人が動き出す気配がした。

「まずいな。かなり深く潜ってるらしい」

「点呼されたら一巻の終わりだ。六人も足りなかったら大騒ぎになるぞ」

「くそっ、なんてタイミングの悪い。今の時間だったらもう大丈夫だと思ったのに」

二人はばたばたと部屋を飛び出した。

「まずいぜ。今『くるみちゃん』が見つかったら、『わたるくん』と『いずみちゃん』も道連れだ」

青白い方の顔がますます白くなった。

「最悪だな」

その時である。突然、床と壁がガタガタと細かく震動し始めた。

「やばい、もう来た」

曇った窓ガラスから外を覗き込むと、丘を越えて三台の装甲車がこちらにやってくるのが見えた。

「タダノはいないようだな」

「きっと、オグラとウツノミヤを観覧車送りにするのに忙しいんだろ」

「新宿寮の諸君！　全員直ちに玄関前に整列しなさい！　直ちに整列しなさい！」

スピーカー越しのヒステリックな声で、窓ガラスがビリビリ鳴った。

それを合図に、バラバラとあちこちの部屋から、黒い学生服を着た少年たちが飛び出してくる。少し遅れて、廊下の奥のドアから、汗だくで顔を真っ赤にした少年たちがぞろぞろ出てきた。

「おお、間に合ったか！」

窓ガラスから外を見ていた二人が、ホッとしたように彼らを振り返った。

「心臓が潰れるかと思った。俺とオオムタなんか、五反田近くまで行ってたんだぜ」

先頭にいる、前髪の長い精悍《せいかん》な顔立ちの少年が、必死に呼吸を整えながら文句を言った。

「素晴らしい、そこまで進んだか」

無精髭の少年は、掌にバシッと拳を打ちつけた。

後ろから合流した少年たちに、走りながら素早く耳打ちする。

「道具は？」

「中に置いてきた」

「中に？　大丈夫か？」

「大丈夫、ちゃんと後始末はしてきたから」

十一人の少年が、古い木造家屋の玄関前に整列した。

威圧的な地鳴りを響かせて、青い装甲車が次々と停まる。

この装甲車は遠隔操作だ。オグラとウツノミヤを回収に行ったイエローキャブとグリーンキャブはまだ戻ってきていないのだろう。機械的な声がスピーカーから怒鳴った。

「全員、点呼！」

気をつけをして、無精髭の少年から順に叫ぶ。

「シマバラ」「イワクニ」「オオムタ」「イワキ」「ナガオカ」「ユザワ」「テンドウ」「トワダ」「ハママツ」「オワセ」「アナン」

しんと気まずい沈黙が下りる。

ブツッ、という鈍い音がスピーカーの向こうで聞こえた。

「――おやおや、不思議なこともあるもんだねえ。なんだか、二人ほど足りないんじゃないかい？　僕の数え間違いかな？　それとも、風邪でも引いたのかな？」

忘れようにも忘れられっこない、地獄の底から響いてくるような声だ。

どうやら、タダノが職員室に戻ってきたらしい。少年たちは思わず反射的に身体を縮めた。

「――おやおやおやおや、なぜだろう。観覧車が回ってるようだな。どうやらお客さんがいるみたいだねえ。これから三日間は回りそうだなあ」

おどけたような声が聞こえてくる。少年たちは、あきらめ顔で視線を交わした。

三日間か。

「――誰が許可証を用意した？　え？」

タダノの針が振り切れたらしい。裏返った怒号が、スピーカーを震わせた。少年たちは思わず身体を引く。

沈黙。誰も答えようとしない。

「必ず吐かせてやる。連帯責任だ！　**貴様ら、みんな、ディズミーランド行き！**　とっとと乗れ！」

タダノの罵声と共に、装甲車の一台の扉がパカッと開いた。少年たちは溜息をつき、悄然《しょうぜん》とした表情でぞろぞろと装甲車に乗り込み始めた。全員が乗り終えると、扉が閉まり、装甲車はゆっくりと向きを変え、再び地響きを上げて丘を越えてゆき、やがて辺りは静かになった。

長く暗いトンネルだった。

歩いているうちに、自分の身体がどこにあるのか分からなくなってくる。

「いったいどこまで歩かされるんだろう?」

アキラは、隣を歩いているはずのシゲルにそっと話し掛けた。

「二キロは歩いたと思うんだけど」

シゲルはぽつりと呟く。歩数を数えていたらしい。

足元に点々と続いている、オレンジ色の鈍い明かりだけが頼りだ。みんながあまりにもひっそり歩いているので、あの大勢の新入生たちが前にいるとは思えないのである。

恐怖に駆られて必死に橋の上を走ってきた少年たちが校門に辿り着くと、その向こうに広がっていたのは、鉄条網に囲まれた荒れ野原だった。待ち構えていた職員たちが、その野原の手前で地中に降りていく暗いトンネルの中を進むように促《うなが》す。全力で疾走してきた少年たちは、もはや惰性でトンネルの中に入っていったのだった。

前方に、ぼうっと明るい光が見えた。初めて、前を行く少年たちのシルエットが浮かび上がってくる。

「やっと出口だ」

安堵の囁きが、口々に少年たちの間に広がった。順々にその開けた明かりの中に出て行く彼らのざわめきが、やがて訝しげな喧騒に変わっていく。

「どうしたんだろ」

最後尾の方にいたアキラたちがそこに出ると、後ろでバタンと扉が閉じた。

アキラは扉を押してみたが、自動的にロックされるらしく動かない。

奇妙な部屋だった。

白いプラスチックの、大きな円筒を立てたような部屋だ。少年たちが立っている底の方はゆるやかな丸みを帯びており、カップの底のように円形の床の真ん中に向かって落ち込んでいる。床の真ん中には回り舞台のような大きな円盤がついていて、たくさんの穴が開いていた。壁には縦の溝が平行して並んでいて、そこにも規則正しく穴が開いている。

少年たちは、不安そうな表情で、自分たちを閉じ込めている無機質な壁と天井を見上げていた。

と、突然、がばっと天井が開いて人工の光が射し込んだ。遙か上の方に、吊るしたライトが見える。この白い部屋の外側に、更に大きな建物があるらしい。

みんながぽかんとした顔で天井を見上げていると、前触れもなくザバッと白い粉が大量に落ちてきた。悲鳴を上げる少年たちの身体に、どさどさと降りかかる。

「なんだこりゃ」

アキラは真っ白になった頭からその粉を手に取って匂いを嗅いだ。

「石鹸じゃないか」

続けて、大量のお湯が天井から流れ込んできた。熱いというほどではないが、かなり温かい。たちまち悲鳴が上がり、みんなが逃げ惑う。溺れるほどの量ではない。せいぜい腰くらいの深さになると、ピタリとお湯が止まって天井がバタンと閉まった。

「まさか」

シゲルが頭の石鹸を払いながらアキラを見た。

うぃーん、というモーターの回転音が響き始めた。ごっ、という不気味な唸りを上げて、足元の円盤と壁がゆっくり動き始める。

「うわっ」

見る間に部屋全体が回り始めた。ぴしゃん、と白くなったお湯が壁に叩きつけられる。もちろん、その中にいる生徒も一緒だ。動きはどんどん加速していき、リズミカルに壁が左右に回り始めた。どんどん部屋じゅうが泡だらけになっていく。溶けた石鹸とお湯の中で、少年たちはなす術《すべ》もなく右に左に叩きつけられた。みんなのうめき声が上下左右から飛んでくる。ざぶんざぶんと、上から横から泡だらけの大波が打ち寄せる。頭がふらふらした。重力の感覚を失い、あちこちぶつけられ、悪態をつこうとすると口に石鹸水が流れ込んでくるわ、目には染みるわでろくにまぶたも開けていられない。目が回ってきて、平衡感覚がめちゃめちゃになり、アキラは気持ちが悪くなってきた。もう、我慢できない。

突然、ぴたりと部屋が止まった。

ざーっという音がして、濁った水が床の穴からどんどん流れ出していく。

波打ち際に打ち上げられたクラゲのように、呆然と折り重なった少年たちが残された。

再びかぱっと天井が開き、さっきよりも大量のお湯が流れ込んできた。少年たちは、最早悲鳴を上げる気力もない。

「――今度はすすぎかよ」

アキラの足元に頭のあるシゲルが、憮然とした声で呟いた。

今度は、かなりの量のお湯だ。胸までお湯が来て、立ち泳ぎをしようかと思い、体勢を立て直そうとした瞬間、再び壁と床が回り始めた。アキラは、どこかにつかまろうと懸命に手を伸ばした。しかし、つるつるした壁の溝に手を掛ける場所はなく、むなしく遠心力に引き剝がされる。

突然、横っつらを拳骨で殴られた。不意を突かれ、目の前に火花が飛ぶ。

なんだあ？

見ると、リュウガサキがにやっと笑って遠心力で離れていった。

「おめえはよっ」

怒鳴ろうとすると、真正面からお湯がまともに顔にぶち当たった。

再び阿鼻叫喚《あびきようかん》。すすぎは長かった。しばらくの間、お湯と共に部屋じゅうに打ち付けられ、空中を行き交ったあげく、ようやく部屋は止まり、お湯は部屋から流れ出していった。

次に何が起きるか、少年たちはもう予想していた。誰もが黙り込み、身体を低くして待っている。洗濯、すすぎとくればその次は——

ゴッ、という音がして、これまでとは比較にならないようなスピードで部屋が回りだした。しかも、どんどん加速していく。予想を超えたスピードに、断末魔の悲鳴が上がった。目が回るなんていうものではない。あまりに速いので、一箇所にとどまっているような錯覚を感じるほどだ。その激しい回転によってもたらされるすさまじい遠心力で、少年たちは皆、壁に貼り付けられていた。髪から、服から、たちまち水分がむしり取られていく。

ようやく回転が収まってきた頃には、誰もがカラカラになっていた。

今度は、生温かい風が部屋じゅうにごうごう吹き始めた。ひたすら目を閉じて、この苦行が終わるのを待つのが精一杯である。

全てが終わったらしく、やっと静かになったものの、誰も口をきこうとしなかった。

「や、みんな、お疲れさま。当学園清掃局が開発した、生徒洗濯機はどうだったかね？これは、みんなの殺菌と消毒も兼ねているんだよ。何せ、君たちの通ってきた場所も、多かれ少なかれ汚染されているだろうからね。一石二鳥だろ。一応、一九八七年型ナショナル『愛妻号』をモデルにしてみたんだがね」

突然、のんびりした年寄りの声が、天井のスピーカーから流れてきた。

「先に言ってくれよ」

「青あざだらけになった」

「ポケットの中に石鹼が残ってる」

少年たちの間からぶうぶう不満の声が上がる。

「うーむ、洗濯物へのダメージ有り、か。石鹼もまだまだ改良の余地があるなあ。自信作だったんだがなー。今度はサンヨー『ひまわり』を試してみよう」

スピーカーの向こうでぶつぶつ呟く声がして、ぷつんと切れた。

扉が開いて、文部省の職員が出るように促す。

少年たちは大儀そうに立ち上がると、誰もがふらふらしながら歩き出した。まだ平衡感覚が回復していないのだ。

外に出ると、そこはロッカーがずらりと並んだ更衣室で、真ん中に大きな籠が置かれていた。彼らは裸になって、それまで身に着けていたものを全部籠の中に入れるように言われた。籠に入れたものは、全て処分されるという。母親か幼い恋人が縫ったものがあったらしく、何人かが異議を申し立てたが、即座に却下され、とてもそれ以上懇願できる雰囲気ではなかった。みんなが無言で服を脱ぎ、次々と籠に投げ込んでいく。そして、全員が裸になったことを確認した時点で、ようやくそれぞれの番号のロッカーの扉を開くことが許された。中に用意されていた、真新しい肌着と制服と上履きを身に着けるよう言い渡される。暗い雰囲気が一転し、歓声が上がった。

「これが大東京学園の制服かあ」

アキラは、感無量になって制服をしみじみと見つめた。

黒の詰《つ》め襟《えり》。大東京学園のマークの入った金ボタン。ぴしっと折り目の付いたズボン。

まさか、この俺が本当にここに入れるなんてなあ。

苦しかったこれまでの長い道のりが頭をよぎった。

一年前までは、アキラは高校に行くことすら考えていなかった。小さい頃に事故で亡くした両親の代わりに自分たちを育ててくれた祖父母の身体も弱ってきたし、中学を出たら働こうと決めていたのだ。もちろん、大東京学園への憧れは持っていたが、特殊な事情もあるし、地区予選に出るのも夢だとあきらめていたのである。アキラは子供の頃からずば抜けた運動神経を持っていたが、地区予選に出られる人数には制限があるし、二人の子供に同じくらいの力があったら、地元の有力者の子供が選ばれる。実力主義と言いつつも、スタートラインに平等に立てるわけではないことを、アキラは早くに気が付いていた。そのアキラが地区予選に出られるよう尽力してくれたのは、アキラがいつも赤ん坊やちっちゃい子供の面倒を見ていた、近所の共働きのおじさんやおばさんたちだった。アキラを地区予選に出したいと言う担任の先生と一緒に、たくさんの推薦を集めてくれ、推薦枠でなんとか補欠にしてくれたのだ。お金もコネもない、アキラみたいな子が地区予選の補欠になるだけでも大変なのである。それでも、補欠の順位は十一位。十人が棄権しない限り、アキラの順番は回ってこない。いろいろ手を尽くしてくれた周囲に悪いので口には出さなかったが、彼はずっと無理だとあきらめていた。

しかし、実際のところ、地区予選自体は非情な実力勝負である。入学試験を模したハードな予選に、親ほど出たいと思っていない子供は結構いたらしく、当日になったらなんと二十人もの棄権者が出た。お陰で、あっさりアキラに出番が回ってきて、彼は地区予選二位という成績で、無事受験資格を獲得したのである。みんなが大喜びするのを見て、彼は絶対入学試験に失敗するわけにはいかないと決心し、更に苦しいトレーニングを重ね、ついに迎えた本番で、見事三週間の制限時間内に横浜まで辿り着いたのだった。

じいちゃん、ばあちゃん、先生、みんな、ありがとう。

アキラは思わず制服に向かって手を合わせた。

「なんだか、襟の辺りがやけに重たいな」

隣でさっさと制服に身を包んだシゲルが首をかしげた。

黒い制服を着ると、彼の色の白さと顔立ちの美しさが際立ったので、アキラは一瞬どきりとした。なんで俺がどきっとすんだよ。思わず自分に突っ込みを入れる。

「襟には認識票が埋め込まれてるんだよ」

後ろにいたヒロシが解説した。

「バーコードになっていて、その制服を着ている者のデータが全て登録されているわけ。これからの学内での成績や素行《そこう》もここにどんどん登録されていく」

「ふうん。じゃあ、俺がシゲルと制服を取り替えれば、俺がシゲルだと機械は認識するんだね」

「そういうこと。でも、制服はオーダーメイドだから、よほど体型が似通ってないと難しいだろうけどね」

「うん、これでやっと高校生になったって気分がしてきたな」

アキラは制服を着て、腕を振り回した。他の生徒たちも、ようやく入学の実感が湧いてきたのか、ほっとしたような笑い声が聞こえてくる。新しい制服の匂いが、更衣室に広がっていた。

「や、おめでとう。これで君たちも無事入学だ。わしは校長のスズキだ。これからも初心を忘れずに精進してくれたまえ。じゃ、次のコーナー、いこうか。ミュージック・スタート」

思い出したように、突然、さっきの年寄りの声がスピーカーから聞こえてきた。タイミングを計っていたのかもしれない。それを合図に、遠くから軽快なアップテンポの音楽が流れてきた。これまでの緊張が解け、ぐっとくだけた雰囲気になる。

アキラはちょっとがっかりした。

今のが校長の声？　なんだ、普通のじいさんじゃないか。あのタダノの崇拝ぶりや、天下の大東京学園の校長だから、もっと凄いのを想像してたのに、あんなのんびりしたじいさんだなんて。あれだったら、うちのじいちゃんの方がよっぽど威厳があるぞ。

更衣室の奥に、小さな扉があった。音楽は、その扉の向こうから聞こえてくるのだ。職員は、そこから隣の部屋に移動して、自分の受験番号の席に座るよう指示した。生徒たちはわいわい言いながら、先を争って更衣室を出ていく。

その部屋は、かなり広いようだったが、真っ暗だった。

しばらくして目が慣れてくると、床の八十ほどの升目《ますめ》に、それぞれ肘掛椅子が置かれていることが判る。椅子の背に、ぼんやりと蛍光塗料で数字が浮かび上がっている。生徒たちは、つまずいたりぶつかったりしながら、自分の番号の席を探して腰を落ち着けた。

アキラは暗闇の中できょろきょろしていたが、前方に大きなスクリーンがあるのに気付いた。天井にはたくさんの器具がぶらさがっている。なんだろう？　照明？

突然、パッと前方の隅にスポットライトが当てられた。

ざわざわしていた生徒たちは、一瞬にして黙り込み、そちらに注目する。

丸いスポットライトの中に、一人の男の姿があった。

縦縞の入った野球帽をかぶり、ヘッドホンみたいなマイクをその上に付けている。

足を組んで腰掛けている椅子はクレーンの先に乗っかっていて、ぐうっと空中に持ち上がった。ライトもそれに合わせて移動する。

「大東京学園に、行きたいかー！」

開口一番、男は拳を振り上げ、やけにマイク乗りのいい声で叫んだ。

みんな、あっけに取られる。シーンと静まりかえる場内を見て、男はハッとしたように拳を下ろし、もぞもぞと頭を掻いた。

「いや、その、なんだ。僕としては、ここでみんなが『おうっ』って叫んでくれると嬉しいんだけどな。ま、いいか。僕は、学年主任のフクミツ。えー、まずは、入学おめでとう」

男は大袈裟《おおげさ》に肩をすくめ、両手を広げてみせた。

「早速だが、これからクラス分けを行う。前方のスクリーンを見てくれ」

場内は騒然となった。

クラス分け。そんなものがあるなんて。アキラはどきどきしてきた。

大きな四角いスクリーンがパッと明るくなり、「祝・入学　大東京学園」の文字が躍った。続いて画面が変わり、別の文字が映る。

「当学園のシステムを説明する。学年ごとに七クラスある」

一年
1 江東
2 江戸川
3 墨田
4 荒川
5 台東
6 葛飾
7 北

二年
1 文京
2 中野
3 豊島
4 大田
5 練馬
6 足立
7 板橋

三年
1 千代田
2 中央
3 世田谷
4 品川
5 目黒
6 杉並
7 渋谷

「それぞれクラスに名前が付いている。もちろん、この数字は成績順に良い方から並べられている。クラス名を聞けば、何年生の何組か分かる仕組みさ」

パッと画面から文字が消えた。

「ただし、これ以外に二つのクラスがある。一つは、年間を通じて成績優秀だった者が入る港クラス。当然、これは二年生以上が入るクラスだね。そしてもう一つは、学園内の規律を乱した者が矯正のために入る新宿クラス。めったなことで入れられることはないが、いったん入るとなかなか出られないということも知っておいてくれたまえ。しかし、これらのクラスも決して固定されたものではない。努力する者にはいくらでも上に行くチャンスがある。むろん、その逆もしかり。毎月月末、実力テストが全学年一斉に行われ、その結果に伴い翌月一日にクラス替えが行われる。詳しいことは、後ほど配る生徒手帳を熟読すること。とにかく、日々の研鑽《けんさん》がモノを言う。入学したことで満足せず、知力と体力を尽くして上を狙ってほしい。三年生の二月末の時点でトップに立った者が、卒業総代だ」

卒業総代。

その言葉が、闇の中でスクリーンを見つめる生徒たちに火を点けたのが分かった。

フクミツはこほんと咳払いすると、再び拳を振り上げた。

「諸君！　苦しい受験戦争を勝ち抜いて君たちはここに来た。これは、新たな戦いのスタートでもあるのだ。死力を尽くし、栄光の卒業総代目指すのみだ！　**卒業総代になりたいかーっ！**」

つられてみんなが、おうっと叫んだ。フクミツは大きく頷き、満足そうである。

「よしっ、そうこなくっちゃ。それでは、クラス分け試験を開始する。手元のボタンを握って」

突然、天井のライトがカーッと輝いた。

あまりの眩しさに、生徒たちは手で顔を覆う。色とりどりのカクテル光線が、生徒たちの上をめまぐるしく駆け巡る。色彩の乱舞。

同時に、ワーッと場内を包み込むような大歓声が上がったので、アキラはぎょっとして周囲を見回した。よく見ると、新入生たちの座席をぐるりと囲むようにして、高いところ三方に観客席があり、そこに上級生と思《おぼ》しき生徒たちが詰め掛けて、口笛を吹き、足を踏み鳴らして、冷やかしと声援を送っているのである。新入生たちはあっけに取られた。

あんなところに人がいるなんて、全然気が付かなかった。

アキラは、全身が熱くなるのを感じた。

「大東京学園入学選抜ウルトラ・クイズ。最初は早押しです。大東京学園創立の年は」

フクミツが言い終えないうちに、ぽーんと誰かがボタンを押した。みんなが、チカチカと光るボタンを持っている少年を注目する。ノシロヒロシだ。

「二〇三一年」

ピンポンピンポンとけたたましくチャイムが鳴る。うおーっという歓声。

「正解でーす！」

フクミツが叫ぶ。がくん、という音がして、ヒロシの座っていた椅子が床から五十センチほどせり上がった。

「次の問題。国連の『新地球』移民法制定によって、我が日本が『旧地球』への居残りを余儀なくされた時、それに反対する議決をした国を全て答えよ」

再びノシロヒロシ。「ドイツ、トルコ、タイ、ブータン」。正解のチャイム。どよめきと口笛。ヒロシの座っている椅子はまたせり上がり、みんなよりも身体一つ宙に飛び出した。

「『新地球元年』と共に、わが国の放送は国家の管理下に入りました。ご存知の通り、前世紀に野放しで垂れ流された、暴力的かつ退廃的な映像は、青少年の教育及び国民の情操に悪影響を及ぼすということで、日本放送協会以外はTV放送ができなくなりました。さて、当時廃止されたTV局の、いわゆる四大民放を全て答えよ」

光っているボタンは、やはりノシロヒロシである。みんなもボタンを押しているのだが、彼があまりにも速いので追いつけないのだ。

「日本テレビ、東京放送、フジテレビ、テレビ朝日」

チャイム、拍手、歓声。どんどん上がり続けるヒロシの椅子。七問連続で正解を答えたヒロシは、今や天井近くに達していた。

「**おめでとう！**　十一番、ノシロヒロシくん勝ち抜けでーす！　江東クラス入学決定！」

フクミツの絶叫と共に、天井でくすだまが割れ、紙吹雪が天井から降ってきた。

当然という表情のヒロシを乗せ、椅子がスーッと下りてくる。職員がヒロシを迎えに来て、上級生のやんやの歓声の中を、ヒロシは手を振りながら別室に消えた。

鼻に貼り付いた紙吹雪をはがしながら、アキラは眩暈《めまい》を感じた。

なんという連中。なんという世界。

結局、アキラとシゲルは、二人とも「葛飾」クラスになった。

入学試験でぶっちぎりの強さを見せたシゲルも、あの派手なクイズには毒気を抜かれたらしい。

アキラは、正直なところ、どのクラスになるかよりも、シゲルと同じクラスになれたことの方が嬉しかった。

強烈な照明にのぼせたようになって二人がよろよろと外に出ると、そこは大きな駅だった。「新東京」の看板の下で、各クラスの札を持った上級生が、新入生たちが揃うのを待っていた。もっとも、今は二クラスしか残っていない。

ホームには、一輛編成の緑色の電車が停まっている。運転手がいないところを見ると、これも自動制御で動くらしい。正面の上の白い窓に「山手線」と書いてある。

江東クラスを始め、上位のクラスのメンバーはもう移動してしまったようだ。

辺りはすっかり暗くなってきていた。

駅のホームの、オレンジ色の電球の明かりが、郷里を離れて遠いところに来たという実感を疲労と共に呼び覚ました。

これがまだ初日だとは。

アキラは小さく溜息をついた。なんというめまぐるしい一日だったことだろう。想像以上にとんでもないところだ。一番になるどころではない。こんなところで、ちゃんとまともに暮らしていけるのだろうか？

どの生徒にも、そういう不安と、極度の緊張から解放された疲労が肩に滲んでいる。

「疲れただろ。最初は度肝を抜かれるけど、まあ、すぐ慣れるからさ。大丈夫、普通にやってりゃちゃんと卒業できるから、心配するなって」

「歓迎・葛飾組」と書いた段ボール紙を掲げて待っていた二年生と思しき二人組が、とぼとぼと歩いてきた少年たちの暗い表情を見て励ました。身体のひょろ長いキツネ目の男と、丸い眼鏡を掛けた穏やかな男だ。

一年しか違わないのに、随分大人っぽいなあ。

そう思いながら、アキラは、二人の目の上のバンソウコウと、鍛え上げられた筋肉に目を見張った。一年でこんなになるのか。

アキラの視線に気付いて、キツネ目の方が笑った。

「違う違う。僕らのこれは、クラブ活動のせい」

「クラブ活動？」

「うん。明日、クラブ活動のオリエンテーションがあるから、大東京タワーのところにおいでよ。ま、いろいろなクラブがあるから、自分に合うのを選ぶんだね」

二人は意味ありげに笑った。

そんなの、当たり前じゃないか。アキラは首をかしげた。

「そういえば、とうとう校長先生って俺らの前に出てこなかったな。声だけだった」

思い出したようにシゲルが言った。

上級生が奇妙な表情でシゲルを見る。シゲルは不思議そうに彼らを見返した。

「何？」

「俺たちも会ったことないぜ、校長先生」

「えっ？」

「声とスクリーンだけだ。だけど、向こうは俺たちのことを、全員隈《くま》なく知ってる。不用意に校長の噂はしない方がいい」

上級生は、再び含みのある笑顔を浮かべた。

アキラとシゲルは顔を見合わせる。

生徒たちは山手線に乗り込み、寮に向かった。電車の中に座席はなく、古びた吊り革が天井からゆらゆら揺れている。みんな疲れ切っているのか、故郷のことを考えているのか、それとも今日自分の身に起きたことを整理しているのか、終始無言だった。誰もが同じ目をして、車窓越しの夕闇に沈んでいく景色をぼんやり眺めている。

これが大東京学園。

アキラは、故郷の夕暮れを思い浮かべていた。当たり前だが、日没はどこにいても日没だ。しかし、今、自分は大東京学園の中にいて、電車に揺られているのだ。なんだか景色の中にどこかで見たような変な顔があるなと思ったら、自分の顔が窓ガラスに映っているだけだった。

かつて見た夢のような風景。絵葉書だろうか、雑誌の写真だろうか。森の向こうに、観覧車とタワーと国会議事堂講堂のシルエットが溶け合っている。

広がる畑。点在する奇妙な形の建物。学級文庫に置いてあった学習雑誌「東京螢雪コース」のグラビアで見た大東京学園とは随分違う。こんなに妙ちきりんな、おかしなところだったなんて。

本当に、ここを卒業できるのだろうか？

アキラは心細くなった。吊り革を握って揺られている、他の生徒を盗み見る。

子供の頃から、その存在は刷り込まれている。物心つくと、ここを目指すことを言い聞かされる。ここを目標として、子供の頃から訓練されている者も少なくない。全国の子供が目指しているといっても過言ではない場所なのだ。彼らはその輝かしい言葉を脳裏に焼き付けている——栄光の卒業総代を、と。

卒業総代——何の保証もないこの世界で、唯一未来を約束された人間。本人と家族の生活が、一生政府に保証される。家も、食料も、官僚の仕事も。誰もが望んでいる生活の保証。それを十八にして手に入れることができるのだ。

高校を卒業しても、今時たいした仕事はない。できる仕事は限られている。

前世紀から今世紀にかけて世界中で垂れ流された有害な化学物質や、産業廃棄物、核廃棄物などを処理するのが、この世界に残された日本人に任された仕事だ。それ以外は、自分たちの生活を維持する程度の事業しか許可されていない。居住できる場所も、仕事の内容も、生活のレベルも、厳しく制限されているのだ。

みんな努力はしているが、しょせんは後片付けの世界。最終的な処分まで数百年、いや数千年はかかると言われている難事業なのだ。なにしろ、どれだけ環境に悪影響があるかも判明していないものが対象なだけに、基礎研究から始めなければならず、遅々として作業は進まない。大人を見れば、誰の顔にも諦《あきら》めの色がある。作業のために健康を害し、遺伝子異常を起こしている人も少なくない。遺伝子異常を起こしたことが確認されれば、子孫を残すことも許されなくなる。日本人はじわじわと減り続けているのだ。

かつては腐るほどいたといわれる、ホワイトカラーになれるのはほんの一握り。そして、卒業総代になれば、確実にその一握りに入ることができるのだ。そうすれば、子供を作ることもできるし、病気にならずに済む。誰もが一族の期待を背負い、誰もがたった一人で大東京学園にやってくる。自分だけではない、豪雪の奥羽ルートを下ってきたシゲルだって、あの古傷が不気味なリュウガサキだって、みんなそのために地区予選を勝ち抜いてきたのだ（でも、正直言って、リュウガサキがホワイトカラーになったところはあまり想像できないが）。

アキラは、責任の重さにくじけてしまいそうになる。みんなの期待、みんなの声援。それがここまでは励みになったが、この先、自分は本当に他の生徒たちと戦っていけるのだろうか？

いつのまにか、外は真っ暗になっていた。

とっぷりと日が暮れた頃、山手線は葛飾駅に着いた。

無人駅の外に出ると、畦道《あぜみち》の向こうに巨大な山門が現れた。

「えっ、何これ、お寺？」

シゲルが山門を見上げた。

「まさか。昔、葛飾区にあった帝釈天《たいしゃくてん》の山門のレプリカさ。卒業生に大工の息子がいて、洒落《しゃれ》で作っていったらしい。寮はこの向こう側」

キツネ目の男がぽんぽんと山門の壁を叩いた。確かに、その音を聞くと、大した材料は使っていないらしく、中もすかすかだ。

みんなで山門をくぐろうとすると、急に天井の四角い窓に、粒子の粗い白黒画面が現れた。

「あっ、TVだ！　ね、これ、TVだよね」

アキラが興奮した声で指さした。彼は、公共の場所以外では、ほとんどTVを見たことがなかったのだ。他の生徒も立ち止まって白い画面を見上げている。

ざらざらした画面に、うっすらと顔が浮かんだ。顔の四角い、眉の脇に大きなほくろのある中年男である。

キツネ目が頷いた。

「これも、そいつの細工らしい。古いビデオテープを手に入れて、人が通ると映るようにしたんだって。ちょっとしか映らないんだけど、昔流行った映画の登場人物らしい」

ガーガー雑音混じりの声が聞こえてくる。特徴のある、のんびりとした抑揚だ。壊れているのか、同じ言葉がえんえんと繰り返されている。

「――帝釈天で産湯《うぶゆ》をつかい――帝釈天で産湯をつかい――人呼んでフーテン人呼んでフーテン――」

音はぶつっと唐突に切れ、ぱくぱくと口を動かすだけになった。

耳を澄ませていたが、さっぱり意味が分からない。

「何の映画なの？　何て言ってるの？」

キツネ目は首を振った。

「さあね。なんでも、ちんぴらで流れ者の男が、何度も故郷に舞い戻っては家族を酷い目に遭わせる話だそうだ。災厄は何度でもやってくるという教訓映画らしい。同じ話が随分たくさん作られたようだからな」

「ふうん。道徳のTVみたいなのかな」

みんなでぞろぞろと山門をくぐったが、アキラは名残惜しそうに山門を振り返った。TVかあ。自分の部屋にTVがあって、ニュースや実験番組や説教じゃなくて、何かわくわくするような作り物の話を見られたら、どんなに楽しいだろうな。

闇に沈んでいく山門のシルエット。

その天井に、ぽつんと四角く浮かぶ白い画面。少年たちが寮に消えていったあとも、灰色の破線が波打つ画面の中で、四角い顔の男はひっそりと口を動かし続けていた。

第三章　暗くなるまで待って

翌朝は、カラリと晴れた。

六時に起床のサイレン。ラジオ体操をして、朝食だ。食事は、無人の給食車が回ってきて、玄関に人数分置いていってくれる。牛乳に、ほうれんそうのごまあえに、豆腐とワカメの味噌汁、麦ごはん。味はともかく、量に些《いささ》か不満がある。彼らの不満を見抜いたかのように、驚いたことに、朝っぱらから、どこからともなく屋台が現れた。

「なんだありゃ」

おいしそうな匂いにつられて、ぞろぞろと生徒たちが出て行くと、手製の屋台や、首から食べ物の入った箱を提げた男が山門のところに並んでいた。どうやら上級生がアルバイトでやっているらしい。醱酵しすぎて酸っぱそうなヨーグルト、形のいびつな磯辺焼、おからを詰めた人形焼まである。自分たちで作るか、どこか闇のルートで材料を仕入れ、こうして学内で売っているらしい。噂によると、深夜の新東京駅の裏などもラーメン屋や蕎麦《そば》屋の屋台が出没するという。こうした夜の店は、職員のアルバイトが多い。当局に密告しない、互いの商売に口を出さない、という点で、生徒たちとは暗黙の了解が出来上がっている。

それというのも、誰もがポイントに飢えているからだ。職員も生徒たちも、学園内での現金の所持は認められていない。何か必要なものを売店で購入するにはどうするかというと、クラス毎に定められたポイントが、月始めに一人一人与えられるのである。例えば、江東クラスの生徒には三百ポイントが与えられるが、北クラスには五十ポイントしか与えられない。このポイントが、学園内の通貨となり、報酬や懲罰の対象となるのである。

学園内で営業を認められている正規の売店では、職員が生徒の襟に端末をかざしてバーコードをチェックし、おのおののポイントの増減が登録されていく。国民の祝日や、創立記念日には、ボーナスポイントが振舞われることもあるし、物入りな期末シーズンなどには、ポイントの少ない生徒のために、ポイント還元セールが行われるそうだ。

もちろん、学園内でのアルバイトは禁止されているので、当然こういう闇商売では、主に物々交換が行われる。裏ポイントを貯めて、相手の正規のポイントで約束した品を買わせるということもある。その辺りは、いろいろと長年の慣習で出来上がった流通のしくみがあるようだ。

昨夜は疲労のあまり食欲もなかったが、一晩眠ると空腹で目が覚めたアキラは、試しに一番食いでのありそうな人形焼を頼んでみた。いきなり、売り子に制服の第二ボタンをむしり取られる。

屋台の売り子は、皆、目出し帽やマスクやサングラスを着け、自分の顔が見られないようにしているのだが、人形焼を売っていた小太りの男と、サングラスを掛けた青白い顔の男は、むしり取ったアキラのボタンを、満足そうにしげしげと眺めた。

「さすが新入生のボタンは綺麗だな。傷がない」

「使えるぜ」

「またよろしく」

さっさと引き揚げていく売り子を、アキラはきょとんとして見送る。せっかくの真新しい制服からボタンが一つ消えてしまって、なんだか損した気分だが、ともあれ、おなかはいっぱいになったし、天気も良いとあって、アキラとシゲルは昨日上級生が話していたクラブ紹介のオリエンテーションに出掛けることにした。授業は来週からで、今日は特にすることがない。学園内を探検してみたいが、かなりの広さなのでとても一日では見られないだろう。生徒手帳に載っている学園の地図は極めて大雑把《おおざっぱ》なもので、寮や講堂やグラウンドなど、彼らが使用する場所以外ほとんど記載がない。

考えることはどの生徒も同じのようだ。新入生たちで山手線は混雑している。結構本数はあるのだが、どれもいっぱいだ。要するに、成績上位のクラスの駅から発車するので、当然、下位クラスの生徒は乗りっぱぐれるわけである。新入生のみならず、上級生も乗っているので、見送る本数は増える一方だ。

アキラとシゲルはイライラしながら、小さなホームで電車を見送った。

「もしもし、そこのお二人」

後ろから声を掛けられて、二人は振り向いた。

見ると、目出し帽をかぶった小太りの男と、サングラスを掛けた青白いひょろりとした男が古ぼけた二台の自転車らしきものを引いて立っている。

「あれっ、今朝、人形焼売ってた人じゃない？」

アキラが指摘すると、二人は知らん振りをした。

青白い方が口を開く。

「オリエンテーションに行きたいのでありましょう。どうです、我々が研究開発したハイパーターボエンジン付き自転車で大東京タワーまで参りませんか」

「また金ボタン取られるの？」

「売店で買えば、たったの〇・五ポイントですよ。今月しっかり勉強して、とっとと上のクラスに移ればよろしい」

小太りの方が、したり顔できっぱり言い切った。

アキラとシゲルは顔を見合わせる。シゲルがしらっとした顔で尋ねた。

「大東京タワーまで歩くとどのくらいかかるの?」

「こうして見ると近くに見えるでしょう。だが、甘い。君たち新入生の足では一時間で着くかどうか。しかも、あそこは大東京学園の心臓部でありますから、外敵が侵入しにくいように密かに結界が張ってあるのです」

「そう。平将門の怨念もあるし、気を付けないと」

二人の上級生は、にわかに手を合わせると大東京タワーを拝んだ。

あまりにも胡散臭《うさん》い説明だが、アキラはその自転車に興味を持った。

「いいや、乗ってみようよ」

シゲルは懐疑的な表情だったが、アキラに誘われてこれ以上電車を待つよりはマシだと思ったらしく、二人でそれぞれ二台の自転車の後ろに跨《また》がった。

いかにも寄せ集めの部品で造ったらしく、体重を掛けただけでぎしぎしいった。

アキラは自分から言い出したものの、ちょっと心配になる。

なんとか二台の自転車は並んで走り出した。のどかな朝の田園風景の中を、ごとごと走っていく。園内には、学生と職員の食料を賄《まかな》うための農地がかなりの広さを占めているのだ。

こうして見ると、うちの田舎とたいして変わらないな。

アキラは流れる風景に親しみを感じた。畑仕事をしていた祖母の姿が目に浮かぶ。

前方に、山手線の緑色の車輛が見えた。自転車はぐんぐん速度を上げていく。線路と並行して畦道を走る。電車の中で、生徒たちがこっちを見て指をさし、何事か口々に叫んでいる。

「なんだろ。みんな怒ってるみたいだぜ」

アキラがきょとんとして電車を見ていると、隣でシゲルが叫んだ。

「前、前！　道が切れてるっ」

前方に幅十メートルほどの川が流れていた。線路は橋が渡してあるが、彼らが自転車を走らせている畦道は、川のところでぷっつり終わっている。

「スピード落としてよっ」

アキラも絶叫したが、運転手は知らん顔である。自転車は凄い勢いで川に向かって突っ込んでいく。

「大丈夫、これは特製ハイパーターボエンジンだから。行くぞ、イワクニ」

「おう、シマバラ。合体だ」

風を切りつつ、自転車を運転する二人が叫んだ。並んで走る二台の自転車は、じりじりと間隔を詰めていき、やがて、二人はがしっと腕を組み合わせた。

「**バローム・クロス！**」

突然、二台の自転車から横棒が飛び出してくっついた。同時にばしっと音を立て、後ろから火のようなものが噴き出し、自転車はがくんと一気に加速すると、強い衝撃と共に斜め上に飛び上がった。アキラは思わず目をつぶる。

次に目を開けると、空中を飛んでいた。

五メートルほど下に川の流れがあり、飛んでいる二台の（今は合体して一台だが）自転車が映っている。線路の向こうの畑が見え、畦道が見え、山手線の屋根も下の方に見えた。

「うそだろっ」

ぐわっしゃん、と部品がバラバラになったのではないかと思ったほど破壊的な音を立てて、自転車は向こう岸に着地した。

「やったあ、成功だっ」

「二人の心が一つになったからさっ」

前の二人は大はしゃぎでガッツポーズを取っている。後ろの二人は、必死に運転手にしがみついているのが精一杯で、顔面は蒼白である。自転車はスピードを緩めることなく凄まじいスピードで走り続けていた。

ふと、アキラは遠くでサイレンの音を聞いたような気がした。

気のせいかな？

「おっ、おいでなすったぜ、ネズミ捕りが」

小太りの男が舌なめずりをした。

「ネズミ捕り？」

シゲルが叫ぶ。

「君たち、まだ生徒手帳全部読んでないだろ？」

青白い方がにやにやしながらちらっと後ろを見た。

「へっへっへっ、可哀相に、入学早々マイナス五ポイント。葛飾組で五ポイントはつらいな。大東京学園道路交通法第三条。学園内を通行する際、山手線のスピードを超える速度で走行してはならない。これもう、軽く八十キロは出てるもんね」

確かに、さっき並行して走っていた山手線は遥か後ろになってしまった。

アキラは青くなった。

「えーっ」

「あっ、グリーンキャブだ」

シゲルが後ろを振り返って叫んだ。

最初はぽつんと見えただけの緑色の点が、ぐんぐん鮮やかな円盤の形になって肉眼にもはっきりと姿を現した。たちまち後方に迫り、こちらを追ってくる。

「そこの自転車、止まりなさい。スピード違反でマイナス五ポイントだ。止まりなさい、止まらないと撃つぞ」

拡声器から威圧的な声が降ってきた。

「しっかりつかまってろよ。あの麻痺銃は今年モデルチェンジしたばかりの高性能だから、当たれば一発で気絶するぞ」

「そんなっ」

突然、右に左に青白い光線がビシビシ飛んできた。

「おっ。いきなり撃ちやがった」

再び二つに分かれた自転車は、小刻みに車体を揺すり、かすかにコースを蛇行させながら光線を巧みにかわした。タイヤに弾き飛ばされた小石が、バラバラと道路の脇の木々にぶつかる。

グリーンキャブの追撃は執拗《しつよう》だった。それに負けず劣らず、自転車も奇跡的なタイミングで光線を避け続けている。後ろの二人はがくがく身体を振り回され、脳震盪《のうしんとう》になりそうだった。

更にカーチェイスは続いた。暫く道路を走っていた自転車は方針を変え、道路からはみ出して、斜面になった草地を下りていった。藪は突き抜けるわ、畑は突っ切るわ、後ろでしがみついている二人には、いったいどこを走っているのか見当もつかない。

「おい、新入生、聞いてるか？」

小太りの方が叫んだ。

「なにっ？」

アキラはやけくそ気味に叫ぶ。男は更に大声で叫んだ。

「よしっ、いいか、あと四百メートルほど行くと、小さな森がある。俺たちはそこに突っ込む。そこまで来たら立ち上がって木の枝につかまれ。この機会を逃すと降りられないぞ」

必死に顔を上げて前方を覗き込むと、確かに大きく曲がったけものみちの先に鬱蒼《うっそう》とした緑の塊が目に入った。みるみるうちに大きくなり、樹木の群れとなって迫ってくる。

「今だっ！」

アキラとシゲルは反射的に手を離し、伸び上がって枝をつかんでいた。

がくんという衝撃。足が自転車を離れ、たちまち遠ざかっていく。身体がゆさゆさと大きく揺れ、反動でパラパラと木の葉が散った。

「まいどありい！」

遠くの方で、快活な叫び声が聞こえたような気がした。

すぐ後ろから、小さなつむじ風を起こして、グリーンキャブが森の上を通過していく。

それもあっという間に遠ざかり、静寂が訪れた。

さやさやという風の音、のどかな小鳥の声。

アキラとシゲルは、ぼんやりと木の枝にぶら下がっていたが、ようやくぎこちない動きで地面に飛び降りた。二人とも、魂を持っていかれたような表情で、暫く草の上に身体を投げ出していた。

「――なんてめちゃめちゃな連中なんだ」

シゲルが憮然とした顔で呟いた。

「おい」

アキラがゆっくりとシゲルの胸元を指差した。第二ボタンがむしり取られている。

「おまえだって」

シゲルもアキラを指さした。今朝取られた二番目に続いて、三番目のボタンがなくなっていた。

二人で力なく笑う。そして、同時に空を見上げていた。

「確かに、着いたみたいだな」

すぐそばに、天を突く赤い色の大東京タワーが、彼らを見下ろすように高くそびえたっていた。それは、確かに学園のシンボルだった。彼らには手の届かない、雲の上の存在。

二人はじっとそれを見上げていたが、やがてゆっくりと立ち上がり、そのふもとの人だかりに向かって歩き始めた。

広場では、さまざまなクラブ名が書かれた段ボール紙を掲げ、上級生たちが新入生を勧誘しているのが見えてきた。どの上級生も、新入生を自分のクラブに入れようと必死である。アキラとシゲルは、広場をぶらぶらしながら段ボール紙に書かれたクラブ名を読んでいった。が、二人とも首をかしげる。

体力作り研究会
生活技術研究会
対話の活性化を図る会
食料増産の会
明日の学生服を考える会
尊敬を学ぶ会

「なんだか、どれもつまらなそうだな。『尊敬を学ぶ会』？　なんだあれ。せっかく苦労して高校に入ったのに、今更そんなことやりたくないよ」
「天下の大東京学園にしちゃ、しょぼいな。アキラ、中学時代は何やってた？」

「柔道部と書道部。シゲルは?」

「俺は山岳部と機械工作部だ」

 二人がこそこそ陰口を叩きながら歩いていると、突然、後ろの方で「あいつだっ」という叫び声がした。

「あれが二十八番だ！」

シゲルがびくっとして振り向いたとたん、歓声が上がる。

「おおっ。評判以上だ」

「素晴らしい」

「なんという美しさだ。生きててよかった」

シゲルめがけて、目を血走らせた上級生が駆け寄ってくる。シゲルはぎょっとした顔で逃げ腰になったが、それよりも早く押し寄せた上級生に囲まれ、取り押さえられてしまった。が、別のグループがそれを阻止して自分たちの方に引っ張ろうとする。たちまちシゲルは揉みくちゃになり、勧誘しているのか喧嘩しているのか分からない騒ぎになった。

「君っ僕たちと一緒に明日の学生服を考えませんかっ」「うるさいっ、邪魔だ。ね、君、是非我々の『尊敬を学ぶ会』で青春を語り合おうではないか」「何をっ。おまえらには宝の持ち腐れだろ」「そっちこそ掃き溜めに鶴じゃねえかよっ」「殴ったな」「いてえっ」「対話の活性化はどうですかっ君の個性が活かせると思います」「あとから来ていきなり割り込むなっ」「うちの新入部員に触るなよ」「何を言う、うちのだぞ」「てめえ

アキラはあっけに取られてこの様子を見ていたが、シゲルがあちこち引っ張り回されて、激怒しているのに気付いた。中にはシゲルの髪をつかんでいる奴もいる。

シゲルはあれだけの美少年なのだから、周囲が興奮するのも無理からぬことだとは思うが、さっきからシゲルは一言も発していない。しかも、自分の容姿だけに反応されるのは、横浜からのトラックでも見た通り、シゲルが最も嫌がる行為だ。シゲルは必死にこの騒ぎから抜け出そうとしていたが、上級生の興奮はエスカレートするばかりで、いっこうに収まる気配がない。

アキラは溜息をついて、すったもんだしている集団に近付いていった。

「ねえ、嫌がってるんだからやめなよ」

アキラがみんなに声を掛けても、誰も気にも留めない。

「ねえったら」

アキラが腕を引っ張ろうとすると、「うるさい、ひっこんでろ」と、突き飛ばされてしまった。

地面の上に放り出されたアキラは、もう一度溜息をつくと、腕を使わずにひょいと起

き上がった。

「一応、警告はしたからな」

ぺっと両方の掌に唾《つば》を吐く。

今度は容赦しなかった。素早く手近にいた上級生の後ろ襟と腕をつかみ、アキラは片っ端から彼らを放り投げていった。その速いこと、次々と学生服が宙を舞う。

「えっ」「あれ?」「うわっ」「ぎゃー」

それがあまりにもあっという間の出来事なので、投げられた方も、みんな空中でぽかんとした顔をしている。どさどさと地面に落ちる音と悲鳴が重なりあい、あちこちで砂埃が上がった。たちまち、きょとんとして座り込んでいるシゲルだけを真ん中に残して空間ができた。アキラは、両手をぱんぱんとはたくと、シゲルに手を貸して助け起こした。シゲルは、アキラが投げた人数の多さに目をぱちくりさせている。

「ねえ、シゲルの意見も聞いてやってよ。こいつ、そういうの嫌いなんだよ。そもそも、こんなそっけないクラブ名じゃ、何やってるんだかさっぱり分からないじゃないか。そこんとこを説明して勧誘するのが筋ってもんじゃないの?」

アキラは、無邪気な顔で、周囲に転がっている上級生たちを見回した。上級生たちも、あっけに取られた顔であちこちさすりながらアキラを見ている。

「いや、その、それはそうだが」

一番最初にシゲルを取り押さえた大柄な上級生が、言葉を濁しながら立ち上がった。が、彼の注意は他のところにあるようだった。よく見ると、他の連中もそうだ。誰もがちらちらと上空に目をやっている。

何を見てるんだろう?

アキラもつられて空を見上げた。

いつのまにか、音もなくグリーンキャブが空に浮かんでこちらを窺っていた。どうやら、シゲルを巡る騒ぎを聞きつけ、やってきたものらしい。彼らは常に校内を巡回し、生徒たちが規則違反をするのを牽制《けんせい》し、監視しているのだ。

広場の雰囲気は、よそよそしいものに一変していた。こそこそと帰っていく生徒もいる。

「この名前には、それなりの理由があるのさ」

大柄な上級生はそっと囁くように呟き、他の生徒たちを見回した。

「仕方ない、とりあえず休戦だ。こいつらにクラブ活動を見学させよう」

「どうする」

「今はまずいな、あんなにミドリがうろうろしてちゃ」

「夜だな」

「いきなり入れても大丈夫か?」

上級生たちは、ぼそぼそと会話を交わしながら、意味ありげに互いの顔を見ている。アキラとシゲルはきょとんとしていた。

「よし」

大柄な上級生が、代表して二人に囁いた。

「今夜、九時。もう一度二人でここに来な。その時にゆっくり俺たちのクラブ活動を説明してやるよ。わが大東京学園の『アンダーグラウンド』でね」


ぽっかりと明るい月が浮かんでいた。

風もなく、穏やかな夜である。

一つの寮には十二、三人しかいないので、すぐに顔見知りになったものの、互いにライバルだと思うのか、すぐにクラスが替わると思うからか、意外とみんなそっけない。様子を見ているというのもあるだろう。なんとなく、一緒に行動する人間が決まってきた。

寮は四人部屋だが、部屋は余っているので、アキラとシゲルは一部屋を二人で使っていた。他のメンバーも大体二人で一部屋を使っていたが、中には他人とはかかわりたくないと、一人で一部屋使っている者もいる。もうすぐ始まる授業に備えて、体力作りをしている者も多い。

オリエンテーションに行った生徒は多かったが、実際にどこかのクラブに入部した生徒はそんなにいないようだ。アキラとシゲルにしても、あのクラブ名を見た限りでは、興味をそそられるようなものはなかった。授業が始まってから入っても遅くはないだろう。

それでも、さっき最後に上級生が言った言葉が気になって、アキラとシゲルはこっそり外に出た。シゲルはまだ上級生の狼藉《ろうぜき》に腹を立てていたが、やはり好奇心には勝てなかったらしい。アキラがその場の直感で行動するのに比べ、シゲルはじっくり検討してから行動を起こすタイプだった。怒りと好奇心と今後のことを秤《はかり》に掛けた結果、彼はアキラと一緒に出掛けることを選んだ。

この時間では、山手線は終わっている。本来、夜九時以降は外出禁止なのだ。

山手線以外の移動方法は、徒歩か自転車だ。自転車は共用。あちこちに小さな自転車置き場があって、基本的に誰でも使える。使ったら、またどこかの自転車置き場に入れておけばいい。週に一度、当番が、どこの自転車置き場でもみんな同じ数になるよう調整し、手入れをすることになっている。

寮の前の自転車置き場は空《から》っぽだった。調整の谷間でタイミングが悪かったのだろう。

他の自転車置き場を探して、暗い畦道を歩いていた二人だが、葛飾駅の裏の、雑草の中に置かれた、小さなトロッコが目に入った。

「何に使うんだろう？」

アキラが呟くと、シゲルが説明した。

「土砂の運搬用かな——俺、あれ知ってる。炭鉱で見た。シーソーみたいになってて、二人で交互に漕ぐと前に進むんだ」

「へえ、そうなんだ。よし、シゲル、あれ借りようぜ。電車は車庫に入ってるだろうし、引き込み線があるから、線路に載せるのは簡単だろう」

アキラはパッと駆け出すと、トロッコに手を掛けた。シゲルがあきれる。

「おまえも懲《こ》りない奴だな。今朝も酷い目に遭ったのに。俺たち、既にいっぱい校則違反してるんだぜ。夜中にトロッコ漕いでるところなんか見つかったらどんなことになるか、ちっとは考えろよ」

「改革と挑戦が我が家の家訓なんだ」

「素晴らしい家訓だな」

ぶつぶつ言いながらも、シゲルはアキラと一緒にトロッコを押すのを手伝った。

定期的に使っているらしく、古いトロッコだが動きはスムーズだった。

「よし、線路に入ったぞ」

「動かしてみよう」

シゲルが体重を掛けて片方のハンドルを下げると、トロッコはぎっ、と音を立てて動いた。続いて反対側に立っているアキラが、自分の方のハンドルに体重を掛ける。少しずつタイミングがつかめてきて、二人で交互にハンドルを下げていくと、トロッコは順調にレールの上を滑り出した。

「ほんとにシーソーだな。結構スピード出るじゃん」

「なんだか、すっごく間抜けなことやってるような気がする」

ぎっこん、ばったん、と交替でハンドルを漕ぎつつ、二人は月夜の線路の上を快調に飛ばした。

「いい月だなー。じいちゃん、元気かなー」

アキラが白く輝く月を見上げた。月光が、二人の顔をほのかに照らし出している。

「ホームシック？」

シゲルが小馬鹿にした目でアキラを見た。アキラは「へへ」と笑った。

「そうかもね。俺と兄貴、ちっちゃい時に両親亡くしたから、うち、じいちゃんとばあちゃんが育ててくれたんだ。じいちゃんは武道家で、声も身体もでかかったから、昔はおっかなかったのなんのって。でもさあ、最近めっきり涙もろくなっちゃって。兄貴が大東京学園に合格した時もおいおい泣いてたけど、俺が受かったの聞いて、やっぱり泣いてるんだろうなあ」

「へえっ、アキラの兄貴、ここの卒業生なのか。すごいなあ、兄弟揃って」

シゲルが感心した声を出したが、アキラの表情は硬かった。月を見上げたままぼそりと呟く。

「卒業してない」

「え？」

「行方不明なんだ」

「行方不明？　そんなことあるか？　こんな場所で」

アキラは、真顔でシゲルを見た。

「シゲル、この話、誰にも言わないでくれるか？」

シゲルも話の内容の重大さに気付いたのか、真剣な顔になり、こっくりと頷いた。

アキラはのろのろと口を開いた。

「今でもあの日のことはよく覚えてるよ——突然、短い手紙が文部省から届いたんだ。『カナザワオサム——うちの兄貴の名前さ——は自発的に学校を出ていき、消息は不明である。よって、除籍処分とする』。たったのこれだけ。みんなびっくりしたよ。詳しく状況を教えてくれって、じいちゃんが何度も文部省に掛け合ったのに、誰も何も教えてくれなかった。ばあちゃんは一週間泣き暮らしてたし、兄貴に期待してた親戚一同はどういうことだって押しかけてくるし、みんな大混乱さ。あちこち探したけど、今まで全くの音信不通なんだ。未だに俺には信じられない。だって、うちの兄貴はよくできた奴なんだ。強くて頼もしくていつも穏やかで、あの兄貴に限って、じいちゃんたちを心配させることなんて、絶対にするはずがない。俺、ここに来れば兄貴が見つかるかもしれないって心のどこかで考えてた。いったい何が兄貴に起きたのか、ここに入れば分かるんじゃないかって」

アキラは小さく溜息をついた。トロッコを漕ぐ手が鈍り、スピードも落ちる。

「兄貴が行方不明になったって聞いてから、毎晩寝る前にその理由を考えたよ。でも、どうしても分からない。どんなに考えても、兄貴がいなくなる理由が思いつかないんだ。だけど、ここに来て、ノシロの話を聞いて、橋を渡る前の騒ぎを見て、初めて納得した。もしかすると、兄貴は脱走したのかもしれないって」

「脱走」

シゲルは、恐ろしい言葉のように繰り返した。

アキラは小さく頷いて続けた。

「自発的に出て行く。文部省の紙切れじゃ、その意味はよく分からなかったけど、それがどんなに難しいことか、あの時の騒ぎを見てよく分かったよ。それでも出て行ったってことは、よほどの理由と強い意志があって、兄貴は自分から出て行ったんだ。よほどの準備と手間をかけて。でなきゃここから出て行けないもん」

「アキラと何歳離れてるの？」

「七歳」

「そんなに離れてるのか」

「そうなんだよ。兄貴は俺の父親代わりだったんだ」

「じゃあ、アキラの兄さんがいた時の生徒はもういないな」

「うん。タダノみたいなのばっかりじゃ、教職員にも聞けやしない」

アキラは深く溜息をついた。

暫く無言でトロッコを漕ぐ。

シゲルはじっとアキラの顔を見ていた。

「おまえ、強いなあ」

「え？」

「俺なんか、カリカリして周囲に嚙みついてばっかりだった。アキラは最初から俺のことかばってくれたし、余裕がある。そんな大変な事情があるのに」

「別に強くないよ。単細胞なだけさ」

「手掛かり見つかるといいな。俺も気に留めとくよ」

「ありがとう」

兄貴も今どこかで、同じ月を見てるんだろうか。

アキラは白い月を見上げた。

月明かりに照らされた田んぼの中を、トロッコは滑るように進んでいく。


ようやく大東京タワーのふもとに辿り着いた。トロッコを漕ぎっぱなしだった二人はへとへとである。

昼間は人だかりで気付かなかったが、広場の隅っこの林の陰に、赤い郵便ポストがぽつんと建っていた。円筒形の、古い型のポストである。

「なんだよ、誰もいないじゃん」

「騙されたかな。くそ、苦労して来たのに」

二人は無人の広場を見回しながら文句を言った。

アキラは腹立ち紛れにポストを蹴飛ばしたが、突然、ぎゅっと足首をつかまれ、思わず悲鳴を上げた。

「しっ。早く降りろ、新入生」

足元を見ると、郵便ポストの下から手が出てアキラのズボンの裾を引っ張っている。

身体をかがめてみると、昼間会った大柄な上級生が、ポストの下の穴の中で唇に人差し指を当てていた。ポストは、一箇所を起点として回転するようになっているらしい。

ポストの真下に、深い穴が続いているようだ。上級生は穴の底に下り、手招きをした。

言われるままに、二人は穴の中に入っていく。

アキラとシゲルが降りると、上級生はポストの底から突き出ている鉄の取っ手を引っ張って再びポストを元の位置に戻し、閂《かんぬき》を掛けた。

下には小さな空間があり、横穴が続いているのが見える。横穴の奥がぼうっと明るい。

「こんなところから入るなんて」

「本当に『アンダーグラウンド』だな」

「しっ、静かに。この辺りで喋ると地上に聞こえる」

上級生が低く注意し、素早く奥に進んでいく。アキラとシゲルもその後に続いた。

横穴は、かつては何かのトンネルだったらしかった。NTTという文字の入ったちぎれたケーブルがあちこちに散らかっている。天井からはぽたぽたと水が落ちていて、小さなヤモリが走っていくのが見えた。

遠くから、ざわざわと大勢の人の声らしきものが聞こえてくる。

「相当の人数がいるぜ」

シゲルが耳元で囁いた。

トンネルの奥に、大きな鉄の扉が見えてきた。隙間からかすかに光が漏れている。

「よし、入って」

扉は引き戸になっていた。ぎぎぎ、と上級生がゆっくり力を込めて扉を引っ張ると、眩しい光が目を直撃する。これまでの暗さとのあまりの違いに、二人は思わず手で顔を覆った。誰かが叫ぶ。

「**今週のスポッッッッットライト!**」

この声、聞き覚えがあるぞ。アキラはそう直感した。

ワアーッ、という潮騒《しおさい》のような歓声が二人を出迎えた。

思わず逃げ道を探して後退《あとじさ》るが、既に扉は閉じられている。

目が眩《くら》んで、周りの様子がよく見えない。どうやらここは舞台の上らしく、大勢の人間が舞台を囲んでいるのは間違いない。なんだか、女の子の声が聞こえたような気がするのは錯覚だろうか? 誰かが、舞台の上の二人にライトを当てている。

「えー、皆さん、ご紹介しよう。今年のニューフェイス、我が『アンダーグラウンド』初登場の、新入生のお二人だ。おお、会いたかったよ、二十八番。さすがやってくれたね二十八番。僕が二重丸付けただけのことはあるね。ぶっちぎりの美少年、横浜一番乗りのアカシシゲル、僕らは君を待っていた。おっと、しかし油断は禁物だ。この顔に騙されちゃいけない、彼の向こうッ気の強さは侮《あなど》れないね。カワイコちゃんだと思って近寄ると火傷《やけど》するぜ」

パッと明かりが消え、シゲルにピンスポットが当たる。シゲルのむっとした顔が照らし出されると、ピーピーとけたたましい口笛があちこちから飛んできた。

アキラは、その時になってようやく声の主に思い当たった。受験速報のＤＪのアカサカだ。なんでこんなところに？

ふと、天井近くにある、煉瓦《れんが》造りの茶色の塔のてっぺんに、ガラス張りの小さなブースが見え、サングラスを掛けてマイクを握った男が見えた。が、今度は自分にピンスポットが移動してきたので何も見えなくなる。

「こちらは、一見あどけない少年だが、格闘技の天才、中部・北陸地区エントリーのカナザワアキラ。ノーマークだった自分を恥じるね。おめでとう、アキラ、君は大穴だった。僕、七千円も負けちまったよ。だが、この負けは取り返してみせる。君はこれからも大化けしそうだからね。ここで宣言しとくよ！　僕は君が卒業総代になることに賭けるぜ」

悪いけど、更に負債は増えるだろうな、とアキラは思った。

「さて、新入生。舞台の端にあるＶＩＰ席へどうぞ。君たちに、大東京学園、『アンダーグラウンド』の華麗なるクラブ活動を紹介しよう。君たちは運がいい、本物のオリエンテーションを体験できるんだからね。夜はこれから。ウエルカム・トゥ・アンダーグラウンド。では、ここでマイクをステージにお返ししよう。トクドメさん？」

「はい、トクドメです」

舞台の脇から声がした。

「あれっ」

シゲルが小さく叫んだ。

「ねえ、あれ、クラス分けの時のあいつだよ。ええと、あの時はフクミツって言ってなかったっけ」

「ほんとだ」

見覚えのある、縦縞の帽子がこちらを見てにやっと笑った。

「おっと、勘違いしないでほしいね。僕のここでの名前はトクドメさ。地下での名前は地上ではタブーだ。そこんとこ、よろしく。でないと、君たちも少なからぬポイントを失うことになるぞ。無事卒業したければ、昼と夜の区別はきっちりつけること。それが、君たちがこの大東京学園で生きていく秘訣さ」

ライトの中に白い歯が浮かび上がり、クレーンに乗った男が空中を上がっていく。

アキラは、トクドメの白い歯を見た瞬間、なんとなくぞっとした。

大東京学園は、見た目通りの場所ではない。むしろ、矛盾に満ちた、グロテスクなところなのではないか。

「こんばんは、シゲルくんアキラくん。『明日の学生服を考える会』です。地下名は『コスプレ研究会』です」

闇の中からしおらしい声がした。

「コスプレ？　なんだそれ。シゲル、知ってるか？」

「分からないな」

ぬっと闇の中から大柄な女が出てきて二人はぎょっとした。わーっという爆笑と歓声が辺りにこだまする。

「おい、あれ、男だぜ」

アキラは青ざめた顔で呟いた。よく見ると、さっき道案内をしてくれた、あの大柄な上級生ではないか。ロングヘアのかつらをかぶり、赤い口紅を塗りたくっている。青い小さな帽子を載せ、チェックのスカーフを首に巻き、タイトスカートの下にはストッキングと黒のハイヒール。スカートははちきれそうだし、ステージを歩く度にハイヒールがみしみし音を立てて揺れる。彼はステージの中央で片手を頭の後ろに回してポーズを取ると、マイクに向かって低い声で解説を始めた。格好と声とのギャップに、むしろ恐怖心を煽られる。

「今宵は、一九七〇年代の日本航空スチュワーデスの制服を再現してみました。デザインは、蝶を護符としてあがめていたハナエ・モリのものと推測されます。スチュワーデスは飛行機のホステスとして容姿が最重要視され、就職先としても花嫁供給源としても男女双方から羨望《せんぼう》の的となった職業であります。看護婦の白衣やセーラー服と共に、コスプレとしては最も人気のあった衣装なのであります」

「部長、待ってください」

後ろから、奇妙奇天烈《きみようきてれつ》な格好をした男が出てきた。ガニ股で大きな眼鏡を掛けている。これも女装らしいが、少し変だ。金髪のかつらにはピンクの大きなリボンが結んである し、身体にぴったりついた銀色の奇妙な服を着ている。奇妙な服はあちこち大胆にカットしてあって肌の露出が多く、彼の貧相な骨格が露《あらわ》になっていた。

「僕の解釈は違います。確かに、もともとコスチューム・プレイというのは、制服を持つ職業のイメージに妄想を抱く男性の欲望を満足させるために始まったと思われますが、八〇年代以降はその様相を変えています。その頃になると、コスプレと呼ぶ場合、専《もっぱ》らその主流は若年層が占めていて、これはTVのアニメーションやゲームのキャラクターを装い、互いに見せ合うのがほとんどです。かつてのコスプレが密室性の高い、個人の楽しみであったのが、徐々に逆転して開かれた若者の共通言語になっていったと」

「ちょっと待ったあ、それはあたしたちの分野よ！」

そこへまた、別の男が舞台に飛び乗ってきた。

耳にきらきら光る飾りを着け、黒の帽子をかぶり、素肌に黒のスーツを着ている。なよなよとして、しなを作っているところは女のようだ。

「シゲル、アキラ、よろしくね。あたし、『対話の活性化を図る会』部長のアタミよ。

地下名は、『性風俗研究会』。『コミュニケーション研究会』と呼んでくれてもよくってよ。人間が分かりあうための、根本的な、本能に根ざした大事なところですもの。あたしたちも理解しあいましょう。ぜひうちに来て」

男は、アキラとシゲルに濃厚なウインクを送ると、舞台の上の二人にキッと向き直った。

「二人ともちぃとも分かってなくってよ。装うことの意味を間違ってるわ。そんな、七〇年代、八〇年代なんて、みみっちいカルチャーで片付けないでちょうだい。男が女の服装をするのは、古くから呪術的な意味を持つ文化人類学的伝統だわ。装うというのは、そもそも神聖な行為なのよ。誰に向かって装うか？　それはやっぱり神でしょう。女系社会から男性優位の社会への転換が起きた時に、装うという行為に、男と女の二元論が持ち込まれたんだわ。しかも、社会的規範が男に家長やホワイトカラーとしての役割分担を与えたがゆえに、違う性を演じることは自己の解放に繋がっていくようになって」

「それならうちにも関係ありますっ」

またしても別の男が舞台によじのぼってきた。彼は学生服のままだが、鉢巻《はちまき》をし、銀縁眼鏡をかけ、手にうちわを持っている。鉢巻とうちわには「クミコ命」と書かれていた。

「あら何よ、口出さないでよ。たかが偶像の追っかけのくせに」

黒ずくめの男は口を尖らせた。最後に来た男は、紅潮した顔でシゲルとアキラに一礼する。

「自分は『尊敬を学ぶ会』所属ですっ。地下名は『二十世紀アイドル研究会』ですっ。関係あります、アイドルのコスチュームは二十世紀後半、特に最後の十年間で劇的な変化を遂げるんですっ。それまでは、アイドルというのは、少女という概念の昇華したものでした。聖少女、ですね。ゆえに、そのコスチュームもひらひらとした人形のような、現実離れのした、パステル調のものが主流でした。しかし、女性の社会進出と共にそういう万人の聖少女という概念は崩壊していき、やがてはそういう聖少女としてのアイドル自体が、九〇年代後半、ついに消滅するのであります。自分は、その境目が、男女雇用機会均等法の実施ではないかと睨んでおるのですが」

「おまえらうるさいな、まだうちの説明が終わってないんだぞ」

スチュワーデス（というものらしい）姿の大男が怒鳴った。

「何よ、そっちこそ、自分の部の中での解釈統一ができてないくせに」

ぎゃあぎゃあ舞台の上で諍《いさか》いを続けている連中に、アキラとシゲルがあぜんとしていると、鉢巻をした男が突然シゲルの前に駆け寄ってきてひざまずいた。

「待っていました、こんな日を。きっと、僕らのアイドルが現れるだろうと。きっとパステルカラーのドレスを着て、僕らの前でひらひら舞ってくれると。僕らの——」

うるんだ目でシゲルを見上げる彼の背中を、黒いヒールが一撃した。床に倒れた彼の後ろに、大柄なスチュワーデスが立ちはだかる。

「この野郎、抜け駆けしたな。この際解釈はどうでもいい、シゲルくん、頼む、ぜひうちの部に入ってセーラー服を着てくれ。アンナミラーズの制服でもいいぞ」

「このロリコンめ。駄目よ、彼の美しさはそんな幼稚なものじゃ引き立たないわ。今月はランジェリーパブの研究会を予定してるの。あんたには黒のシルクを用意するわ」

三人の男がシゲルに迫る。会場からは無責任な声援が飛び交い、うるさいことこの上ない。

アキラはさっきからはらはらしていた。シゲルはずっと黙り込んだままだったが、必死に怒りを抑えていることは、傍《はた》からみてよく分かった。が、今や爆発寸前である。顔が真っ赤で、唇がわなわな震えている。

「シゲル、落ち着け」

アキラが宥《なだ》める声も聞かず、シゲルはついに椅子を蹴とばして立ち上がった。

「馬鹿野郎、なんで俺が女装しなきゃならないんだ。この変態ども。いったい俺をなんだと思ってやがるっ」

シゲルのパンチがスチュワーデスの顔面を直撃した。見事に決まり、彼は無言でまっすぐに後ろに倒れる。会場からおおっ、というどよめきが上がった。

「やめろ、シゲル、落ち着け」

慌ててシゲルをはがいじめにしたが、シゲルの怒りはすさまじかった。

ま、無理もないな。これだけコケにされたんじゃあ。アキラは思わず苦笑した。

シゲルはかんかんになってアキラの腕の中で暴れている。

「はなせ、アキラ、こいつら、こいつら、馬鹿にしやがって、思い知らせてやるっ」

「ご両人、助太刀《すけだち》いたす」

突然、上半身裸で筋肉隆々の、黒いパンツと黒いブーツを履いた男が二人、舞台に上がってきた。

「脳天唐竹割りーっ！」

鉢巻男に突然チョップを浴びせると、音もなく男はくずおれた。

「あれっ」

アキラはその顔を見て声を上げた。先日葛飾組に案内してくれた、キツネ目と丸い眼鏡の男だ。キツネ目の方がアキラを見てニカッと笑う。

「よう。『体力作り研究会』部長のカゴシマだ。地下名は『あらゆる格闘技研究会』。アキラ、うちに来てくれよ。昼間、タワーのところでこの連中を投げるとこ、見たぜ。ほれぼれしたよ」

そのカゴシマの後ろで、パイプ椅子を持ったスチュワーデスが殴りかかってくる。

「危ないっ」

アキラが叫ぶと、カゴシマはさっとスチュワーデスに向き直って椅子を払い落とし、すねに蹴りを入れた。

「十六文キーック！」

「馬場ーっ、馬場ー、ありがとーっ！」

気が付くと、タオルを首に巻いた連中がステージの下に集まって歓声を上げていた。

「空手チョーップ！」

「おい、それ時代考証違うだろ」

丸眼鏡がキツネ目に文句を言った。

「あれっ。これ、力道山か」

考え込むキツネ目に、他の連中が殴りかかった。

「筋肉馬鹿め、勧誘の邪魔すんなっ」

「そうよっ、美しくもない連中が舞台に上がらないでっ」

「座布団を投げないでください、座布団を投げないでください」

いつのまにか、舞台の上は押すな押すなの大乱闘になっていた。

巨大な、迷路のような街。

元は、ヤエスという地下遺跡だったところらしい。

ごちゃごちゃといろいろな建物が立ち並び、とても地下とは思えなかった。よく見ると、古びた街灯や電柱まで立っている。天井には夕焼け雲の絵まで描いてあって、多くの人間が、ここをもう一つの都市にしようとしてきたことが窺える。

アンティークの集積。歴史の教科書で見た、前世紀の遺物。

いろんなものが通路に投げ出されている。

青いポリバケツ、木製の牛乳瓶入れ、ガラスの割れた自動販売機、「名曲喫茶」の看板。大きなカエルの人形、オレンジ色の象の人形、眼鏡を掛けて笑っている、太った大男の人形。どれもひどく汚れていて、歳月の長さを物語っていた。

夢のようだ。それも、生まれる前に見た夢。

そこここに人の気配があった。日々積み重ねられる、営みの気配。食べ物を炒める匂いや、英語の音楽や、落語のラジオ放送が、混ざりあってどこからか流れてくる。

かつてあった街、物質文明と資本主義が席巻《せっけん》していた前世紀の街。知識やイメージとしては知っているが、住んだことはない街。

だけど、なぜか懐かしかった。ネオンの明かりや、赤提灯《あかちょうちん》の明かりがうっすらと滲んでいるセピア色の世界は、なぜかちょっぴり切ない気分になる。目を閉じれば、ざわざわと前世紀の喧騒《けんそう》が聞こえてきそうだ。

「信じられない、こんなところがあるなんて。地下に、こんな広い世界が。これ、いったいどこまで続いてるの？」

アキラはカゴシマに尋ねた。

「誰にも分からない。大東京学園の創立以来、いや、創立前からある場所だし、居住人数すらも誰も把握してないくらいだからな」

「住んでる人もいるの？」

「いるいる。噂じゃ、創立以前から住み着いてる年寄りもいるらしいぜ」

「いったいどういう人が住んでるの？」

シゲルが尋ねた。

「いろいろだな。卒業できずにドロップアウトしてここに潜り込んでる奴もいるし、卒業してもそのままここに居着いた奴もいるし、職員からここの住人になった奴もいるし、外から来た業者が商売してるのもあるし、理由も目的もいろいろさ。ただ、『地底人』は外には出て行かない。それが暗黙のルールさ。この中だけで暮らし、地上から来た客をもてなす」

もしかして、この中に兄貴が？

アキラはそう思いついて衝撃を受けた。

「ねえ、脱走した人もここにいるの？」

カゴシマはちらっとアキラを見た。

「それは、ない。脱走と、これはまるで別のものだ。ここはしょせん大東京学園の中だ。言うなれば、未認可のレクリエーション施設。ここにいるのは、ただのドロップアウトした連中さ。だが、脱走は違う。警備をかいくぐって外に出られるのは困るんだ。文部省の指導方針に対する反逆とみなされるからね」

「そう」

アキラはうつむいた。シゲルがそっと背中を叩く。慰めてくれているのだろう。

後ろから、顔を痣《あざ》だらけにした上級生たちがぞろぞろついてくる。

乱闘が収まり、観客が散っていったあと、舞台の上には最初に上がった四つのクラブ部員が残った。上級生たちは、混乱の原因が自分たちであることを認め、シゲルとアキラに対するお詫びとして、「アンダーグラウンド」、略して「アングラ」を案内すると申し出たのである。アキラに異存はなかったが、シゲルが睨みつけるので、カゴシマとその連れ以外の上級生は、そっと後ろからついてくることにしたのだった。

「そういえば、さっき会場で女の子の声を聞いたような気がしたんだけど」

シゲルが思い出したように呟いた。アキラも同意する。

「あ、俺もそう思った。おばさんじゃなくて、若い女の子」

上級生たちは、きょとんとした。

「あら、気のせいじゃない？　うちのクラブのコかもね。まだボーイソプラノのコがいるから」

アタミが答えた。

「きっとそうだよ。いるわけないだろ」

スチュワーデスが同調し、カゴシマも頷く。

大東京学園は男子校だ。女子の入学は許されていない。言われてみれば、ただの甲高い声だったような気もする。

「ねえ、文部省は『アングラ』の存在を知らないの？」

シゲルが尋ねた。

「いや、見て見ぬふりをしてる。職員も、かなりの数がこっそりここに出入りしてるからな。黙認なのさ。校則が厳しいから、ずっとここで暮らしてる職員に息抜きが必要なのを分かってるんだ。うまくここを利用してる。だが、地上では、ここは存在しないことになっている。ここはあくまでも、夜の地下の見えない世界に過ぎない。だから、出入りしていることが明らかになった生徒は、たちまち新宿クラス行きさ。特に、タダノはここが大嫌いだ。あいつはここには来ないし、ここに来た奴を許さない。あいつの前で、ここの存在を臭わせることだけはやめといたほうがいい」

カゴシマは淡々と言った。

新地球元年を挟み、前世紀の科学文明の過度の発達が罪悪とされる風潮が世界を覆ったが、もう一つ罪悪とされ、激しい排斥《はいせき》のターゲットになったものがある。

退廃、怠惰《たいだ》、犯罪の一因とされた、サブカルチャーだ。

特に日本では、一部の伝統芸能を除き、サブカルチャー全般が政府に敵視され、一般道徳としてもタブーとされてきた。それが地上の世界の規範である。だからこそ、地上のクラブ活動では、地下名と同じ名前を名乗ることができないのだ。むろん、二十世紀のサブカルチャーを研究することなど、ご法度《はっと》。昼間見た、段ボール紙に書かれたあの妙ちきりんなクラブ名は、文部省への苦慮の結果なのだ。

科学技術の進歩などまやかしである。人間が生きていくのに大した知識は必要ではない。消費は悪徳であり、文明は消費を煽るものであってはならない。人間は、かつてのようにシンプルに生きるべきである。余計なことを考えたり、現実にありもしないことを空想するのはエネルギーの無駄であり、働かないことに繋がるから、これまた悪徳である。ゆえに、サブカルチャーは罪悪である。人々から時間を奪い、堅実な生活を奪う。このようなものを、現代の日本は必要としない。我々はあるべき姿に戻ったのだ――

しかし、まだ前世紀から生きている人は結構残っているし、今世紀の初めまで残っていたサブカルチャーに憧憬を抱いている人は相当数いるようだ。

アキラは、祖母の部屋の天袋《てんぶくろ》に「non-no」とか「anan」とかいう、よく分からない雑誌がいっぱい隠してあるのを見たことがある。一時期世界を吹き荒れた退廃文化狩りから、よく隠しおおせたものだと思う。それはアキラの祖母だけではなく、こっそりサブカルチャーを楽しむ地下活動が全国で行われているという話も聞いたことがある。アキラはもともとそういうものにあまり興味がなかったけれど、今にして思えば、兄貴は地下図書館からいろいろと本を借りて読んでいたようだ。

アキラは目の前に広がる光景が信じられなかった。

よりによってこんなところに、巨大な「アングラ」があるとは。まさに政府のお膝元という場所ではないか。

少し先の店の中から、賑《にぎ》やかな声が聞こえてきた。泥だらけの大きな箱を前にして、わいわいと少年たちが議論をしている。

「あれは?」

「『ジャンクフード研究会』。おっと違った、『食料増産の会』の部室だね」

ひょいとカゴシマは店の中に足を踏み入れ、声を掛けた。

「どうした。何かあったのか」

「おお、カゴシマ、聞いてくれ」

刷毛《はけ》とピンセットを持って箱の上にかがみこんでいた男が振り返った。

「奇妙なものが見つかった。初めて見るものだ。紙箱が残っているのは、すごく珍しい。雑誌の広告で、存在だけは知ってたんだけどね。これは、かつてロングセラーだった『ポッキー』という食べ物なんだ。飲み屋でコップに飾るアクセサリーとしても使われていたらしい」

「随分でかいなあ。こんなでかいものを食ってたのか。前世紀の連中がよくものを食うのは知ってたけど」

カゴシマがあきれた声を出した。

確かに、大きい。紙の箱は、のしもちを二枚重ねたくらいの大きさがあった。表面にはすりこぎよりも大きい茶色の棒が並べて印刷してある。泥を丁寧に刷毛で払ったらしく、保存状態はいい。

これが食べ物？

アキラとシゲルは珍しそうにその箱を眺めた。

「そうなんだ。でかいんだ。でも、おかしいんだよ。我々の調査では、『ポッキー』という食べ物は、この十八分の一の大きさのはずなんだ」

「十八分の一？　じゃあ、これはなんなんだ」

「部長、私、発掘しながら考えたんですが」

隣にいる、白衣を着た男が手を挙げた。

「ひょっとして、放射能のせいじゃないですか？　今世紀初頭にかけて、国内のあちこちで放射性廃棄物が地中に埋められました。この食べ物も、地中に埋まっているうちに、その影響を受けて肥大化してしまったのでは」

「馬鹿いうな、遺伝子もないのに紙箱がでかくなるか」

アキラは壁にずらりと並んだ標本を眺めた。あちこちで発掘した、過去の食べ物を樹脂で固めて標本にしてあるらしい。ずいぶんいろんなものがあったものだ。パッケージもデザインも、色も、さまざま。しかも、読み取れる名前は変なものばかり。中には、とても食べられるようには見えないものもある。

カゴシマが、「出るぞ」という合図をしてよこしたので、議論に白熱する連中を残して店を出る。

「ずいぶん熱心なんだね」

「あんなのが、数え切れないほど活動してる。地上ではなかなか本来の活動ができないから、みんな夕飯食って仮眠してからここに来る生徒が多いね」

「ふうん。学校生活と両立できるのかな。授業、きついんでしょ？」

アキラが不思議そうに尋ねると、カゴシマは乾いた笑いを漏らした。

「いずれ分かるよ。大東京学園には『アングラ』が必要なんだってことが」

アキラには、彼の言葉の意味が分からなかった。

カゴシマは腕時計を見た。

「おっ、こんな時間だ。そろそろ帰ったほうがいい。アキラ、うちの部に入ってくれよな。俺、今グレイシー柔術を研究してるんだ。君の流派はなんだい？　その気になったら、いつでも九時過ぎにここに来てくれ。ポストを叩いて、『てくまくまやこん、てくまくまやこん』と二回唱えれば、電子キーが作動してあの門が外れるようになっている。中に入ったら、門を閉めるのを忘れるんじゃないぞ。シゲルも良かったらうちに。他の部が許さないとは思うけどさ」

後ろの連中の視線に殺気を感じたのか、カゴシマは慌てて言い添えた。

「てくまくまやこん？　どういう意味？」

「知らん。そういう決まりなんだ」

「『アングラ』はあそこからしか入れないの？」

「他にも何箇所か入口があるけど、必要に応じておいおい教えるよ」

ふと、狭い路地の奥に、アーチ状に建てられた看板の文字が見えた。

薄暗い黄色い照明。色あせたプラスチックの花がぶら下がって、いかにも場末な雰囲気だ。よく見ると、看板の最初の二文字がペンキのようなもので乱暴に塗りつぶされている。

「ねえ、あれなあに？　なんて書いてあるの？　あの向こうにも建物が続いてるの？」

アキラがその看板を指差すと、カゴシマはさっと顔色を変えた。彼だけでなく、上級生の間にも気まずい沈黙が広がる。

「俺は、あそこには、一度も足を踏み入れたことがない。みんなもそうだ」

カゴシマは低く呟くと、改まった顔でアキラを見た。

「いいか、これだけは警告しとく。あそこには絶対足を踏み入れるんじゃない。もしそんなことをすれば、君らの将来はめちゃめちゃになるぞ。卒業したいのなら、あそこには近寄らないほうがいい」

カゴシマの声に、有無を言わせぬ響きがあることに、アキラは驚いた。

「なぜ？」

シゲルが醒めた目で尋ねたが、上級生は誰も答えようとしない。みんな前を向いたまま、すたすたと歩き続ける。

アキラとシゲルは顔を見合わせたが、黙って彼らについていった。

さっきの大乱闘が嘘のようだ。静かな半円形の舞台の後ろの大きな扉を開け、トンネルを通り、最初に入ったポストの真下の横穴の入口まで、みんなは無言で歩き続けた。

「じゃあ、またな。アキラ、待ってるぜ」

「シゲルくん、今日は悪かった。でも、一度でいい。うちに遊びに来てくれ」

「自分も待ってます。いつまでも、待ちます」

「チャオ、シゲル。怒った顔も素敵だったわ」

上級生が、口々に小声で挨拶する。

アキラは手を振り、シゲルは顔をしかめてポストの下の梯子《はしご》を上った。

そっと地上に出ると、月の明るさに驚かされた。

「悪夢のようだったな」

ポストが動いて穴が塞《ふさ》がれると、シゲルが大きく溜息をついた。

辺りはしんと静まりかえっていて、これまで見ていたものが嘘のようだった。

二人はとぼとぼと疲れた身体を引きずって駅に向かった。これからまたあのトロッコを漕いで帰るのかと思うとうんざりした。

いったい、どっちが本当の世界なんだ。

アキラは、月を見上げながら呟く。

無論、月は教えてはくれない。これから彼を待ち受ける、地上と地下それぞれの世界の恐るべき現実を。

第四章　グッドモーニング・バビロン！

人間、いつかは死ぬ。

未来を知ることはできないが、このことだけは確かだ。

そんなことは、君たちも先刻承知だろうがね。死は全ての者に等しく訪れる。

そして、人間は人間を殺す。今までも殺してきたし、これからも殺すだろう。

人間は、豚を殺し、牛を殺し、鶏を絞める。魚をさらい、卵を奪い、木の実をむしり、木の皮を剝ぐ。むろん、人間に限ったことではない。この世の生き物は、他の生き物を殺して、喰らう。そうして、自分が生き延びる。

（森の風景。木漏れ日。草原を走る動物たち。流れの中の魚。花の上を舞う蝶と蜂）

これはなかなか興味深いシステムだ。殺生をしなければ自分を生かすことができないのだから。逆に、他者を必要としない、自分だけで完結したシステムだったならば、とっくに全ての生物は何かの拍子に絶滅していただろう。

互いに殺しあい、探りあい、競争しあう。つまり、この世の生き物は必ず他者を必要としている。他者の生命に依存することによって生命を維持する。そのためにさまざまな戦略を試みたからこそ、生き物は生き物たる逞《たくま》しい多様性を獲得したのだ。

(屍肉を漁る鳥。腐りかかった屍骸にたかる蛆虫《うじむし》と蠅。インパラに襲い掛かるライオン、鰐《わに》の口から飛び出している、喰いちぎられた血塗《ちまみ》れの人間の足)

かつて地上には多種多様な生物が存在していた。しかし、君たちも知っているように、今世紀初頭にかけて、ほとんどの動物は死滅した。自然淘汰という言い方もできるのかもしれないが、要するに、我々が殺し尽くしたのさ。直接的にも、間接的にも。

(積み上げられている象牙、重ねられる毛皮、羽根飾りの付いた帽子の山。重油の中に横たわる真っ黒な鳥、鳥、鳥。海辺に打ち上げられている、ぼろぼろの死んだアザラシの群れ)

　君たちは、火が燃えるためには何が必要か知っているね？

　火が燃えるためには、三つの要素が必要だ。まず、燃えるものがあること。次に、酸素があること。そして、発火点まで温度が上がること。分かるね？　だから逆に、火を消そうとする人が最初にするのは、水を掛けることだ。温度を下げるためだね。または、布団や砂を掛けて空気との接触を断つ。酸素を与えないためだ。そして、山火事の時などは、先に木を切ってしまう。燃える材料をどかしてしまうためだ。そうすれば、火を消せる。

我々は、これと同じことを他の生物に対して行ったのだ。生殖機能を汚染して奪い、住みかや食べ物を奪い、殺戮《さつりく》して生命を奪った。もちろん、同時にそれらは自分たちに対しても行われてきた。長い歳月をかけて、緩慢な自殺を連綿と続けてきたわけだ。

断言しよう、我々は愚かなのだ。霊長類などという驕《おご》りは笑止千万《しょうしせんばん》。ただの歪んだ方向性を持った一生物に過ぎない。そのことすら理解できないほど愚かな、しかし利口で破壊的な生物なのだ。

(燃える町。破壊された橋。爆発し、空から落ちてくる飛行船。海の中の四角いボートから、銃を抱え上陸する兵士。銃を突きつけられる人々。後ろ手に縛られ、撃たれて弾き飛ばされる頭、穴の中にくずおれる人々。負傷兵の長い行進。峠を越える難民。腹の膨らんだ、骸骨のような子供たち。空を舞うカラス。燃えるゴミの山。ゴミを拾う子供。山を押し崩すブルドーザー。燃え続けるタイヤの山)

ほんの少しの快楽と怠惰のために、破壊と殺戮を繰り返し、自分で水も空気も食料も生み出せない連中が、いつも椅子に座って指一本動かすのも億劫《おっくう》な、他人の分も意地汚く貪《むさぼ》り喰い、しかも食いきれないものを平気でドブに捨てる連中が、ほんの少しの想像力を働かせることもせず、ちっぽけな自尊心のために世界を滅ぼしたのだ。

そう。自分の欲望に精一杯で、誰も何もしなかった。

(殺しあう人々。古い教会の中に積み上げられた頭蓋骨の山。丘を埋め尽くす墓標。泣

き叫ぶ女。汚れた顔を流れる涙）

我々は愚かなのだ。白い画面や箱の中に虚しい妄想を描き、脳ばかりが肥大して、存在しないものを追い求め、閉塞された空間で瑣末なことに快楽を求め、手も足も内臓も使いこなせなくなっていった。去勢されたような、幽霊のような人間が世界を埋め尽くしていたのだ。

（享楽的に肌を露出して踊る人々。ずらりと並ぶ白い画面を、取り憑かれたように見つめている子供たち。林のような高層ビル。怖い顔をして、同じ方向に一斉に歩いていく人々）

我々は愚かなのだ。もはや、我々は失敗してしまった。我々は負けたのだ。自分の手で使いこなせないものなど、しょせんは不要なものなのだ。自分の手を動かさない者、自分で自分の食べるものを作れない者に、生きる資格などないのだ。

（破壊された発電所。跡形もない焼け野原。閃光と巨大なキノコ雲。砂漠の実験。スローモーションで溶けてゆく人形。閃光。サングラスを掛けて拍手する人々。黒焦げの人人の山、燃えている人々の山、川の中に積みあがる死体。病院の廊下で並んで待つ人々。目をぎょろぎょろさせた子供たち。奇形の花。奇形の牛。奇形の魚）

理屈も、詩も、イデオロギーも、進歩も、何の役にも立たなかった。

人間は動物なのだ。ちょっとばかり知能があったばっかりに、他の生物よりも劣ってしまった動物。愚かな生き物が大それた望みなど持つべきではなかったのだ。

人間は人間を喰らう。他人を見下し、支配し、搾取《さくしゅ》したがる。

社会というものが成立してから、それは徐々に顕著になっていく。遠いところに出掛けていって武力で制圧し、安い労働力を自分たちの安寧《あんねい》と快楽のために酷使し、自己の欲望のために他者を貪る。当然のごとく、むしろ賞賛を浴びながら行われてきたことだ。

十九世紀以降、日本もそれを行った。人類の歴史の縮図を、日本はわずか百年足らずでやってのけた。だからこそ、世界に憎まれ、世界に疎《うと》まれ、世界に妬まれたのだ。

自分たちがかつてさんざんやったことを目の前で繰り返される後ろめたさ。自分たちもあんなふうに短時間で成り上がりたいという欲望。それら全世界の蔑《さげす》みと羨望を、この極東のちっぽけな島国がいっしんに受けていた時期があったのだ。今では昔話だが。

決まって、先にパイを食った奴に限って、後から来た者に対しては、残り少ないから食うなと平気な顔をして言うものさ。そいつは、誰よりもパイのうまさを知り尽くしているからこそ、そんなことを言えるのだ。パイをいったん食い始めたら、食い尽くすまでやめられないことをよく知っているからな。だが、そんな奴の言うことを誰が聞くと思う？　あいつらのようにうまいものが食いたいと後から来た方にしてみれば、くそくらえだろう？

そういうわけで、残り少なかったパイを、みんなで争って食い尽くしたわけだ。

おめでとう！　その世界が、今の我々が住んでいる、この素晴らしき世界だ。

先人たちは、自分の子供たちのことなど何も考えてはくれなかった。自分たちさえよければ、自分の孫が野垂れ死にしても平気だったのさ。

分かっているね？　我々は、どこまでも、救いようのないほど愚かなのだ。

この愚かさは、死んでも治らない。


ガチン、という嫌な感触があった。

振り下ろした鋤《すき》が、大きな石にぶつかってしまったらしい。

ほんの少し間を置いて、じわりと腕に痺れが広がってきた。鈍い痛みに視線を落とすと、衝撃で親指の爪が割れて、真っ赤な血が滲み出している。

「ちぇっ。ついてないな」

アキラは、血の滲んだ親指をしゃぶった。血の味に混じって、ざらりと砂が舌に当たった。

一瞬気が遠くなって、頭の中が白くなった。慌てて身体を起こし、ぼんやりと周りの畝《うね》を見回す。

誰もが疲れ切って、しょぼしょぼした目を虚《うつ》ろに落とし、黙々と作業を続けている。

きつい。予想以上にきつい。こんな生活に耐えていけるのだろうか。

アキラは腰を叩きながら、心の中で呟いた。

「そこ、サボるんじゃない。手を動かせ」

作業を監視するために上空で旋回しているグリーンキャブのスピーカーから、耳障りな声が降ってきた。アキラは慌てて鋤を握り直す。指先に血が溢れ、土の上にポタリと落ちた。

夕暮れが迫る畑で、農作業を続ける生徒たちの学生服が、オレンジ色にぼやけ始めている。シゲルはビニールハウスで作業をしているはずだ。あちらはどうなのだろう。

予定のところが終わらない限り、作業は日没まで続く。

うちの畑を手伝っていたから、農作業など平気だと思っていたが、ここの畑は広さもノルマも桁違いだ。これでは、必死に休まず働いても追いつけない。自分の受け持ち範囲を考えると、うんざりするのを通り越して笑い出したくなってきた。

種蒔《たねま》きや収穫ならともかく、今アキラたちがやっているのは、新たな農地の開墾である。

それも、およそ農地に向いていない石だらけの土地なので、土を掘り起こすのは困難を極めた。祖母の畑が、いかに歳月を掛けて改良した土でできていたのか思い知らされる。

土作りは大変だな。こんな痩せた土地、芋も収穫できないかもしれない。アキラは汗を拭った。親指がじんじんと痛むが、見張られているので手を休めるわけにはいかなかった。

ふと、汗が染みるまぶたの裏に、舞台の上でさまざまな扮装をしていた上級生の姿が浮かんだ。今ではとても懐かしく、夢みたいな風景に思える。

ふざけた連中だと思っていたのに、なんてタフなんだ。毎日こういう授業を受け、夜中にあんな馬鹿騒ぎをする余力があるなんて。

またガチンと石にぶつかって、不意を突かれただけに今度は全身に響いた。爪のあまりの痛みにじーんと身体が痺れ、思わず涙が出る。

期待に胸を膨らませて始まった学校生活は、予想を遥かに超えたハードなものであった。

大変だとは聞いていたが、こういう大変さだとは思わなかったのだ。

実生活に役に立たないものは学ぶ必要がないという主旨のもと、授業は徹底的な実用主義である。実際のところ、彼らの大部分が卒業して役割を期待されているのは、地域の労働の実践的な技術指導者なのだ。

君たちは税金を使っているのだから、国民に還元しなければならない、というのが教師たちの口癖だった。生徒たちは橋を作らされ、下水道を作らされ、家を建てさせられる。

それも、極力動力を使わずに、だ。僅かな道具で石を切り出し、運び、積み上げる。しかも、完成すると、それを取り壊して元の状態に復元させられる。作るよりも戻すほうがよっぽど大変だった。むろん、石を切り出す作業をやったことのある生徒などほとんどいない。不慣れな作業に、事故が頻発した。何人もの生徒が手や足を潰したが、学校はこのことに責任を持たない。学園内で起きた事故については、文部省も大東京学園も免責されているのだ。ところが、生徒たちにとって、「欠席」というのはマイナス三十ポイントという非常に大きなペナルティになる。怪我も病気も事故も、学校側から見れば、同じ生徒たちが犯したペナルティに過ぎないのである。

その一方で、大東京学園の厚生省は、日本でも一、二を争う病院を持っている。ここは国の研究施設も兼ねているため、設備は最先端だ。ちょっとやそっとの怪我では、生徒たちは脱落させてもらえない。手足を潰しても、たちまちヘリで病院にかつぎこまれ、最新型の義手や義足を付けられて、すぐに学校生活の最前線に復帰させられるのだ。

あまりの現実の厳しさに、新入生たちは日に日にげっそりとやつれ、逃げ出すことを考えるようになる。果てしなく続く労働に、自分は人生の選択を誤ったのではないかと疑い始めるのである。

「これじゃあ強制収容所だ。こんなところ来るんじゃなかったよ」と、周囲の生徒に不満を爆発させていた生徒が、グリーンキャブに聞きつけられ、ポイントをごっそり奪われたあげく、「観覧車」に送られた。

学園のどこからでも見える「観覧車」は、実は巨大な独房である。

「観覧車」が回っていること、それはすなわち独房に入れられている生徒がいることを示す。「観覧車」はただの鉄の箱だ。夏はめちゃめちゃに温度が上がり、冬は凍りつきそうに寒い。わずかな水と食料は差し入れられるものの、自分の垂れ流した排泄物にまみれて何日も回っていると、気の強い者でも精神を蝕《むしば》まれてしまう。一週間入れられていた生徒が出てきた時に自分の名前も分からなくなっていたとか、頭でガラスを叩き割って飛び降りた生徒がいるとか、「観覧車」には嫌な噂がつきまとっていた。幽霊の噂も多く、以前入っていた生徒の幽霊に殺された者もいるという。「反省した」生徒が観覧車から出される度に徹底した清掃と消毒が行われるため、「観覧車」に近付くと、ぷんと消毒薬の匂いが漂う。

土木作業だけでもかなりの授業を占めるが、それだけではない。農業、林業、石炭の掘り出し。ありとあらゆる肉体労働がこれでもかと続く。作業に必要な理論や知識は与えられるが、かといって発展的な研究は、指導要領の規定で許されていないのだ。

しかし、それならまだいい。

確かに将来役に立つ、建設的な技術を身に付けられるのだからと、自分を慰めることができる。少なくとも、後ろ向きな授業ではない。

最も気を遣い、最も危険を感じ、最も嫌悪を覚えるのは、産業廃棄物や有害物質の処理の授業である。

初めて「ディズミーランド」に入った時の衝撃を、なんと表現すればいいのだろう。

「ディズミーランド」は、学園の外れの、風下の低地にある。

幾重にも囲まれた壁を越え、分厚い鉄の門が開くと、そこは全てが滅びたこの世の果てのような、何もない灰色の、だだっぴろい平原だった。

そこは、完全な沈黙に覆われていた。時折、ぷくりぷくりと、地中から発生するガスの噴き出す音や、何か得体の知れない化学反応が進んでいる音が溜息のように響いてくる以外は、完璧な静寂なのだった。

それは、不気味な沈黙だった。こころなしか、この殺伐とした大地を吹き渡ってくる風も、死人の囁きのように生気がなく感じられる。

アキラたちは専用のマスクを着けていたが、そのマスクを通してでさえ、凄まじい汚臭とひりひりするような空気を感じ、あまりの異様な風景に絶句した。地面はぐずぐずと手ごたえがなく、ところどころに濁った水溜まりがあって、誤って踏み込もうものなら身体がずぶりと沈み込み、瘴気《しょうき》が立ち上ってくる。

こうして彼らが歩いている足の下の地面と思しきものは、数十年に亘《わた》って放棄され続けたあらゆるゴミの集積物なのだった。それらはもはや渾然《こんぜん》と混じりあい、想像もつかないほどおぞましい別の物体に変化してしまっている。

それまでは、あまり先祖に対して恨みを感じたことのなかったアキラも——なにしろ、彼が生まれた時から既にこういう世界だったし——「ディズミーランド」に足を踏み入れ、そのあまりの広さとおぞましさに接した時は、こんな負の遺産を自分たちに残した前世紀の人間たちに深い憎悪を覚えたものだ。

普段は科学技術を規制され、より原始的な方法で暮らすように定められているけれど、この「ディズミーランド」ではありとあらゆる科学技術が投入されている。日本中から最悪の汚染物質が集められたこの場所で、政府の諮問《しもん》機関が汚染物質の処理の方法を日夜模索しているのだ。生徒たちも、薬品や微生物を混ぜたり、プラスチックや化学繊維を分解したりする最先端の技術をここで教えられる。

さすがに「ディズミーランド」では長時間の作業はできない。複雑に反応の進んだ化学物質が、人体にどんな影響を与えるか、まだ完全に把握されていないためだ。

「ディズミーランド」の唯一の生き物は、「ミッキー」と呼ばれる、突然変異で生まれた耳の黒いネズミだ。どのくらいの数が生息しているのかは定かではないが、時折小さな影が灰色の水溜まりを横切っていく。

めったにないことだが、「ミッキー」に噛まれるのだけは避けなければならない。もし噛まれてしまったら、医療センターに隔離されることになっている。「ミッキー」がどんな細菌を媒介するのか、誰にも分からないからだ。しかし、それゆえに「ミッキー」は研究者たちの垂涎《すいぜん》の的だった。生物への影響を探る実験材料として、これほど貴重なものはなかったからである。そのため、生活指導のタダノなどは、生徒たちの懲罰として「ディズミーランド行き」を好んだ。「ミッキー」を生徒たちに捕獲させるのは大変な危険と苦痛を伴う作業であるのと同時に、捕獲した「ミッキー」を政府に売れば、いい小遣い稼ぎになったからである。

ただ、これらの作業も、クラス毎に歴然とした差が付けられている。

上位のクラスほど、作業は楽になるのだ。石切りや産業廃棄物の処理といった危険度の高い授業は、下のクラスにいくにつれ割合が増える。生徒たちが、どんな手段を使ってでも上のクラスに行きたいと考えるようになるのも当然だ。ポイントの増加もさることながら、文字通り死活問題なのだから、月末の実力テストに全ての望みを託すようになるのだった。

三ヶ月。とにかく三ヶ月、何も考えずに我慢しよう。

アキラは、指の痛みを意識しないようにして鋤を振るい続けた。

今、新入生たちは、日没と共に寮に帰り、誰もが何もせずバッタリと自分のベッドに倒れ込んで死んだように眠る日々が続いている。会話を交わす気力はおろか、食事をする気力も残っていない。限界を超えた激しい疲労と、痛みを通り越して宿痾《しゅくあ》に近い筋肉痛とに、精神までもが痛めつけられているのだ。合格した時の喜びはどこへやら、予想していなかった厳しい学園生活に誰もが打ちのめされ、寮には暗い雰囲気が漂っている。葛飾クラスでこれなら、一番下のクラスはもっとひどいに違いない。

へとへとになって山手線の中に座り込んでいるアキラに、乗り合わせたカゴシマがそっと耳打ちしてくれたのを思い出す。

三ヶ月頑張れ。そうすれば、身体ができる。身体が慣れて、作業が楽になる。今は疲れすぎて飯が食えないだろうが、無理してでも食え。ノルマだと思って、とにかくきちんと飯を食うんだ。ここで飯を食えるか食えないかで、身体のでき方が大きく違ってくる。いいか、とにかく食うんだぞ、アキラ。

三ヶ月。

アキラは呪文のように心の中で唱え続けた。

新入生勧誘のあの日以来、「アングラ」には足を踏み入れていなかった。授業が始まってからというもの、その存在自体忘れかかっていたのである。夕食のあと仮眠してから、上級生たちが「アングラ」に行っているということが信じられなかった。

しかし、カゴシマの助言は頭のどこかにこびりついていた。給食車が来ても誰も立ち上がらない時も、アキラは這うようにして食事を取りに行った。泥のように眠り込んでいるシゲルも叩き起こし、二人で落ち窪んだ目をぎょろぎょろさせて、苦行のように口の中に食べ物を押し込んだ。

作業を伴わない授業は数えるほどしかなかったが、こちらはもっとつらかった。どうしても居眠りをしてしまうのである。眠ったところを発見されると、天井から容赦なく端末が下りてきて、詰め襟のバーコードからポイントを奪っていく。睡魔と闘いながら椅子に座っているのは、作業以上の苦痛だった。

アキラが一番嫌いなのは、生徒たちが密かに「洗脳タイム」と呼んでいた、道徳の授業だった。

入学直後の、クラス分けを行ったあのシアターで受けるのだが、人類がこれまで行ってきた愚行や悪行を、えんえんと大音響と大画面で見せ付けられるのである。いかに科学技術の暴走とサブカルチャーのもたらした精神の荒廃が、人類と地球に大打撃を与えたのかを、えんえんと説かれ、繰り返し刷り込まれるのはたまらなかった。

新入生たちは、心身共に追い詰められ、最もつらい時期を迎えていた。

それでも、時間は過ぎる。

果てしない時間に思えた一ヶ月は、過ぎてみるとアッという間に終わり、彼らは初めての実力テストの日を迎えたのである。

朝の山手線は、異様な熱気と緊張感に包まれていた。

上級生たちは慣れているためかいつもと変わりないが、初めてのテストを迎えた新入生たちは、誰もが目をぎらつかせ、一つでも上のクラスに上がりたいと思いつめた目で電車に揺られている。

実力テストの会場は国会議事堂講堂で、全校一斉に行われる。

古びた石造りの国会議事堂講堂の階段を、数百人の生徒がざわめきながら上っていくのは圧巻であるのと同時に、この生徒たちがライバルであるということを改めて認識させられる眺めでもある。空を何台ものグリーンキャブが行き交い、生徒たちが試験会場に入っていくのを見張っている。入口では厳重なボディ・チェックが行われ、武器や道具を携行していないかどうか調べられていた。

テストの内容は毎回異なるらしく、学年でも内容が変わるらしい。

「一年生は屋上に上がりなさい。一年生の試験会場は屋上です」

職員の声が拡声器から聞こえてくる。

「屋上？」

一年生たちは、不思議そうな顔をしながら、ぞろぞろと暗く古い階段を登っていく。

高い天井と赤い絨毯に、生徒たちの声が反響している。

ぽっかりと開いた四角い出口に、薄曇りの空が見えた。黒い雲が速度を上げて流れている。天気は崩れそうだ。

屋上は広かった。がらんとしたスペースがあり、いつも下から見上げていた、階段状の屋根がそびえている。十数台のグリーンキャブが、上空に集結していた。試験開始を待っているらしい。見ると、塵取《ちりと》りのような形をしたネットを付けたグリーンキャブが何台か混ざっている。

「やあ、久しぶり。また会えたね！」

聞き覚えのある声が空から降ってきた。空を見上げると、一台すうっと降りてきたグリーンキャブがあって、中に縦縞の帽子が見えた。

学年主任のフクミツの声だ。

「あいつ、試験となると本当に楽しそうだよなあ」

シゲルが疲れた声で呟いた。

「さて、一年生。最初の試験だが、リラックス、リラックス。誰もが通り過ぎた道だ。そろそろお疲れの頃だと思うが、もう少しの辛抱だ。君らだってじきに逞しくなる。合格した時の自分がもやしみたいだと思うほど、強くなっていく。苦難のないところに成長はない。切磋《せっさ》琢磨《たくま》は若者の糧《かて》さ。おっと、さっさと試験に入りたいって？　申し訳ない、僕の方が興奮しちゃってさ。では、試験のルールを説明しよう」

フクミツは、自分の興奮を持て余すかのように小さく笑った。彼の興奮が、少しずつ生徒たちに伝染してくる。

「突然だけど、君たちの故郷には、ジャングル・ジムというものがあったかな？」

生徒たちは訝しげに顔を見合わせた。ジャングル・ジムだと？　それが試験と何の関係があるんだ？　戸惑う生徒たちのざわめきにかぶさるように、フクミツの笑う声が響いた。

「いやあ、僕も子供の頃はよく登ったよ。うちの田舎のジャングル・ジムは、カラフルに色分けされてててねえ。隣のアケミちゃんのパンツがよく見えて密かに楽しみに――ん？　試験には関係ないって？　それはどうかな？　それでは、君たち、後ろを見てごらん」

生徒たちは、フクミツの声につられて後ろを振り返った。そこには、天に届く階段のような、巨大な国会議事堂講堂の屋根があるばかりである。

「さあ、よぉく見てごらん。何が見えるかな？　気が付いたかね？　君たちの目の前にあるのは、一辺一メートルの巨大なジャングル・ジムなんだよ」

どよめきが湧き起こった。

「嘘だろ」

「いや、確かにあれは全部鉄骨だ。真ん中に煙突みたいなのがあるぞ」

生徒たちは口々に叫んで、屋根に近寄ってみようとした。が、グリーンキャブから麻痺銃の光線が飛んできて、生徒たちをその場にとどまるよう威嚇《いかく》する。

「ほんとだ。今まで気が付かなかったよ。あれ、素通しの骨組みだけなんだな。遠くから見た時は分からなかったんだ」

「待てよ。じゃあ、試験というのは」

アキラが呟くと、シゲルがフクミツを振り返った。

「うん、察しのいい生徒はもう分かったらしいな。さあ、みんな、**卒業総代になりたいかーっ！**」

フクミツは、拳を振り上げ、笑顔で叫ぶ。慣れというのは恐ろしいもので、みんなが無意識のうちに拳を振り上げ、おうっ、と叫んでいた。

「入学して初めての実力テスト。それはこの、国会議事堂講堂の屋根で幕を開ける。これが第一ラウンドだ。君たちは、これから僕の合図と共に、一斉にこの巨大なジャングル・ジムを登るのだ。一番上に着くと、標高六十八メートルさ。大東京学園の全てが見渡せるぜ。まあ、見渡す暇があればの話だが」

フクミツは満足そうに説明を続けた。些か自分の話に酔っているきらいがある。

「さて、てっぺんに着くと、そこに入口がある。中は螺旋状になった滑り台だ。到着した者から順番に、一気に滑り降りたまえ。下に下りたところで受け取った番号札の席に座ること。それからが第二ラウンドになる。そこでまた次のルールを説明しよう。それでは、健闘を祈る。**スタートだ！**」

わっと蜘蛛の子を散らすように生徒たちは駆け出した。先を争って鉄の棒に飛びつく。

「アキラ、これ、外側を登っていくよりもまっすぐ地面に近いところを潜って、中央の柱を垂直に登った方が早くないか？」

走りながらシゲルが叫んだ。アキラも叫ぶ。

「うん、俺もそう思う。俺たち小柄だから、一辺一メートルのジャングル・ジムをよじ登るのって結構骨だ。外側だと落ちる危険もあるし。よし、潜ろう」

生徒たちが上へ上へと尺取虫のように登っていくのを見ながら、二人は真正面のジャングル・ジムに潜り込んだ。黒い鉄の直線が視界を埋め尽くし、飛び込む瞬間不思議な眩暈を覚えた。空に聳える、鉄骨の重量に、圧迫感を感じてちょっと怖くなる。

二人は、一列隔てて並行しつつ、匍匐《ほふく》前進を始めた。至るところを埋める直線が、遠近法のお手本のようにずらりと周りを囲んでいるのは奇妙な光景だ。中央の柱は、遥か遠くである。まっすぐ進めば、進路を逸れることはないのがありがたかった。

ちらりと上を見ると、あちこちを登っている小さな影が見える。

みんな、速い。一瞬、やはり上を行った方が早かったかな、という後悔が頭をかすめた。

たちまち汗が全身から噴き出した。飛び出した瞬間は忘れていた、授業で蓄積している疲労で身体の節々が悲鳴を上げる。頭を上げられないのが、思ったよりもつらかった。ひたすら匍匐前進を続けていくのはかなりきつい。目に汗がどんどん流れ込んでくる。

突然、ゴロゴロという雷が響いてきてゾッとした。かすかに鉄の棒が震動したような気がして、自分たちが、空中に剝き出しになっているということを自覚する。

シゲルが不安そうに空を見上げるのが分かった。こんなところで落雷したらどうなるのだろう。避雷針はついているのだろうが、なにしろ金属の塊だ。

俄《にわ》かに辺りが暗くなって、ぽつぽつと雨が落ちてくる気配があった。

くそ、落ちるなら上を登ってる奴に落ちてくれ。アキラはそう願ったが、俺も性格が悪くなったなあ、と嫌な気持ちになった。

わあっ、という叫び声が上から聞こえてきて、二人はハッと顔を上げた。

用心していたのに、アキラは頭をぶつけて、思わず悪態をついた。

ジャングル・ジム全体にゴツン、ゴツン、という鈍い衝撃が走る。

上を見上げると、黒い影がぶつかりながら落ちていくのが見えた。

「うわっ、危ない！」

ジャングル・ジムの上にいる生徒たちは、思わず誰もが動きを止めてなりゆきを見守っている。

すると、上空をすうっと丸い影が横切り、塵取りのようなネットをつけたグリーンキャブが、さっとその生徒をすくいあげた。

みんながホッと安堵の息を漏らすのが分かる。幾らライバルとはいえ、誰かが落ちていくのは気分のいいものではない。

「落下はマイナス五ポイント。もう一度下からやり直し」

冷たい声がアナウンスされる。

生徒たちは、弾かれたように、再び動き出した。

ゴロゴロという雷鳴が不気味だ。明らかに、こちらに接近している。

空が暗くなり、全てのものが白黒に見えた。

肘、膝、背中、首の後ろ、どこも悲鳴を上げている。全身汗まみれで、ハッハッと犬のように激しい呼吸でひたすら前に進む。

ピカッと閃光が走り、アキラは思わず目をつむった。

ぐわらぐわらぐわら、と腹の底に響く雷鳴が辺りを包んだ。

「近いぜ」

アキラは独り言を言うと、徐々に近付いてくる中央の黒い柱に意識を集中した。

やがて、ついに柱が目の前に来る。

アキラとシゲルは、ほぼ同時に辿り着き、柱の前でうつぶせになり、呼吸を整えた。

こめかみがぴくぴく動き、身体じゅうの筋肉がぶるぶる震えているのが分かる。

狭いスペースでよろよろと起き上がり、肩や腕を揉みほぐす。上を見ると、灰色の四角い空だ。顔にぽつぽつと雨が当たる。周囲を観察すると、まだてっぺんに辿り着いたものはいないようだ。が、みんながじわじわと輪を縮めるように頂上に迫っていくのが視界の隅に確認できた。

「よし、登るぞ」

アキラは檄《げき》を飛ばし、ペッと掌に唾を吐いた。

今度はひたすら垂直の登りだ。二人は並んで、競い合うように上へ上と登り始めた。

腹這いよりはずっと楽だ。規則正しいリズムに乗って、着実に登っていくのは爽快ですらあった。二人のスピードはほぼ同時。アキラは、身体の中にむくむくと闘争心が湧き起こってくるのを強く感じた。

よし、いけそうだ。

小柄で体重が少ないということが、重力に逆らって登る時には大きな利点となる。しかも、日頃の授業で、腕力は入学時よりも遥かに増強されていたから、身体が軽く感じる。一つ山を越えた、という確信があった。身体は、入学した時よりも、着実に鍛えられている。二人は快調に飛ばした。

標高が高くなるにつれ、雨交じりの風が強く、冷たくなってきた。

かなり高いところにいるというのは分かるのだが、視界の中には黒い柱しか見えないので、下を見下ろすどころではない。

が、唐突に、視界から柱が消えた。雲が近い。

さあっと頬に強い風が吹き付けた。

「おい、ひょっとして、俺たち一番乗り？」

アキラが声を弾ませながらてっぺんにひょいと身体を持ち上げた瞬間、いつのまに忍び寄っていたのか、うしろからぬっと突き出した腕が、彼の首根っこをぐいとつかんだ。

「うわっ」

バランスを崩し、後ろに倒れ込む。

落ちる！

全身が強張り、頭の中が真っ白になった。

さかさまになった視界に、遙か下に見える校舎や、山手線の線路や、登ってくる生徒たちがぐるりと回りながら飛び込み、その隅っこにリュウガサキの酷薄な顔がちらりとかすめた。

「何しやがる！」

「落ちろ！」

リュウガサキは、アキラの背中をどんと突き飛ばした。

一瞬宙に浮かんだアキラは、かろうじて片手で鉄棒につかまると、ひらりと身体を丸めてジャングル・ジムの上に降り立った。

「この野郎！」

シゲルがリュウガサキの足を引っ張るが、リュウガサキは踏みとどまり、逆にシゲルの首を押さえて頭をジャングル・ジムに叩き付けた。シゲルは苦痛のうめき声を上げる。

「相変わらずママにくっついてんだな、え、お嬢ちゃんよ」

リュウガサキの大きな手が、シゲルの首をぐいぐいと鉄の棒に押し付ける。息ができなくなったシゲルの顔が白くなった。

「やめろっ」

アキラがむしゃぶりつこうとすると、リュウガサキの足が頭を蹴りつけてきた。

ジャングル・ジムのてっぺんでもつれあう三人。急に雨が強くなった。バラバラと顔に当たる雨が痛いほどだ。手が濡れた鉄棒の上で滑る。

突然、白い閃光が頭上で炸裂した。

ぴしゃーんという激しい衝撃が空気を貫き、ずしりと屋根全体が重く振動する。

一瞬、息が止まりそうになった。

ほんの少し短い空白をおいて、空が割れるような雷鳴が轟き渡った。

近くに落ちたらしい。

我に返ると、落雷の衝撃波を受けたらしいリュウガサキが、白目を剝いて、ジャングル・ジムにもたれかかって失神しているのに気が付いた。シゲルが喉を押さえてぜいぜい言っている。

「馬鹿め、天罰だ。シゲル、降りるぞ」

アキラはペッと唾を吐くと、下を見た。他の連中も、すぐそこまで来ている。てっぺんの鉄の蓋を開けると、中に螺旋状の鉄の滑り台が続いていた。滑り台を吹き抜ける風が、ごおおおという音を立てて下から上がってくる。薄暗くて、下の方はよく見えない。

「行くぜ！」

アキラはそこに飛び込んだ。たちまち視界が闇になり、後ろにシゲルが続く音がした。ぐるりぐるりと闇の中を回っているうちに、何がなんだか分からなくなってくる。こうして永遠に回転しながら一生を終えるような錯覚に陥っていく。現実がゆるやかに遠ざかる。

暗い柱の中をぐるぐる回りながら、二人はどこまでも落ちていく。

第五章　奇跡の人

雷鳴が徐々に遠ざかるにつれて、外は激しい雨になっていた。

バケツの中で、天井から落ちる雨がリズミカルな音を立てている。

薄暗い部屋の中は、静まり返っている。

二段ベッドの万年床の上で、無精髭をいじりながら、腹の突き出た少年が四角い錆びたクッキーの空き缶をいじっている。見ると、その中は小さな画面になっていて、ざらざらした線が伸びたり縮んだりしているのだった。

「雷雲のせいかな。映りがやけに悪い」

少年はぶつぶつ文句を言った。

ベッドの下から声が飛んでくる。

「また電波ジャックかよ。何年のテストを見てるんだ？」

「新入生だよ。初々しいから面白い」

床の上では、数人の生徒たちが車座になって黙々と作業をしていた。

「トワダはどこに行ったんだ？」

「多分、あいつの温室を見に行ったんだろう。苗が心配だと言っていた」

「あいつの温室、いったいどこにあるんだろう。絶対教えないよな」

「いろいろヤバイもん栽培してるからな。薬を作るのはいいが、俺らを実験台にするのはやめてほしいよ」

床の上で、少年たちは小さなバーナーで溶接をしたり、部品を組み立てたりしている。彼らの手つきは熟練工のそれを思わせた。家内制手工業という言葉がぴったりの、息の合った情景である。

「テンドウ、こんな感じか？」

「うん。もう少し紙の色は暗かったな」

ベッドの下で、小さな明かりをつけて、青白い男が黙々と職員証を偽造している。隣でその作業を見守っていた少年は、満足げに頷いた。

「完璧だ。これで何枚できた？」

「やっと五枚。うんざりするぜ。暗視スコープはどうだ？」

青白い方は伸びをしながら、溶接をする少年たちを見た。

「もうちょっといい材料が欲しい。地雷原の下を掘るのは無理だから、最後はやっぱりこれに頼らざるを得ないことを考えると、もっと精度を上げないと」

「トンネルの方も、木材が欲しいと言ってたな」

「ケーブルも欲しい。釘も底をついた」

「うーん。資材不足は深刻だな。『くるみちゃん』の周りは土壌が脆弱《ぜいじゃく》だ。もっと補強しないとまずい」

「せっかくテストの日はトンネルの距離を稼ぐチャンスなのに、もう二週間も掘ってない。ナガオカたちがぶうぶう言ってるぜ。俺たちがサボってるって」

青白い男はバリバリと頭を掻いた。

「くそ。監視は厳しくなるばかりだからな。人形焼売りも難しくなった。外からの資材の持ち込みはしんどくなる一方だ」

「エンジェルはどうしてるんだ、エンジェルは」

「最近、どうやら疑われているらしい。暫く接触を断って様子を見たいと言ってきた」

「そりゃそうだな。もしバレたら大変だ」

「新たなエンジェルが必要だ。当局からマークされていない新しい奴が。ここにいろんな資材を提供してもらわないと、内職もできないぜ」

「そんなおめでたい奴がいるかな。最近の新人はドライだし。シラケ世代って奴さ」

「よし、映った」

ベッドの上段で声が上がる。床に座っている少年たちは、あきれ顔で見上げる。

「やれやれ、新人のテストを見てるくらいなら、誰かスカウトしてくれよ」

　青白い男は、口の中でもごもごと文句を言った。


　唐突に滑り台が終わり、開けた空間に飛び出して、アキラは思わず左右を見回した。出口の脇に立っていた職員が、「1」と大きく書かれたヘルメットをアキラの頭にかぶせ、顎のところできっちりとベルトを締めた。

　なんだ、このヘルメットは？

　アキラは立ち上がり、職員を見たが、彼らはヘルメットの準備に忙しく、説明してくれる気配はない。すぐ後ろから、シゲルが滑り出してきた。シゲルは「2」と書かれたヘルメットをかぶせられる。

「なんなんだ、ここ」

「どこに椅子があるんだろう」

　二人は薄暗い空間の中に歩き出した。きょろきょろするが、周囲には何もない。

　今までの経験からすると、こういう薄暗くて広いところに出ると、このあとロクなことが起きないんだよなあ。アキラは嫌な予感がした。

　続々と生徒たちが降りてきた。戸惑った声で辺りが騒がしくなる。しかし、だだっぴろい部屋には、床が体育のマットのようにふかふかになっているだけで、どこにも椅子は置かれていない。

「椅子がないぞ」

「どうなってるんだ」

生徒たちが全員揃ったらしく、職員は彼らが出てきたところの扉を閉め、姿を消した。

「君たちの椅子はここにある!」

上からフクミツの声が降ってきた。同時に、ズズズズズズン、と腹に響くベースの音で音楽が流れ始めた。

生徒たちが上を見上げると、場内がパッと明るくなる。

「あっ」

「椅子が」

驚きの声が上がる。

そこは、巨大な立方体をした奇妙な部屋だった。壁も、天井も、全てがマットに覆われている。かなりの広さで、大きなサイコロの中に閉じ込められたような気分だ。そして、天井の近くには——

椅子が、空中に浮いている。

かなりの数の椅子が、ふわふわと空中に。

生徒たちはあっけに取られて大量の椅子を見上げていた。

天井近くのガラス窓の向こうに、フクミツが見えた。彼の後ろに大勢の人間がいて、楽器を演奏しているようである。

「ここには八十七個の椅子が浮いている。当学園特製の、エンジン付き木製椅子だ。そう、君たちの総人数よりも一つ少ない、と言ったら分かるかな?」

紹介されたことが分かったかのように、椅子はぐるぐると宙を回り始めた。あっちへ行ったり、こっちへ行ったり。椅子が宙を飛び回っている。

生徒たちは、口をあんぐりと開けて空飛ぶ椅子の群れを見上げていた。

「僕の後ろにいる特別ゲストを紹介しよう。大東京学園ブラザーズ・バンドの諸君だ。君たちのテストに素敵な音楽を添えてくれる。ちなみに、今流れているのはヘンリー・マンシーニ『ピーター・ガンのテーマ』だ。今日はいにしえのムード・ミュージックで迫ってみたい」

ズズズズズン、ズズズズズズン、と挑発的な音楽は続く。

「それでは、これから椅子取りゲームを行う」

フクミツは高らかに宣言した。

「見ての通り、この部屋は特別に誂《あつら》えた部屋でね。どこが特別かというと、中を無重力にできるんだよ。ここが無重力になれば、君たちは宙に浮かんでいる椅子に座ることができるってわけさ。ただし、この椅子はコンピューター制御で、乱数表を打ち込んであるから、予想不能の動きをする。君たちは飛び回る椅子をつかまえなくちゃならない。これから流す曲に合わせて、曲の流れる三分間だけこの部屋を無重力状態にする。そして、三分過ぎたら無重力を切る。分かるかな？　その時、椅子に座れている者はいいが、椅子をつかまえられなかった生徒が一人だけ下に落ちるというわけだ」

ざわざわと不安そうなどよめきが起こる。

ズズズズズン、ズズズズズズン。

「一曲ごとに、一つずつ椅子を減らしていく。脱落者も一人ずつ増えていくことになるね。当然、最後まで椅子に座っていられた者が優勝だ」

フクミツは続けた。

「さて、この椅子には番号がついている。君たちのヘルメットの番号と、椅子の番号が一致すると、椅子が光ることになっている。もし椅子を光らせることができれば、ボーナスポイントを十ポイント進呈しよう。ここで、君たちの番号が意味を持ってくる。つまり、今浮かんでいる椅子の中に、八十八番の椅子はない。一番最後にこの部屋に辿り着いた者には、最初からボーナスポイントを獲得するチャンスがないわけだ。これから順次、八十七番、八十六番、というふうに大きい番号の椅子から減らしていく。ボーナスポイントを取るチャンスは、早く着いた者ほど多いということさ。それでは、ぼちぼち始めようか。床にはかなりのクッションを効かせてあるが、くれぐれも落ちる時のポーズには気をつけろよ。健闘を祈る。それでは、一曲目、いってみよう！　クインシー・ジョーンズ『鬼警部アイアンサイドのテーマ』！」

ぱっぱらっぱらっぱーん、と管楽器がファンファーレを鳴らした。

同時に、奇妙な感覚が全身を襲う。身体がふわりと浮き上がって、生徒たちは恐怖の叫び声を上げた。手足をバタバタさせる者、口をあんぐり開けている者、つかまるところを探す者。

アキラも、バランスを失い、激しい不安に襲われた。こんなにも心許《こころもと》ない体験は初めてだ。必死に身体をまっすぐにしようとするが、力を込めるとぐるりと身体が回ってしまう。

たちまち上下左右の感覚が消失した。

視界の隅で、椅子が蜂のようにめまぐるしく動き始めていた。とてもじゃないが、把握できない動きだ。ぐるぐる回ったり、ジグザグに上下したり、すーっと一直線に宙を横切っていったりする。しかも、かなりのスピードなのだ。

アキラは両手を広げて地面を蹴ってみた。身体がぽんと空中に浮かび上がる。他の生徒たちも、弾みを付けて飛び上がり始めた。とにかく椅子に近付かなければ。

しかし、飛び交う椅子にぶつかったり、人間どうしかちあったりして、かなり危険だ。

椅子をつかまえるのは容易ではないことにすぐ気が付いた。それどころか、あらゆる方向から椅子がぶつかってくるのを避けなければならない。

たちまち、コマ送りをしたドタバタ・コメディのような場面が繰り広げられることとなる。頬を椅子がかすめ、つかもうとした手に他の人間の足がぶつかる。

しかし、こんなことに科学技術やエネルギーを使うのって、無駄じゃないか？

ふとそんな疑問が頭をかすめた。が、ヘルメットを椅子の足がかすめたので、それどころではなくなった。とにかく、少し距離を置きつつ椅子を追うことに専念する。アキラは壁を蹴って勢いをつけ、一瞬動きを止めていた椅子の背をつかむことに成功した。しかし、椅子はいやいやをするようにランダムな動きで飛び回り始め、全身が振り回されて目が回った。振り落とされないようにするのが精一杯である。

唐突に、大音響で流れていた音楽がピタリと止んだ。

同時に、椅子の動きも止まり、がくんと全身に重力が蘇った。身体がスッと落ちたので、慌てて力を込めて椅子にぶらさがった。ホッとして周囲を見ると、みんな青ざめた顔で椅子にぶらさがっている。下を見ると、五人の生徒がマットの上で伸びていた。その姿の小さいのを見て、かなりの高さに自分がいることに気付いてゾッとする。足の下に何もないのをじわじわと実感していると、扉が開いてぞろぞろと職員が入ってきて、伸びている生徒を担架で運び出していく。

「おやまあ、予想以上に脱落したな。仕方ない、五つ椅子を回収しよう。みんな、いったん降りてくれ」

フクミツのあきれたような声が響いた。

椅子は整然と空中に列を作ると、生徒をぶらさげたままするうっと下に降りていった。足が着いたところで手を放すと、椅子は再びふわりと宙に舞い上がった。

床の上に、五脚の椅子が残り、職員はその椅子も運び出していく。

「それでは、二曲目にいこう。ポール・モーリア『オリーブの首飾り』。どうぞ」

たららららーん、と能天気な音楽が流れ出す。

再び足が宙に浮き、椅子が飛び回り始めた。みんな、脱落した生徒の状態を見て恐怖を感じたらしく、必死になって椅子を追いまわしている。

三分。三分なんてあっという間だ。上にいる時に重力が戻ったら、たまったもんじゃない。アキラは壁や天井を蹴り、ぐるぐる一箇所で回っている椅子の足をつかんだ。が、たちまち振り切られ、椅子は遠くに飛んでいってしまった。

くそ。椅子の足じゃ駄目だ。背をつかまないと。呼吸を整えていると、肩にガツンと椅子の足が当たり、思わず悲鳴を上げていた。

その時、曲が終わった。

がくんという衝撃、落ちていく身体。ひやりとしたが、無意識のうちにぶつかってきた椅子の背につかまっていた。今度はそんなに高い場所ではない。アキラは下を見下ろし、安堵の溜息を漏らした。

下に落ちているのは一人だけだった。腰を打ったらしく、苦痛に顔を歪《ゆが》めている。

ちぇっ、たったの一人か。じゃあ、まだまだ続くんだ。

アキラはがっかりしている自分に気が付き、愕然とした。

再び椅子と共に下に降り、椅子は宙に上がり、一脚の椅子が運び出される。

三曲目、四曲目と繰り返されるうちに、じわじわとこのゲームのハードさが身に染みてきた。堅い椅子をつかまえること自体が難しい上に、油断すると他の椅子に激突されてしまう。何回も繰り返すうちに、全身が打撲だらけになった。空中ですれ違った生徒の目が腫《は》れ上がっていてぎょっとする。時々椅子がぴかっと光るのを見たが、羨《うらや》ましいと思うどころではなかった。重力が戻る瞬間は、何度経験してもとても恐ろしく、自分が落ちなくとも誰かが落ちていく悲鳴に、心臓を鷲摑《わしづか》みにされる。落ちないように椅子につかまっているのはしんどく、肩や脇腹に負担がかかり、不自然な体勢が続いてかなりの体力を消耗した。手は真っ赤になり、あちこちがずきずき痛む。誰もが汗だくでぜいぜい息を切らしていた。まさに、サバイバル・レースである。しかも、椅子の数が減るにつれて、椅子のスピードは上がっているようだった。飛んできた椅子に跳ね飛ばされ、壁や床に叩きつけられて失神する生徒が続出している。

いったい何度目なのか、もう分からなくなっていた。

がくんと重力が戻り、アキラはハッとする。反射的に椅子につかまっていたものの、肩に鋭い痛みを覚えた。椅子をつかんでいる腕がわなわなと震えている。握力が弱ってきているのだ。

ふと見下ろすと、下に二人の生徒が伸びていた。一人は額から血を流している。

何やってるんだろう、俺は。

アキラは床にぐにゃりと横たわっている生徒を見ながらぼんやりと考えた。

こんなこと、いったい何の役に立つんだ？　こんなことまでして、卒業総代にならなきゃいけないんだろうか？　他の奴らが、自分の下に転がってることを喜べと？

青ざめた額に流れる血がくっきりと目に飛び込んでくる。

これが、あんなにも憧れていた高校生活なんだ。みんなが望んでいた生活なんだ。

無表情な職員が、担架できぱきと生徒を運び出していく。

生徒たちは完全に気絶していた。気絶できたらどんなに楽だろう。目を閉じて眠れるということが、この上なく甘美な行為に思えた。

椅子が宙に上がり、不要になった椅子が運び出される間も、生徒たちは僅かな休息を求めて床に座り込むようになった。残っている誰もが顔に痣を作り、目を腫らしている。中には血塗れの形相の者もいる。

ふと、うずくまるシゲルの顔が目に入った。唇を切ったらしく、口の横が赤く腫れて血がこびりついている。色白なだけに、腫れた唇はひときわ痛々しかった。

おかしい。こんなの、絶対におかしい。

アキラは自分の中に、怒りにも似た混乱が込み上げるのを感じていた。

再び、ふっと無重力になった。

無重力になった瞬間は、身体がふわりと軽くなるので、一瞬だけ恍惚となるが、身体は徐々に疲労を増しているだけに、重力が戻った時のダメージはいよいよひどくなっていく。椅子をつかまえる気力もなくし、むなしくぼんやりと宙に浮かんでいる生徒もいた。椅子が四十個を切った辺りから、もう飛び上がることすらせずに、床に丸まっている生徒も現れた。そうすれば、少なくとも落下することはなくなる。

「ゲームに参加しない者は、マイナス五ポイント。戦う者だけがうちの生徒だ」

冷徹なフクミツのアナウンスにも、疲れて転がっている生徒たちは反応しない。職員に、引きずられるようにして連れ出されていく。

それでも、アキラはゲームを放棄しなかった。不条理なゲーム、残酷なゲームであるものの、やはり戦わずして逃げる気にはなれなかったのだ。

しかし、この時彼の心の隅に芽生えた疑念は、二度と消えることなく、少しずつ膨らんでいくことになる。

空中には、まだ三十個近くの椅子が、生徒たちを嘲《あざけ》るように、いぜんとして気まぐれなスピードで飛び回っていた。一方の生徒たちは、皆よろよろとして動きが鈍い。アキラは、このゲームが始まってから、もうどのくらい時間が経過したのかも分からなくなっていた。手が虚しく宙をつかむ。体力はともかく、気力が萎《な》えていた。

視界の隅に、シゲルが見えた。椅子をつかまえようと手を伸ばしているが、その彼目掛けて上と後ろから二脚の椅子が飛んでくる。

「シゲル、危ない！」

アキラは反動をつけ、シゲルを横から突き飛ばした。そこに椅子が飛んできて、アキラの肩と頭を直撃する。一瞬にして弾き飛ばされて床に激突した。

全身の受けた衝撃に、一瞬息ができなくなる。

頭の中が真っ白になり、文字通り目の前のものが二重に見えた。

「アキラ！」

シゲルの悲鳴をどこかで聞いたような気がしたが、アキラは、自分が次の瞬間、脳震盪を起こして失神することを予感していた。

ああ、気を失うのって、なんてキモチいいんだろう。

地面に吸い込まれるような闇の中に落ちていくのを感じながら、アキラは頭の片隅でそんなことを考えていた。

『アキラ、しっかりしろ、アキラ！』

白黒の画面の中で、唇を腫らした少年が、床の上で伸びている少年の顔を覗き込んでいた。気絶している少年が反応する気配はない。

「うわー、やっぱりいつ見てもえげつないな、この椅子取りゲームは」

クッキーの缶を覗き込みつつ、小太りの男が呟く。

「そういうおまえは、その椅子取りゲームを見るのが好きなんだろうが」

床の上から誰かが突っ込みを入れた。

「いいじゃないか、面白いんだもの」

そう返事をしてから、男は画面にしげしげと見入った。

「しかし、たいした奴だな、こいつ。ここまで残ってて、まだ誰かをかばう余裕があるとは。かばわれた方も、降りて介抱している。泣かせるぜ——あーあ、二人とも連れていかれちまった。ん？　こいつら、見覚えがあるな——ああ、あいつらだ。イワクニ、覚えてるか？　俺たちがターボ付き自転車に乗せてやった二人組」

「ああ、覚えてる。あの二人、仲がいいんだな。大東京学園で友情を育《はぐく》むなんざ、奇特な連中だ」

青白い方が床の上で紙を切りながら答えた。が、ふと何か気付いたように天井を見上げた。

「シマバラ」

「ん？」

「その二人、データ出せるか？」

「え？　出せるとは思うが、あんまり何度も職員室のコンピューターに侵入するのもなあ」

「やってみてくれ。バーコード読めるか？」

「待てよ。うん。今検索してる」

カチャカチャとキーボードを打つ音に、床の上で青白い男はじっと耳を澄ませていた。

「よし、出た。アカシシゲルにカナザワアキラ——お、アカシシゲル、北海道地区か。すげえ。入学試験のレコード保持者だぜ。こんな可愛い顔して——カナザワアキラ、中部・北陸地区。おや、なんだろ、こいつ別添でファイルが付いてるぜ。珍しいな」

「カナザワアキラ？」

青白い男は、ぴくりと眉を動かした。

「くそ、なかなか開かないぞ、このファイル。生意気にも、ロックされてるぜ。ふん、そのくらいでめげるもんかよ。ちょっと待て。こいつらのロックはワンパターンなんだ」

ベッドの上で、男が乱暴に起き上がったので、古いベッドがぎしっと音を立てる。

「どうせたいしたもんじゃない。せいぜい幾つかパスワードが付いてる程度だろ——ここ数年、同じパスワードを使ってるんだ、こいつらは——よしよし、これでどうだ」

太った男はぶつぶつ独り言を言いながら、カチャカチャ機械をいじくっている。

「開いたぜ！」

快哉《かいさい》を叫んだ男は、画面を覗き込んでいるうちに押し黙ってしまった。

「どうした、シマバラ。何て書いてある？」

青白い男が待ちきれないように首を伸ばす。

「いいか、読むぞ」

低い声が降ってきた。

「カナザワアキラ、要観察。カナザワアキラの兄、カナザワオサムは二〇××年、十一月三十日未明に当学園を脱走。以来全国手配中であるが行方はつかめず。死亡の可能性は低く、家族も監視対象になっているが、接触の形跡なし。弟が思想的に兄の影響を受けているか否か、注意深く観察すべし。兄の行方及び脱走方法を関知しているかどうか調査のこと——おっどろいたなあ、兄貴もここに入ってたのか」

声に興奮が滲んでいる。

「カナザワオサム」

青白い男が、思い出したように呟いた。

「あの、伝説的な『成仏男』だ」

「えっ」

ベッドの上から男が顔を出し、周囲の者も振り向いた。

「新宿クラスでは伝説になってるぜ。ここに入れられてから、わずか三ヶ月で、何の形跡も残さずに鮮やかに脱走したんだ。残ってた連中も口を割らなかったし、実際、彼は一人きりで脱走したらしい。とうとう、当局もどうやって彼が脱走したのか分からなかった」

「でも、脱走方法については、彼がどこかに書き残してるって専らの噂じゃないか」

「そう、噂だよ。これまで誰も見つけてない。実際のところ、誰も知らないんだ」

「死んじまってるのかもしれないぜ」

「少なくとも死体は見つかってない。当局は血眼《ちまなこ》で捜し回ってるはずだ」

「弟がその方法を知ってる可能性は？」

ベッドの上から、男が尋ねた。

青白い男は静かに首を振る。

「さあね。だが、そのデータで見た限りじゃ、家族と接触してないのは確かだろう。文部省の監視は徹底してるからな」

「ふうん。カナザワアキラ、か」

ベッドの上で、男は顎を撫でる。

「こいつは何かに使えるかもしれないぜ」

遠いところで、雷鳴がゴロゴロと不穏な唸り声を上げていた。

雨はいつしか小止《こや》みになっており、バケツに落ちる水滴のスピードもゆっくりになっている。バケツの水はいっぱいになっていて、今にも溢れだしそうだったが、誰もそれに気付く者はいなかった。

第六章　未知との遭遇

明るく風のない緑色の土手の上を、ベージュ色でカブトムシのような形をした車が走っていく。

中は無人である。装甲車などと同じように、これもリモートコントロールで動いているのだろう。青空の下、田植えの済んだ田んぼに並行して走っていく空っぽの車は、おもちゃのような作り物めいた雰囲気である。

「あ、ビートル目撃」

「今日はいいことあるぞ」

「ハッピーアイスクリーム！」

移動している上級生が、私物の入った学生カバンを抱えて、車を指差して騒いでいる。

「何、あれ」

アキラはシゲルと顔を見合わせた。二人とも顔がバンソウコウだらけである。

前を歩いているカゴシマが、二人を振り返った。

「あの車は、校長の車なんだ。どこからか、呼び出ししてるんだろう。あの車を目撃すると、縁起がいいんだとさ。逆に、一日三回、見てしまったら不吉らしいが」

「どうして?」

「さあね。あいつら、『思い出研究会』の連中だから」

「『思い出研究会』?」

「地下名は『二十世紀のゴシップと都市伝説研究会』」

「なるほど」

日曜日である。

実力テストの順位が確定し、みんな新しいクラスの寮に移動しているのであった。他にもぞろぞろと道を歩いている生徒が見える。皆、包帯やバンソウコウをしているので、まるで外科病棟の廊下を歩いているようだ。

「毎月こんな感じなのかなあ。命が幾つあっても足りやしない」

シゲルが口元のバンソウコウを押さえた。まだ痛むのか顔を顰《しか》める。

「いや、こんなに怪我してるのは一年生くらいのものさ。そのうち慣れてくるから。見ろ、上級生は見た目なんともないだろ」

「試験はいつも同じなの?」

「毎回変わる。でも、同じ試験が何ヶ月かに一度巡ってくるから復習しとくんだな」

復習しとくったって、あんなのどうやって練習するんだ？

アキラは、脳震盪を起こして気絶する直前の椅子取りゲームのすさまじさを思い出して身震いした。

グリーンキャブで運び込まれた医療センターは、職員室などのスタッフルームと共に、お堀に囲まれた「東京ドーム」の中にあった。ここが、大東京学園の管理部門の中枢なのである。

アキラはぼんやりとしか覚えていないが、ドームの天井が開き、実力テストで負傷した生徒たちを乗せたグリーンキャブが続々と着陸していくのは、大昔の映画みたいに非現実的な眺めだった。宇宙船の中みたいにピカピカのヘリポートの脇には、怪我人がずらりと並べられ、白衣を着た職員が忙しく動き回って手当てをしている。殺伐としたざわめき、あちこちで聞こえるうめき声。錯乱して悲鳴を上げる生徒もいて、まるで野戦病院のようだ、とアキラは朦朧《もうろう》とした意識の底で考えていた。

周りの景色が近付いたり遠ざかったりした。開いた天井の隙間の空を、速い動きで黒い雲が流れていくのをずっと眺めていたようだ。

いや、違う。ここは本物の戦場なのだ。俺は今、紛れもない戦場に生きている――そう確信したのと同時に、心のどこかに刺さっていた黒い棘《とげ》が、ずぶりと深くめりこみ、鈍い痛みを感じたような気がした――

あの時のことを思い出しながら、アキラはふと疑問を感じた。

「ねえ、そういえばさあ、カゴシマ。俺、ドームの中に入る時にちらっと見たんだ。お堀の中に、もう一つ小さな島があったよ。あれはなあに？　森に囲まれて、鬱蒼としたところだった」

「ああ、『年増園』か」

「としまえん？」

「なぜかそう呼ばれてるんだ。政府の研究施設がある島だ。今世紀初め、まだ世界が遺伝子ビジネスに熱狂してた頃、諸宇《もろう》博士という遺伝子学者が建てた施設らしい。今では、『ミッキー』とか研究用の動物を隔離して飼ってるそうだ。一説によると、遺伝子操作に失敗した動物の化け物も閉じ込められてるらしいぜ」

「化け物？」

「目撃した奴がいるんだよ。首のいっぱい付いた蛇みたいなのを見たって。鉄の檻の学術名は『ハイドロポリス』になってたそうだ。どこまで本当かは分からないけど、昔、民間人が飼ってたペットが野生化して異種交配が進んだ上に、化学物質による突然変異で変な動物がいろいろできちまったらしい。回転しながら空を飛ぶ亀とか、犬に人間の顔の付いた人面犬とか、短くて平べったい蛇みたいなツチノコとか。『年増園』は、大東京学園七不思議の一つさ」

人間の顔が付いている犬。想像したアキラは思わずゾッとした。

「慣れたら、また『アングラ』に来いよ」

カゴシマが、何かとアキラのところに来るのは、自分のクラブに勧誘したいからのようだ。今のアキラには、とてもそんな余裕など考えられないが。

アキラとシゲルは、同時に椅子取りゲームから脱落したので、続き番号となり、今回もまた同じクラスである。二人は「墨田」クラス寮に移動中。前よりも三クラス上がったわけだ。

でも、そのうちシゲルとは違うクラスになっちまうかもしれないんだな。

肩を並べて歩きながら、アキラはなんとなく淋しくなった。

仕方がない。しょせん、俺たちはライバルなんだ。卒業総代というポストが一つしかない以上、どちらかが落ちるのは確実なのだから。それどころか、こんなに厳しい成績争いに耐えて、ちゃんと卒業できるのかどうかも分からない。とてもじゃないけど、人のことを考えてる余裕はなさそうだ。このあいだの実力テストだって、俺が余計な手出しをしたばっかりに、シゲルも一緒に脱落してしまった。シゲルだけだったら、もっと上位のクラスに行けたかもしれないのに。シゲルはあの時、俺のところまで降りてきてくれた。本当は、迷惑だったんじゃないだろうか？

アキラは不安げにシゲルの横顔を盗み見るが、そんなことに全く気付く様子もなく、シゲルは相変わらず飄々《ひょうひょう》としている。彼は、あまり感情を顔に出さないのだ。

「あれ、なんだろ」

シゲルが、遠くを指差した。

「電話ボックスみたい」

田んぼの中に、ぽつんと小高い丘がある。

青葉の繁る桜と思しき木の下に、古ぼけた電話ボックスがうち捨てられたように聳えていた。黒っぽい遮光ガラスにはあちこちひびが入っていて、そこだけ暗く、異様な雰囲気だった。相当長い間放っておかれたものであるのは確かである。

「使えるの？」

シゲルが尋ねると、カゴシマはちらっと電話ボックスに目をやってから左右に首を振った。

「まさか。大東京学園の内側から、生徒が外に連絡を取れるはずないだろ。あれは、ただの廃棄物」

「なんで撤去しないの」

「業者が怖がって、あそこに近寄らないんだ」

「どうして？」

カゴシマは、前を見たまま薄く笑った。

「――幽霊が出るからさ」

瓦屋根が寺社建築ふうの、墨田寮に着いた。寮の建物は、どれも古い木造であるが、上位クラスに行くと少しずつ設備が良くなっていくという。

アキラは、その建物を見て、ふと懐かしい気分になった。

なぜだろう？　どこかで見たことがあるような気がするのはどうして？

玄関に向かう石畳の通路の両側に、鮮やかな旗が並び、風にはためいていた。

それらの旗に、太い独特の字体で書かれている「墨田部屋」の文字を見て、アキラはパッとひらめいた。

両国国技館だ！　この寮は、国技館をモデルにしてるんだ。

アキラは、胸が熱くなり、軽やかな太鼓の音がどこからか聞こえてきたような気がした。

誰が作ったのかは知らないが、そいつは相撲ファンだったに違いない。アキラは、じいちゃんが研究用に持っていたビデオを子供の頃から繰り返し見せられていたので、初めて見るこの寮を懐かしく感じたのだ。

実際、アキラは物心つかないうちから、祖父と一緒に相撲のビデオを飽きもせずじっと眺めていたそうだ。太鼓の音、拍子木《ひょうしぎ》の音、独特な調子の行司《ぎょうじ》の声、観客の歓声。あの美しい音は、幼い頃から耳に馴染《なじ》んでいた。千秋楽の大一番。誰もが息を呑み身を前に乗り出す。祈りを込めて力士が塩を撒く。あの、わくわくどきどきする瞬間。華やかな真剣勝負の神聖さ、厳しさ。

年寄りが——中でも祖父が、事あるごとに嘆いていたのは、国技だった相撲がなくなってしまったことだ。あの巨体を作るのは、心臓に負担が掛かって不自然であり、相撲レスラーの人権に関わる残酷な行為である。相撲レスラー一人が一日に食べる食料で、飢えた子供が何十人も救える。裸での競技は徒《いたずら》に情欲を喚起させ、特殊な髪型は髪が少ない人間への差別に繋がる。女性が土俵に上がれないのは、女性蔑視の根強い日本が、男女平等を阻《はば》む昔からの陰謀である——そう世界から名指しで非難されたんだそうな。あいつらはいつも、鯨でも何でも、そういう論法で来るんだ、と祖父が悔しそうな顔をしていたのを思い出す。

日本は自国の文化と伝統を必死に主張し、一時は力士の髪型も服装も自由にすることまで検討して相撲を続けようとしたが、世界的な風潮と非難から逃れることはできず、ちょうど国連総会が紛糾して、日本が新地球に行けるか行けないかという瀬戸際だったこともあって、結局相撲は廃止されてしまった。相撲ですらこうなのだから、プロレスやゲームセンターや競馬場などは真っ先に姿を消していた。

わしがちっちゃかった頃は、異種格闘技が盛んで、K－1なんか、世界中から東京にスターが集結して、何万人というファンが集まったものさ。華やかな舞台！　華麗な技！　群がる美女！（いや、ばあさん失敬）わしはエンセン井上のファンでね。大和魂、という刺青《いれずみ》を見る度にじぃんと来たものさ——

晩酌の時に祖父が時折見せる、熱っぽい目を思い出す。それにつきあって頷く祖母の、穏やかな笑みと遠い瞳。その二人の目を見ていると、幼いアキラの心にも、華やかで、猥雑《わいざつ》で、何でもありだった二十世紀というものが、きらきら遠い雲の上で輝いているのが見えるような気がして、密かに羨望を抱いたものだ。

「じゃ、頑張れよ。待ってるぜ」

カゴシマは山門で手を振って去っていった。

「なんのかんの言って、親切な男だな。よっぽどアキラを自分の部に入れたいんだなあ。確かに、おまえ、凄かったもんな」

「おまえだって、みんなが待ってるじゃないか——ほら、今日も来てる」

アキラはシゲルをこづいた。たちまちシゲルの機嫌が悪くなった。

シゲルは小石を拾い、道路沿いのツツジの茂みに向かってシュッと石を投げた。

小さな悲鳴が上がり、学生服を着た影が慌てて逃げ出していくのが分かる。

「尊敬を学ぶ会」の男だ。オリエンテーション以来、シゲルを物陰から見守る姿が目につく。彼の鉢巻は「シゲル命」と書き換えられていた。「明日の学生服を考える会」「対話の活性化を図る会」の二人も、時折出没してシゲルを勧誘する機会を窺っている。

「よせよ、可哀相だよ」

「俺の方がよっぽど可哀相だっ」

シゲルは、連中の話になるとたちまち機嫌が悪くなる。よっぽどあの夜の件が腹に据えかねているのだろう。それでなくとも、シゲルは入学以来上級生の人気が上がる一方で、手紙を寄越すのならまだしも、夜中に寮に忍び込んでくる生徒が後を絶たない。むろん、そんなことをしようものなら、シゲルに半殺しの目に遭わされて追い出されたが。アキラは自然と彼のボディガードを務める羽目になり、二人は出来ているとあらぬ噂まで立てられていた。

「全く、どいつもこいつも」

シゲルは憤懣《ふんまん》やるかたない顔で玄関の戸をガラリと開けた。

と、上から何かが落ちてきて、シゲルは反射的にパッと手で払う。

「お見事」

シゲルが上を見ると、そこにひょろ長いそばかすだらけの顔があったので、ぎょっとして飛びのく。

「な、なんだおまえ、何してるんだ、そんなところで」

「あ、驚かせたぁ？　ごめんごめん。まだセンサーの反応が鈍いなぁ。君、悪いけど、もう一度戸を開けてみてくれないかな？」

小鳥の巣みたいな茶色い天然パーマの少年が、梯子の上でドライバーを手に、天井をいじっているのである。

アキラは、シゲルが跳ね飛ばしたものを拾い上げた。黒板消しだった。端っこにテグスが付いているのに気付いた時、ぐいっと引っ張られ、アキラの手を離れた。するすると天井に持ち上げられて消え、ぴしゃんと戸が閉まった。

「よし、これで〇・三秒速くなるはずさぁ。じゃ、もう一度開けてみてぇ」

中からくぐもった声が聞こえる。

シゲルは納得いかない顔をしていたが、言われた通りもう一度ガラガラと戸を開ける。たちまち黒板消しが落ちてきて、シゲルは慌てて避《よ》ける。

「うん、ＯＫ」

少年は満足そうに頷きながら梯子を降りてきた。しゅっと黒板消しが天井に消える。

「何、これ？」

アキラとシゲルは怪訝そうな顔で少年を見た。

「オチャノミズユキヒロだ。よろしく」

少年はのんびりと手を差し出す。こういう友好的な生徒は珍しいので、二人は面食らった。

「これ、君がやったの？　器用なんだね。でも、どうして黒板消し？」

「寮に入る度に、記念に何か一つ細工をすることにしてるんだ。これ、昭和四十年代に流行ったティーンエイジャーの儀式なんだぜ」

「黒板消し落とすのが？」

「そう。これは、昭和五十年代に流行った浪人回し」

オチャノミズはドライバーを指先でくるりと回して見せた。

「おまえ、どこかの部に入ってない？『思い出研究会』とか」

アキラは相手の顔を覗き込んだ。少年はニヤニヤする。

「俺は、どこにも属してなぁい。個人的に昔の学校文化を調べるのが趣味だけどねぇ」

その間延びした声に、二人はどうもテンポが狂わされてしまう。

「しかし、実際問題、危険だろ、あれ」

シゲルは玄関を指差した。

「大丈夫、並みの運動神経がありゃ、そのうち慣れる。それに、君の場合、夜中に入ってくる奴が分かった方がいいんじゃないのぉ？」

オチャノミズは肩をすくめ、ちらっとシゲルの顔を見て笑った。シゲルは目をぱちくりさせる。アキラはおや、と思った。おっとりしているようでいて、ちゃんとシゲルのことを知っているようだ。そういえば、彼は見たところ、怪我をしていない。あの実力テストを無傷に近い状態で乗り切っている。見た目ほど、のんびりしていないのかもしれない。

「君ら、なんで大東京学園に来たのぉ？」

寮の廊下を歩きながら、オチャノミズが尋ねた。

「なんでって――卒業総代目指してるんだろ、君だって」

不思議そうに答えるアキラに対し、彼は興味なさそうに肩をすくめた。

「誰もがそうとは限らないさ。少なくとも、俺はねぇ」

「じゃあ、おまえは何のために？」

アキラが問い詰めると、オチャノミズはカリカリと頭を掻いた。

「内緒だぜ」

オチャノミズは二人についてくるよう促した。一番奥の部屋に入る。

二段ベッドが二つ並んでいる部屋。作りはどの寮も大差ない。

「そう。人生、いろいろ。目的はいろいろ。確かに大東京学園は、肉体労働至上主義。だけど、ここには古い遺跡が集中してる。二十世紀の情報の宝庫なんだぜい」

オチャノミズはそう歌うように呟きながら、枕の下から金属製の箱を取り出した。

「おい、『弁当箱』じゃないか」

「どうしてここに」

二人は絶句した。

「弁当箱」は、入学試験の際、近距離から横浜を目指す生徒が背負わされる、重りの入った金属製のリュックだ。その形状から、そう呼ばれている。背負った生徒の居場所がリアルタイムで文部省に分かるようになっているし、降ろそうとすると爆発する。試験開始時に文部省から派遣された職員によって装着され、試験終了と同時に回収されるシロモノだ。

「うん、せっかくオンラインで政府と繋がってる機械だから、返すの勿体《もったい》なくてねぇ。試験開始直後に信管を外してぇ、横浜にニセの『弁当箱』を用意しといてぇ、試験直後にすり替えた。でもって、それをちょいとばかり改造したってわけぇ」

オチャノミズはパカッと蓋を開け、中のキーボードを素早くいじり始めた。

蓋の裏がパッと明るくなり、青い画面に白いイチョウのマークが映る。

アキラとシゲルは驚きの声を上げた。

「うわあ、凄え」

信管を外す？　他の「弁当箱」とすり替える？　何でもないことみたいに言うが、とんでもない重罪行為だし、とんでもなく難しい行為だ。こいつはいったいどういう奴なんだ。

アキラは心のどこかで舌を巻いた。

「まだまだ未完成なんだ。もうちょいバージョンアップして処理能力が上がればぁ、アクセスできるんだけどなぁ」

「アクセス？　どこに？」

「『ブリタニカ』さ」

「『ブリタニカ』？」

「知らないのかい？　二十世紀のありとあらゆる知識と事象を記録したファイルだよ。なにしろ、ラーメンからミサイルまで、猫の名前から宇宙食のメニューまで、べらぼうな容量のファイルだ。立ち読みするのも大変なんだぜぇ。もちろん、一般人はぁ、アクセスを禁じられてるけどねぇ」

「へぇえ。何のためにそんなものを？」

「別にぃ。俺の趣味さ。俺は、大東京学園にいる間に、たっぷり知識を持って帰りたいだけさぁ。卒業総代なんかどうでもいい。くだらない重労働もくそくらえだぁ。だけど、アクセスに必要な時間をひねり出すにはぁ、ある程度上位のクラスにいないと無理だから、試験は取りあえず頑張るけどねぇ」

オチャノミズはあっさりと答えた。

アキラは目からウロコが落ちたような気がした。

こんな考え方をする奴もいる。こんな場所で、自分のポリシーを優先できる奴もいるんだ。自分の中のもやもやが、少し晴れたような気がした。

そうなのだ、この一ヶ月授業を受け、実力テストを受けて、自分が何よりも不満に思っていたのは、もっともっと知識が欲しいってことなんだ。実用的である、それはもちろん偉大なことだ。暮らしていくために必要な知識さえあればいいというのも、間違っていないとは思う。だけど、それだけではあまりにもつまらないんじゃないか？　必要ないこと、頭の中だけで考える理屈、どうでもいい知識、そういうものがたくさん手に届く範囲にあって、比べられるからこそ、初めて役に立つものとそうでないものが分かるんじゃないか。最初から役に立つものと立たないものが分けられていて、役に立つと決め付けられたものだけを与えるのは、家畜に餌を与えているのと大して変わらないんじゃなかろうか――

「そういうのもいいな。でも、俺は卒業総代にならなきゃならないんだ」

シゲルもアキラと同じような感想を持ったらしく、ちょっと淋しそうな顔になるとぽろりと漏らした。シゲルが本音を漏らすのは珍しく、そっと彼の顔を見る。

シゲルは、自分が無意識に呟いていたことに気付き、後悔した表情になるとそっと顔を逸らして黙り込んだ。

シゲルが、自分のことはほとんど話さないことには前から気付いていた。そこには、何か特殊な事情があるらしい。もちろんみんな卒業総代を目指してはいるが、シゲルの目指し方はどことなくみんなとは違っていた。みんながそれを青春の野望としてギラギラ仰ぎ見ているのに対し、彼にはそれが自分の義務であると諦観しているようなところがあったのだ。

「分かってるとは思うが、この『弁当箱』についてはここだけの話にしといてくれよなぁ。こんなもの持ってることがタダノにバレたら、即新宿行きだ」

オチャノミズは、唇に人差し指を当て、二人の顔を交互に見た。

「新宿クラスに入るのって、そんなに大変なことなの？」

アキラは尋ねた。新宿クラスに関することなら、何でも聞いておきたい。

オチャノミズは、アキラを無表情な目で見た。色の薄い、不思議な色をした目だ。

「新宿クラスに入るとどうなるか知ってるかぁ？」

「ううん」

「あそこに入ると卒業できない。中退扱いだ。卒業するはずだった時期が来ると、国外退去処分になるんだってさぁ」

「国外退去？」

アキラとシゲルは声を揃えた。

オチャノミズは乾いた声で続ける。

「アジアや中東地区で、前世紀にばら撒かれた地雷を掘らされるんだと。新宿クラスに入るのって、ほとんど思想犯扱いだからなぁ。公安に目を付けられて、死ぬまで監視されるのさぁ。国外退去になったら、まず生きて日本に帰れない。有り難いことにぃ、新宿クラスでの授業はほとんどが地雷の処理さ。気がついたぁ？　最初、大東京学園に入る時、地下くぐってきただろー。あの時、上に広がってた荒れ野原、あれ、地雷原だ」

「ええっ」

「昔、新宿クラスの生徒が、あの地雷原を通り抜けて脱走しようとしたらしいよぉ。二人組でねぇ。授業の成果を生かそうとしたのかどうかは分からないけどさぁ。でも、途中で片方が地雷踏んじゃって、こっぱみじん。ばぁん！　もう一人の奴は、こっぱみじんになった生徒の血と肉のシャワーをもろに浴びちゃったわけさぁ。当然、気が変になっちまったらしいぜぇ」

その場面を想像して、アキラは蒼白になった。

シゲルが不思議そうに尋ねた。

「ねえ、前から不思議に思ってたんだけど、なんでそこまでしてみんな脱走しようとするわけ？　そもそも、新宿クラスの生徒って、ほとんどが脱走未遂の罪で入れられるって聞いたよ。確かにここはしんどいところだし、逃げ出したくなるのは分かるけどさ」

「んー、その辺は俺にもよく分からないんだけど」

オチャノミズは首をかしげた。

「要するに、脱走という行為そのものが、現代の社会体制への反逆行為の象徴になってるんだと思うよぉ。だから、学校側も、政府も、脱走にはひどく神経を尖らせてる。現代の日本、誰でも知ってる大東京学園は、政府の広告塔と言ってもいいだろぉ？　抵抗勢力は常にくすぶってる。誰かが脱走に成功しようもんなら、職員の首が幾らでも飛ぶし、場合によっては政府高官の首も飛ぶぞ。噂だけど、大東京学園から脱走するっていうのはある種のステイタスになるらしい。密かに脱走者を支援する組織もあるって話も聞くしさぁ」

アキラは話の最後に敏感に反応した。もしかして、兄貴も誰かに匿《かくま》われて生きているのだろうか？

「でも、労力の割には報われない行為さね。俺は遠慮しときたいなぁ」

オチャノミズは、「弁当箱」の電源を切ると、蓋を閉めた。

再び、重労働の日々が始まった。

土木工事、農作業、産業廃棄物処理。

少し上のクラスに移ったおかげで、確かに少しは楽な作業になった。それに、カゴシマが言った通り、少しずつ身体が慣れてきて、以前よりも持久力がついてきたのが手に取るように分かった。どの生徒も、めきめきと逞しくなっていく。入学した時点でも、かなり体力的に恵まれていたはずだが、今や、誰もが精悍な肉体労働者へと変貌を遂げつつあったのである。

一日は、判で押したようなスケジュールだ。

起きて、食って、クソして、働いて、食って、働いて、食って、寝る。

何も考えない。下手をすると、誰とも口を利かないで済むし、肉体の反射だけで一日が終わってしまう。若き労働マシーンだ。身体に自信がついたことで、精神的にも余裕が出たせいか、何も考えないうちに一週間が過ぎる。

すると、一部の生徒たちの間に、ある種の渇きのようなものが生まれてくる。

それは、無味乾燥な日々の中で、少しずつ育ち始めるのだ。

自分でも説明することのできないイライラに、彼らは悩まされ始める。単純な日常、厳しい労働だけの日常に、じわじわと閉塞感を覚えてくるのだ。

むろん、そういうことに疑問を抱かない生徒もいる。次の試験目指して黙々と訓練に励み、ただ働いて食べて眠る、そういう日常生活に順応した生徒もいないわけではない。

しかし、まだまだ若く、好奇心が強く、全国から集められた知力体力共に優れた生徒たちにとって、世界はあまりにも狭かったのだ。

自分は何を求めているのだろう？　自分の生活には何が欠けているのだろう？　彼らは悩み始める。そして、悩み始めた生徒たちは、少しずつ「アンダーグラウンド」へと足を踏み入れ始めた。

入学当初、その場所の存在を知る者はごく一部だった。しかし、やがて新入生のほとんどが、「アンダーグラウンド」のクラブ活動に参加するようになっていった。

その混沌としたいかがわしい世界、いい加減でごちゃごちゃした世界に、最初は誰もが面食らい、必死に拒絶する。彼らが受けてきた教育の中で全否定されていたものがそこにあるからだ。だが、そんな生徒も、暫くするとまた、友人を連れておずおずと戻ってくるのだった。そのいかがわしさ、いい加減さに、ほとんどの生徒が惹きつけられた。誰もが、この世界で時間を過ごすことの後ろめたさ、だらしなさを愛するようになったのだ。

アキラは、以前カゴシマが呟いていたことの意味が分かったような気がした。確かに、大東京学園に「アンダーグラウンド」は必要なのだ。

アキラも、今やどっぷりクラブ活動にはまっていた。なにしろ、「アンダーグラウンド」にはありとあらゆるものが溢れていた。入部した日、カゴシマにバルセロナオリンピックの柔道の試合を見せられた時の感激は忘れられない。みんな、なんて強くて美しかったことだろう！　どんなにみんなが格闘技を愛していたことだろう！　相撲にレスリング、キックボクシングにテコンドー、太極拳や酔拳まで、アキラはさまざまなビデオを見せてもらい、日々研究を重ねていた。「体力作り研究会」（地下名「あらゆる格闘技研究会」）が土曜日の夜に開く異種格闘技の試合は、熱狂的な支持を集めた。特にカゴシマとアキラのカードは、テクニシャン同士のハイレベルの試合で、こっそり地上の職員も見に来るほどだ。噂によると、密かに録画され、全国の地下格闘技ファンに回覧されていたとも言われている。

シゲルはたくさんの勧誘を押し切って、「生活技術研究会」（地下名「大消費生活研究会」）に入った。アキラが時々遊びに行くと、みんなが熱心にカタログを回覧していた。ソニーや東芝、ナショナルに日立といった家電を専門に研究している生徒もいたが、シゲルはホンダやトヨタのカタログを熱心に見て、そっくりの模型作りに精を出していた。かつては通信販売されていた、女性の下着のカタログは、みんながあまりにも見たがってぼろぼろになってしまったので、部長が管理する金庫にしまわれていた。

こんなにも多種多様な製品が世界中に溢れていたのかと思うと、アキラは眩暈がした。次々とモデルチェンジされる車、小型化され軽量化される家電製品、カラフルでお洒落なデザインを強調されるオーディオ、三シーズン先を見越して作られる服、バッグ、靴、化粧品——それはもはや贅沢という言葉すら超えて、あまりにも彼らとはかけ離れた世界だった。本当に、こんな世界が存在していたなんて信じられない。こんなにモノが溢れ、お金が溢れ、こんなにスピードの速い世界がほんの数十年前までここにあったなんて、どうやって信じればいいのだろうか。

夜の地下では、誰もが二十世紀に夢中だった。

完全な二重生活。徹底的に管理され、ポイントの増減に一喜一憂する昼間の世界と、退廃的でいかがわしい夜の世界。彼らは、徐々にその二つの世界に慣れ、それぞれの顔を使い分けることに慣れていくのだった。

そんなある晩、アキラとシゲルが「アングラ」から寮に戻る途中のことである。

月の明るい、静かな夜だ。

「なんだか、おかしな気分だな」

シゲルが呟いた。

「どこが？」

「昼間はあんな生活で、夜はこうやってどっぷり『アングラ』に浸って。どっちが本当なのか分からなくなる」

アキラは頷いた。

「うん。どっちかが夢みたいだよな。時々、自分が二十世紀の高校生みたいな錯覚感じる時があるよ」

「ここの外は、何もない世界で、汚染物質だらけの取り残された日本がある。そのはずだろ？　なのに、こうやって歩いてると、そっちが嘘のような気がする」

「俺たち、ずっと前にもこうやって月の下を歩いてなかった？」

「ずっと前って？」

「変な話だけど、生まれるずっと前。なんだか急にそんな気がしたんだ」

　アキラがそう答えると、珍しくシゲルが声を立てて笑った。

「そりゃいいや。生まれるずっと前か」

「本当だよ」

「おい」

　突然、シゲルがアキラの腕を押さえた。

「見回りか？」

　アキラは慌てて声を潜める。

「違う。見ろよ、あれ。あの電話ボックス」

　シゲルが遠くを指差した。

　そちらに目をやると、小さな丘の上にぼんやりと明かりが点《とも》っていることに気付く。

「え？　あれ、あの電話ボックス？」

　辺りが暗くて分かりにくいが、確かに、四角い古びた電話ボックスから光が漏れていた。天井の蛍光灯が点いているらしい。中は無人だ。そこだけ四角くぼうっと闇の中に浮かび上がっている。

「明かりが点いてる」

二人は気味悪そうに顔を見合わせた。

「今まで『アングラ』から帰ってきた時に、明かりが点いてたことがあったか？」

「いや、点いてたら絶対気が付いてたはずだ。いつもは真っ暗だもの」

二人はぼそぼそと言葉を交わしながら、同じことを考えていた。

カゴシマが言っていた、「あの電話ボックスには幽霊が出る」という話である。

「まさかね」

「そんな」

二人は暫くの間、じっと丘の上の電話ボックスを見つめていた。

人影はない。

やがて、二人は魅入られたかのように、そろそろとその電話ボックスに近付き始めた。

なぜかは分からない。怖いと思っているし、近寄らないほうがいいと思っているのに、足がふらふらと引き寄せられていってしまうのである。その明かりは、どこか浮世離れしているのと同時に、とても魅力的だったのだ。

闇の中で、丘のあちこちから虫やカエルの声が聞こえてきた。草の感触が足の裏に柔らかい。

いつのまにか、二人は電話ボックスの前に立っていた。

ひび割れたガラスの向こうにある緑色の電話機は、繭《まゆ》に包まれた生き物のように見えた。

まるで、今にもベルが鳴り出しそうだ――

突然、ベルが鳴り始めた。

二人はびくっとして、思わず後退りをした。

「おい」

「確かに鳴ってるよな？」

喉がカラカラになっていた。全身に鳥肌が立っている。

アキラはそっとドアを押し開けた。るるるるるる、という無機質なベルの音が大きくなる。確かに、ベルは鳴っているのだ。

二人が中に入ってからも、傷だらけの電話機は執拗にベルを鳴らし続けていた。

二人は青ざめた顔を見合わせる。決心したように頷くと、アキラが受話器を取った。

二人で耳を寄せる。

がちゃっ、という音。

次の瞬間、受話器の向こうから喧騒が流れ出した。

それが喧騒というものだと、なぜ分かったのだろう。だが、田舎育ちの彼らにも、耳にした瞬間、それが都会の喧騒だと分かったのだ。ざわざわと忙しく行き交う通行人。ビル街に反射する街の音。車のクラクション、オートバイのエンジン音、トラックの荷物がぎしぎしいう音。交差点のアナウンス、交通整理のホイッスル、花売りの声。

ふっと目の前に、都会の夜景が浮かんで流れた。

なぜか、懐かしさに胸がいっぱいになる。ああ、これが東京の夜なんだ、と思った。

「**アキラ？**」

突然、電話の向こうで女の子の声がしてぎょっとした。

今、確かに俺の名を呼んだ。

シゲルと目が合う。互いの目の中で、同じことを考えていた。

電話の向こうの、存在するはずのない世界から、誰かがここに電話を掛けている。

「ねえ、アキラ、そこにいるんでしょ？　約束の時間はとっくに過ぎてるのよ。もー、ひっさしぶりに会うっていうのに何やってんのよ。銀座四丁目の交差点に、こんないい女一人で待たせとくなんて信じられないっ。失礼しちゃう、シゲルもまだ来てないのよ。映画も、七時の回はもう無理だわ。『エクソシスト』怖いから一緒に観てくれって言ったのはあんたじゃないのっ。あたしウエストでお茶してるからそこに来てねっ。もちろんあんたのおごりだかんねっ」

喧騒を背景にして、歯切れのいい女の子の声が一気にまくしたてた。

がちゃん、と突然電話が切れる。

ツーツー、という音。

アキラとシゲルは啞然とした顔でお互いを見た。

アキラとシゲル。電話の向こうにいた女の子は、二人を知っているのだろうか？　それとも、同名の別人か？

「どういうことだ？」

「誰だ、この女」

二人はまじまじと受話器を見つめた。

ふっと天井の明かりが消え、受話器の奥から音が消えた。

真っ暗になったとたん、どっと恐怖が込み上げてきた。

「うわーっ」

「幽霊だっ」

二人は争って外に飛び出し、逃げるように丘を駆け下りた。

寮に辿り着くまで、二人は真っ暗な電話ボックスを決して振り返らなかった。

第七章　魚が出てきた日

大東京学園には、手紙が来る。やっとの思いで入学した生徒たちに宛てて、遠く離れた家族や友人、ガールフレンドから手紙が来る。入学直後などは、受験放送で人気が出た生徒にファンレターも来る。

しかし、当局は手紙を検閲する。全てを開け、中身をチェックし、切手の裏まで調べる。特に、脱走の手助けをする手紙がないか当局は目を光らせている。以前、脱走を手助けする市民グループが、爆発物入り郵便物を送ってきたことがあって、その時は数人の職員が負傷した。差し入れと称して、お菓子の中に脱走の道具を巧妙に忍ばせたこともあり、以来、郵便物には金属探知機まで使われるようになり、差し入れは全て没収となった。

だから、それらの検閲をくぐりぬけて生徒の手に辿り着いた手紙は、とてつもなく貴重なものなのだ。

けれど、返事は出せない。そもそも、中から手紙を出すなどもってのほか。生徒から外部に連絡することは厳禁されていて、入学したら卒業するまで、生徒は一歩も外に出られない。彼らはいかなる理由があろうとも、帰省はできない。つまり、忌引《きび》きもない。家族の具合が悪くなっても帰ることは許されないのだ。

観覧車の近くに、ハウスと呼ばれる学生たちの溜まり場がある。学生課と隣接して購買部や、テーブルや椅子を置いた休憩所があるスペースだ。最初は上級生たちが使っているが、新入生も慣れてくるに従って寛《くつろ》ぐようになっている。

学生課の掲示板の前には、いつも生徒たちがたむろしている。

手紙があれば、クラス名と名前が張り出されているからだ。自分の名前でも見つけようものなら大騒ぎで、みんなに豆乳やコッペパンを奢《おご》らされる。

掲示板の前から少し離れたところにシゲルが立っている。

誰でも週に一度は掲示板を見に来るが、シゲルは授業の合間など、折を見てはここに通うのが習慣になってしまった。半ドンの土曜日、シゲルは寮に戻る途中にそこを訪れた。

だが、これまでも彼の名前はなかったし、今日もない。

彼はクールな表情に落胆を隠しながら、サッと掲示板を離れた。

どうして手紙が来ないのだろう。春になったらすぐに書くと言っていたのに。まさか、手紙も書けないような状況なのだろうか？　あいつにどんな目に遭わされてるんだろう？

　胸の奥に芽生えたどす黒い不安が、急速に膨らんでくる。

「シゲル！」

　休憩所のテーブルから、アタミが声を掛けてくる。シゲルは、表情を繕《つくろ》いながら、

「ちは」と彼の向かい側に座った。この頃は、アタミたちとも口を利くようになった。

というよりも、しつこく夜這いを掛けてくる連中に比べれば、最初に知り合ったアタミたちの方がよっぽど紳士的でマトモだという結論に達したのである。

「なんだか浮かない顔ね。恋人からの手紙が来ないってんじゃないでしょうね？　女なんか相手にしたら許さないからね」

「そんなんじゃないってば」

　シゲルは苦笑した。以前ならば、こんなことを言われたら激怒していたところだが、ようやくこれがアタミの挨拶だということを理解したのと、実際のところ彼がとても博識でよく気が付く、頭のいい男だと気付いたからだ。

「あんたの相棒は？　珍しく一緒じゃないのね」

「アキラは、カゴシマと今夜の試合の打ち合わせしてる」

「まあ素敵。サタデー・ナイト・フィーバーね。いい席取らなくっちゃ」

　アタミはうきうきした口調で指を組んだ。彼は見かけによらず格闘技好きだった。

「格闘技もコミュニケーションの一つ」ということになるらしい。

「あのコ、いい子ねえ。アキラがいればシゲルの貞操も安心だわ」

「うん、あいつには入学した時から世話になりっぱなしだもの」

「カゴシマも可愛がってるみたい」

「二人とも、よく飽きずにあんなにプロレスばっかやってられるよなあ」

アタミが「ふふっ」と笑ったので、シゲルはきょとんとした。

「なんだよ、気味悪い」

「シゲルも、アキラの話だと優しい顔になるわね」

思ってもみなかったことを言われて驚く。

「そうかな」

アタミは急に真顔になり、声を潜めた。

「でも、変なのよ。このところ、アキラのことを聞き回ってる奴がいるみたい」

「え？　誰が？」

「それがね、よく分からないの。それも、一人や二人じゃないらしくて」

「どんなことを聞いてるんだろう」

「さあ——彼の行動範囲とか、交友関係とかららしいけど。アキラの『アングラ』でのファンは急増中だけど、ファンが聞き回ってるって雰囲気じゃないのよね」

シゲルはどことなく嫌なものを感じた。アタミはとても勘がいい。敵を作るタイプではないアキラになぜ？

その時、ぞろぞろと休憩所に大人数が入ってくる気配がした。

空気が変わったような気がして、二人でそちらの方を見る。

どこがどうというのではないが、感じの悪いグループだった。

六、七人ばかり、周囲をねめつけるように入ってきた生徒は、隅のテーブルに陣取った。彼らの目つきの悪さに気圧《けお》されたのか、隣のテーブルにいた生徒が立ち上がり、休憩所を出て行く。

「やな感じね。最近、のさばってる連中よ。あれ、一年でしょ？」

アタミがそっと囁いた。

「うん。確か、みんな江戸川クラスだ」

シゲルはさりげなくそのグループのメンバーを見た。

リュウガサキのいるクラスだな、とシゲルは思った。今はいないけれど、時々リュウガサキがあの連中と一緒にいるのを見かける。

奇妙なグループだった。昔から、こういう負の引力で群れを作る奴はどこにでもいるが、この連中は、ただ馴れ合って寄り集まっている感じがなかった。どこかに、組織的に統率された者の匂いがするのである。

こういう連中で、こういうのは珍しいな。シゲルはじっと彼らを観察した。

奴らを結びつけているものは何だろう。単なる利害関係か、嗜好《しこう》か、性格か。それとも他に何かあるのか？

見ていることに気付かれないようにしたつもりだったが、中の一人がシゲルに気付き、にやっと下卑《げび》た笑みを浮かべた。

チッ。まずいな。シゲルは平静を装ったが、内心は舌打ちしていた。

そいつは、どこか下品な顔をした男だった。ちょっと見にはかなりの美男子の部類に入るだろう。だが、暫く向き合っていると、だんだん内側の卑《いや》しい部分が滲み出してきて、顔の印象まで下品なものになってしまう、という種類の顔だ。

案の定、その男はテーブルに手を突いて立ち上がると、ぶらぶらとこちらにやってきた。

アタミが不快そうな顔になるが、シゲルはあくまでも無表情に番茶を飲んでいた。

そいつは、シゲルの座っているテーブルに手を突いた。中指の銀のリングが目に入る。

「ごきげんいかが、ウサギちゃん」

シゲルは無視した。こういう手合いは相手にしたら終わりなのだ。

「おや、相変わらずつれないねえ。俺の友達もこのウサギちゃんには、ふられっぱなしなんだよ。一度くらいつきあってやってほしいなあ」

見た目と同じく、どこか崩れたバリトンを聞きながら、シゲルはどいつのことだろう、と考えていた。

「そんなにあのチビがいいのか？　どこがいいんだよ？　舌か、尻か、指か？」

そいつはシゲルの耳に口を近づけ、ねちっこく囁いた。

シゲルは全く表情を動かさず、無視を続けている。

「ちょっと、絡むのはやめなさいよ」

見かねたアタミが口を出すと、そいつは噛み付くような目で「うるせえな、オカマ野郎」とアタミを睨み付けた。それまでの笑みを引っ込め、乱暴にシゲルの頭をつかんで自分の方を向かせる。

「いつまでもお高く止まってんじゃねえよ。おまえなんざ、そのうち」

シゲルが突然氷のような目で自分を睨み付けたので、そいつはギョッとして言葉を切った。

「そのうち、なんだよ」

シゲルは低く呟いた。

「言ってみろよ、そのうちどうなるってんだよ」

「う」

シゲルの冷たい迫力の方が勝っていた。言葉に詰まっている男の手を振り払うと、シゲルは鼻で笑った。

「友達に言っとけよ。俺は不細工な男は嫌いなんだ。お肌のお手入れもしといてほしいな。汗臭いのも御免だ。おまえも、その無精髭を剃ったら相手してやってもいいぜ」

「なっ」

そいつが顔色を変えた時、突然、後ろからバサッと何かが二人に倒れかかってきた。

「わっ」

「なんだ?」

見ると、さかさまになった竹箒《たけぼうき》である。

「おお、すまんなあ、君たち」

のんびりした声が聞こえてきて、三人でそちらを見る。

「すまんすまん」

作業着姿で手押し車を押していた老人が、ぺこぺこ頭を下げながら竹箒を取りに来た。

「なんだよ、危ねえなあ」

男は頭を押さえて文句を言った。

「いやー、そこの道具小屋に運んでた途中でな。悪かった」

細い目に、白い髭。どこか仙人めいた年寄りだ。

二人とも毒気を抜かれ、ぽかんとしてその顔を見つめる。

用務員はニコニコしながら、ちらっと空に視線をやった。

見ると、密かにグリーンキャブが旋回している。シゲルたちはハッとした。いつのまに。

喧嘩沙汰はマイナスポイント。

今にもつかみかかりそうだったやさぐれ男はパッと飛びのいた。

「ちっ」

最後に険悪な一瞥《いちべつ》をくれ、男は、小さく唾を吐いてグループ席に戻っていった。

彼らは興ざめな表情になると、ガタガタと席を立って休憩所を出て行く。

「ハラハラしたわ、シゲル」

連中の背中を見ながら、アタミが胸を撫で下ろす。

「助かったな。あのおっさんがいなかったら、今ごろグリーンキャブに捕まってたかも。あいつらも、自分の勤務成績になるから、ポイント狩りに必死だもんな」

シゲルは、鼻歌を歌いながら竹箒を担いで手押し車を押していく老人を見た。

「人を食ったじいさんよね。時々見かける用務員だわ」

「ふうん」

シゲルはまだ老人を目で追っている。

「でも、そうだったのね、シゲル、確かにアキラは肌綺麗だもんね。分かった、あたしも今夜から卵パックするわ」

「は？」

アタミの真剣な目を、シゲルはまじまじと見返した。

が、その時、遠くで大勢が騒いでいるのが聞こえ、そちらを見た。

「なんだろ、騒がしいな」

「お堀の方よ」

二人は席を立ち、賑やかな方に向かって歩き出した。


広大な堀に囲まれた、前方後円墳の形をした陸地の真ん中にある、「東京ドーム」が霞《かす》んで見える。その陸地と少し離れたところに、森に覆われた小さな島である「年増園」が浮かんでいた。遠くには大東京タワー、観覧車、国会議事堂講堂がシルエットになっていて、絵に描いたような眺めだ。今日は、観覧車は回っていないようである。

お堀の前に、小さな人だかりがあった。

「今日は、『東京ドーム』前のお堀に来ています」

「我々、『思い出研究会』では、このお堀に『ピラニア鯉』が出没するという噂をキャッチいたしました。『ピラニア鯉』。果たして、これはいったいどういう生き物なんでしょうか」

「はい。噂によりますと、元々お堀に生息していた錦鯉が、何らかの原因で凶暴化してピラニアのようになってしまったというもののようです」

「確かに、鯉は雑食性で何でも食うと言われてますがねえ」

「目撃者の話では、ある時スキップをしながら春を満喫していた野犬が、誤ってお堀に落ちてしまったそうなんです。野犬は慌てて犬掻きをして岸に向かいました。ところが、その野犬に向かって黄色い鯉が歯を剝き出しにして多数押し寄せ、あっというまにその野犬を食い尽くして骨にしてしまったというのです。この間、わずか十五分。それが、あたかもピラニアの大群が押し寄せたかのように見え、そう命名されたわけです。恐ろしいですね」

「果たして、本当に『ピラニア鯉』は存在するのでしょうか？　今日はこの謎に迫ってみたいと思います。チャンネルはそのままで！」

「思い出研究会」が、お堀で「ピラニア鯉」を釣るらしい、という噂が学園内を駆け巡り、みんなが見物に来ているのだった。これも伝説の怪獣の一つらしい。

のどかな天気なので、今夜の試合の打ち合わせを終えたアキラとカゴシマも見物してみることにした。さっきから漫才のような解説が続いているが、なかなか始まらない。

「おい、早く『ピラニア鯉』を出せ！」

「解説はもういいぞ！」

見物人が足を踏み鳴らす。

「えー、我々は、本日ここに、給食の残りである貴重な鶏肉と豚肉を幾つかご用意いたしました」

もったいぶって説明を続ける男の脇で、もう一人がタコ糸を結んだ骨付きのモモ肉とハムを掲げた。

「もったいないっ」

「俺に食わせろ！」

肉は貴重なので、非難囂々《ごうごう》である。が、男は声を張り上げた。

「そして、ここ！　今我々が立っている場所は、まさに目撃された野犬の落ちた場所であります！　では、ここから肉を投げ入れてみましょう！　はっ！」

次々とお堀に肉が投げ込まれる。わーっ、という歓声（いや罵声か）と、大きな水しぶきが上がった。

やがて、幾つかの輪を残して、肉は濃い緑色の水の中に見えなくなった。

みんなが固唾《かたず》を飲んで水面を見守っている。

一分経過。辺りは静まり返ったままだ。

中でも、「思い出研究会」のメンバーは、タコ糸を握りしめたまま、真剣な表情で水面を食い入るように見つめている。

何も現れない。

更に、一分経過。水面はしんとしたままである。

不満そうなざわめきが湧き起こり、非難の視線が集中する。

「おかしいな、ここでいいはずなんだけど」

「絶対にここだよな」

非難の声が聞こえないかのように、「思い出研究会」のメンバーは首をかしげて地図を確認している。

「なあんだ。やっぱりガセネタかあ」

アキラはがっかりした。彼はお化けや幽霊といった怖いものがからきし駄目なのだが、そのくせそういうものには人一倍興味があったのである。伝説の怪獣なら、ちょっと見てみたかったのだ。

文句を言いながら、見物人がぞろぞろと引き上げ始めた時、くっくっ、といういかにも嫌味な含み笑いが聞こえてきた。

「それじゃあ出てこないに決まってるだろ」

みんなが声のする方に目を向ける。

見ると、リュウガサキが腕組みをして木に寄りかかり、にやにや笑っていた。

後ろには、彼の手下らしき幾人かの生徒が、取り巻きのように彼を囲んでいる。

やっぱりね。こういう奴って、必ずこういう手下を作るんだよなあ。チンピラは群れたがるっていうのは本当だな。

アキラは妙なところで感心した。

リュウガサキが、性格の悪い連中を自分の周りに集めていることには気が付いていた。彼が、グループを作って、授業を自分の優位になるように進めているという噂を聞いた。

確かに、実力テスト以外は共同作業が多いし、仲間を作っておけば何かと有利で手抜きもしやすいだろう。しかも、それが当局にバレないよう、極力彼が表に立たないようにしているらしい。いったい何人が彼の傘下にあるのかは不明だった。彼は付かず離れずで彼らを掌握し、気にいらない生徒を陰で痛めつけているという話だ。まだ、アキラやシゲルがそんな目に遭っていないのは、クラスも違うし普段の生活でほとんど接点がないからだろう。リュウガサキは、こういうリュウガサキを「アングラ」で見かけたこともない。

リュウガサキは、こういう生活に疑問は持たないのかな。毎日の重労働だけで、満足してるんだろうか。

アキラは、ふと不思議に思った。

水面を見ていた「思い出研究会」のメンバーがきょとんとした顔でリュウガサキを見ている。リュウガサキは、ずいっと前に出た。相変わらずがたいのいい男だ。それが更に鍛え上げられて、ひときわ威圧的に見える。

『『ピラニア鯉』なんだろ？　ピラニアは死んだ肉なんか食わないぜ。生きてる肉じゃなくっちゃ。なあ？」

リュウガサキは薄ら笑いを浮かべながら、仲間を振り返った。同じような目つきの連中が、やはりニタニタしながら頷く。

「せっかくの試みだ。こんなに見物人もいることだし、本当にいるのかどうか試してみようぜ。ほら！」

リュウガサキはパッと駆け寄り、タコ糸を持っていた二人を一突きで堀にどんと突き落とした。

悲鳴が上がり、どぼんどぼんと水に落ちる音がした。わっと見物人から悲鳴が上がる。

「助けてくれ！　泳ぎは得意じゃないんだ！」

堀の中から叫び声がした。みんなが堀に駆け寄ってわいわい騒いでいる。二人の生徒がばしゃばしゃと水の中でもがいているのが見えた。

「ぎゃーっ」

そのうちの一人が、ひときわ凄まじい悲鳴を上げた。泳ぎが得意でないのはこちらの方らしく、必死に手を振り回しているが、ちっとも進まない。見ると、それまで全く姿を見せなかった黄色の鯉が、わらわらと彼らの周りに集まってきているではないか。堀の上からも、恐怖に満ちた悲鳴が上がった。

リュウガサキは悠然と腕組みをして、堀の中を見下ろしていた。

「くっくっ。さあ、どうかな。『ピラニア鯉』ちゃんたちは、この餌がお気に召したかな？」

この性格、死ぬまで治らないな。

アキラが非難を込めた目つきで睨みつけていると、彼は待ち構えていたかのようにパッとこちらを見た。

二人の目が合う。

その瞬間、アキラは、彼がこの瞬間をずっと待っていたことに気がついた。リュウガサキは、やっぱり自分のことを見逃していたわけではなかった。彼はいったん根に持ったことは、その恨みを果たすまで決して忘れないのだ。

そのほんの短い一瞬に、アキラは絶望と共にそのことを確信していた。

リュウガサキは、むしろ嬉しそうな顔で、ゆっくりとアキラの方に歩いてきた。

「何だよ、その目つきは。俺は、こいつらのクラブ活動に協力してやっただけだぜ。文句あるか？」

「協力だって？」

「何なら、助けてやれば？　おまえは人助けが得意なようだからな。だったら、おまえも協力してやれよ」

リュウガサキが仲間をちらりと一瞥すると、たちまちそいつらがアキラにつかみかかってきた。揉みあいになる。「馬鹿、やめろ！」カゴシマが引き剝がそうとするが、多勢に無勢である。不意を突かれて押さえ込まれ、気が付くと身体をかつぎあげられ、あっという間に宙に舞っていた。

「あばよ！」

ざぶんという音が耳元で聞こえ、一瞬のうちに暗い水の中に沈んでいた。

冷たい。頭がキンと痛む。

水泳の季節にはまだ早すぎるな。身体の周りの泡を見ながら、そんなことを考えた。

両手を大きく回して水を掻き、アキラは水面に顔を出した。泳ぎは得意だが、学生服を着ているし、真っさかさまに叩き込まれたショックで、一瞬方向感覚を失っていた。

落ち着け、ここは海じゃない。危険は少ない。そう自分に言い聞かせる。

呼吸を整えると、立ち泳ぎをして、先に落とされた二人を探す。

二人はパニックに陥っていた。泳ぎが得意じゃないと叫んでいた方は、まだ必死に手足を動かしていたものの、顔が水面すれすれにあって、溺れかかっている。

アキラは叫んだ。

「おい、しっかりしろ！　下に向かって水を搔け！」

ふと、足元に何かが蠢《うごめ》いている感触があった。何かたくさんのものが足元にまつわりついている。

ピラニア鯉。

ぞっとして、思わず頭が真っ白になった。が、よく見ると、それはやっぱりただの鯉だった。つぶらな目をした間抜け顔の鯉が、ぱくぱくと真ん丸な口を開いたり閉じたりしている。単に安寧を遮られ、驚いて出てきたらしい。

「おどかすなよ」

アキラは溜息をつくと、溺れかかっている上級生に向かって泳いでいった。

「おい、落ち着け！　これはただの鯉だよ。『ピラニア鯉』じゃない」

しがみつかれると怖いので、後ろから回り込むように近付く。

その時、ざぶんと足元から水が持ち上がる感じがして、ふわりと身体が浮かんだ。

「やばい、『波の立つお堀』の時間だ」

アキラは慌てた。どどーんと大きな波が押し寄せてくる。なぜか、このお堀は時間によって波が立ったり、ぐるぐる流れたりするのだ。そういうふうにプログラムされているらしい。水底に酸素を送るためだろうか。

次から次へと波が寄せてくる。それらはお堀の壁に打ちつけられ、うねりとなってアキラたちを飲み込む。波の上から下へと身体が突き落とされた。

「うわーっ」

身体が水面に叩きつけられ、殴られたような衝撃があった。

深く潜ってからようやく顔が水面に出て、ちょうど目の前に溺れかけた上級生の頭が見えて、アキラは反射的に襟をつかんでいた。すーっと身体が斜めに運ばれ、視界がぐるぐる回る。

流れに逆らっちゃ駄目だ、どこか陸地を探すのだ——ふと、視界の隅っこに、緑色の塊が見えた。「年増園」だ。パッと頭に光が射したような気がした。あそこだ、あそこなら上陸できる。アキラは、「年増園」を視界から外さないように必死に立ち泳ぎで居場所を少しずつずらしていった。徐々に島が近付いてくる。腕につかんでいる上級生は、気絶したのか、手ごたえがない。今ならまだ大丈夫だ。水を吐かせれば蘇生する。

突然、次の波に身体が持ち上げられ、ふわっと軽くなったと思ったら、堅い砂地に叩きつけられていた。

いきなり堅いものの上に乗り上げたので目を白黒させたが、そこは「年増園」の小さな浜辺だった。波はまだ遠くでざぶざぶうねっている。

やれやれ、サーフィンには早いぜ。

アキラはずぶ濡れの重い身体をよろよろと引きずり、浅瀬に打ち上げられている上級生を引き揚げて上を向かせた。やはり気絶しているらしい。早くに気絶したので、そんなに水を飲んでいないようだ。顔色もそんなに悪くない。両手でみぞおちを何度か押すと、「げっ」とうめいて水を吐き出し始めたのでホッとする。咳き込む上級生を前に、ようやく身体を投げ出して辺りを見回す余裕ができた。

改めて、自分がいる環境の異様さに息を呑む。

鬱蒼とした森が、小さな島を覆っていた。そっと森の中を覗き込んでみるが、中は昼間なのにひんやりとして暗く、何も見えない。

遺伝子操作に失敗した化け物が住んでるらしいぜ。

カゴシマの声が脳裏に浮かぶ。

まさかね。まさか。「ピラニア鯉」だってデマだったじゃないか。

必死に自分に言い聞かせる。

森の奥が揺れたような気がした。ぎくっとしてそちらに目をやった。気のせいか？

ごくりと唾を呑み、じっと目を凝らした。

今度は、スッと何かが森の奥を横切った。なんだろう、あの赤い影は？

「誰か落ちたっ」

「一年生が落ちたぞっ」

みんながお堀に向かって走っていく。

「ンまあ危ないわねっ」

アタミと野次馬に混じって近付いていくと、遠くでカゴシマが揉みあっているのが見えたので、シゲルは驚いた。アタミもそれに気付く。

「あれ、カゴシマだわ」

「アキラ？　まさか、アキラが」

シゲルは駆け出した。と、走っているうちに、いつのまにか周りを囲まれているのに気付く。人垣から出ようとすると、さりげなく行く手を塞がれ、前に押し出される感じなのだ。

なんだ、こいつら？

シゲルは殺気を感じて周囲を素早く見回した。

さっきの連中。あのやさぐれ男と一緒にいた連中が入っている。誰も何も言わないし、シゲルを見ない。あくまで人垣に見せかけて、彼を運んでいるのだ。

シゲルは抜け出そうとしたが、どちらを向いても押し返される。

ふと、誰かの視線を感じた。冷たい視線。悪意に満ちた視線。

どこを見ても、その視線の正体は分からない。シゲルは不気味なものを感じた。まるで、蜘蛛の巣に絡め取られたようなこの不愉快な感覚はどこから来るのだろう。

休みなしに周囲からぐいぐいと押され、彼はお堀の近くまで押し出されていた。

突き落とす気か？

シゲルは腹立たしくなって、押し返そうとした。ふと、空が暗くなったような気がして顔を上げる。そこには、いつのまにかイエローキャブが浮かんでいた。両肩をつかまれ、力を込められる。

「放せっ」

シゲルはカッとして肘鉄《ひじてつ》を食らわせた。

「そんなところで何をしている！　堀の内側は立入禁止区域だぞ！　**サンクチュアリなんだぞぉ！**」

アキラがその赤い影をはっきりと目撃したのと、空からタダノの金切り声が降ってきたのとは同時だった。

心臓が口から飛び出したかと思うほどびっくりして、彼は文字通り飛び上がった。

うわ、やばい、波の音で全然気が付かなかった。

アキラは恐る恐る空を見上げた。

イエローキャブがすぐそこに浮かんでいて、後ろには二台のグリーンキャブが従い、お堀の中から残りの一人を引き揚げているところだった。

タダノは円盤から身を乗り出し、例によって青筋を立ててぶるぶる震えている。

今まで彼が生徒たちを叱責しているところは何度も見てきたが、今自分がその怒りの対象になっているのだと思うと、生きた心地がしなかった。

「なんで分かってくれないのさあ。僕がどんなに君たちに無事卒業してほしいと思ってるかってこと、どうして分かってくれないんだあ？」

その微妙にビブラートが掛かった甲高い声から察するに、今日も虫のいどころがよくないらしい。アキラは言い訳をしようと口を開いたものの、何の言葉も出てこなかった。

その時、堀の向こう側でわあっという声が聞こえた。

タダノもアキラもその声に目を吸い寄せられる。

地面で、数人の男が転がっていた。誰かに突き倒されたらしい。

顔を真っ赤にした男が立っている——シゲルだ。なぜシゲルがここに？

「こいつだ！　こいつが、突き落としたんだ。今も、俺を」

転がった男が腹を押さえ、シゲルを指差して叫んでいる。

みんなが注目する中、シゲルは絶句して、怒りも露に立ち尽くしていた。

「違う、俺じゃない！」

シゲルの凜《りん》とした声が響いた。何が起きたのか、アキラには分からなかったが、目立ちまくっている彼に、心の中で舌打ちした。

ばか、黙ってろ。これ以上タダノの注意を惹くんじゃない。

「ああーん？」

タダノが不穏な相槌《あいづち》を打って、シゲルに向き直るのが見えた。

「俺はやってない！」

シゲルは顔を真っ赤にしてもう一度叫び、正面からタダノを睨みつけていた。

タダノはぽかんと口を開けた。

「口答え」と、ぼそりと呟く。

一瞬、呆けたように動きを止めたが、やがて激しく身体を揺らし始める。

「口答え、したなあ。僕に、この僕に。やだなあ。やーだーなああ」

タダノはぶんぶんと頭を振り回し、拳を握って絶叫していた。

「やだなあああ、僕の愛に逆らうなんて。やーだーなー、ルール違反って嫌だなああ。あああ、分かってくれないなんてほんとに嫌だなああ」

タダノの顔は、怒りを通り越して蒼白になっていた。もはや、目の焦点が合っていない。

「二人ともディズミーランド行きだああ！　『ミッキー』十四捕まえてこおいいい！」

絶叫がお堀の上に響き渡り、イエローキャブは頭を振り回し続けるタダノを乗せて、ぐるぐると上空を旋回していた。

二台のグリーンキャブが、アキラとシゲルを連行するために、二手に分かれてすうっと降りてきた。

グリーンキャブが、見る見るうちにアップになる。

それでも、アキラは目の前の光景を、どことなく他人事のように眺めていた。

ついさっき、森の奥で見かけた赤い影に、まだ心を奪われていたのである。

あれは――あれは、見間違いなんかじゃない。

麻痺銃を抱えた職員に両脇を抱えられても、まだアキラは自分が見たものについて考え続けていた。

あれは――女の子だった。赤いワンピースを着た、髪の長い女の子だった。

第八章　若者のすべて

背後で、世にも恐ろしい音を立てて鉄の門が閉まった。

「ディズミーランド」は、相変わらず虚無に満ちた死の沈黙の世界だった。

授業で何度も来ていたものの、やはり何度来てもここには馴染めない。

タダノの愛か、はたまた「ディズミーランド行き」の度に生徒が病気になるのを防ぐためか、「ミッキー」捕獲という罰ゲームには、鉄兜のような防毒マスクが貸与された。

それでも、この地をあまねく覆っている瘴気のようなものは、無言の圧力のように身体にまとわりついてくる。

「ずー、なあアキラ。ごー、この時間じゃあ、まだあいつら活動してないんじゃないのか、ごー」

マスク越しにシゲルが話し掛けてくる。

マスクには、空気浄化フィルターが付いているのだが、息が通過する度に地獄から吹いてくる風のような変な音がする。昔流行ったＳＦ映画のファンが、その中の登場人物を真似して作ったマスクらしいのだが、鬱陶《うっとう》しいことこの上ない。

「そうだよなあ、ごー、普通ネズミは夜行性だよなあ、ごー、この状態で十四なんて、ずーごー、タダノは俺たちを殺す気だぜ」

アキラは、ずぶずぶ沈む足元に気を配りながら、腹立ち紛れに銛《もり》でその辺りをつついてみた。しかし、いかにも身体に悪そうな黄土色のガスがもわっと噴き出してきただけで、慌てて避ける。

二人はのろのろと「ディズミーランド」を徘徊《はいかい》した。「ミッキー」どころか、生きものの気配は微塵もない。

灰色の地平線は、夕闇に沈み始めていた。

長い歳月をかけて堆積された廃棄物は、今もあちこちで化学反応が進んでおり、地中から発生したガスが、ポッと思い出したように人魂みたいな青白い光を放つ。まるで、死者の鎮魂のために打ち上げられている、ひっそりした暗い花火のようだ。

銛を手にしたアキラは、そのほの暗い夢のような眺めに一瞬見とれた。

彼の故郷は、北陸の日本海に面した小さな湾の外れである。

見たことはないけど、もしかして――かつて、大昔のきれいな日本海で見られた不知《しらぬ》火《い》というのは、こういうものだったんじゃないのかな。

二人は、黙り込んで鈍い夕闇の中に佇《たたず》んでいた。

不意に、アキラは膝から力が抜けていってしまいそうな無力感に襲われた。

そう、こんな時なのだ。どうしてもやりきれない八方塞がりの未来に、心を絡め取られてしまうのは。何も選べない未来。僅かな選択肢の中からましなものを選ぼうとしても、それすら果てしない労苦が待ち構えていることを思い知らされる。この広大な負の遺産の前では、自分の身体も意思も、取るに足りないちっぽけな存在でしかない。どんなに頑張っても、最後はこの暗く惨めな風景の中に溶けていってしまうのだと思うと、悲しいのか虚しいのかもよく分からなくなってきてしまう。

「こんな世界でも、ずー、ごー、生きていかなけりゃならないんだな。ごー」

同じようなことを考えていたのか、ぼそぼそとした声がシゲルのマスクから聞こえた。

アキラは返事もできずに、ぼんやりと立ち尽くす。

これからの自分の歳月など何になろう？　自分一人の人生など、この風景を前にして何の役に立つ？

その時、どこまでも続く異形の風景の中に、がさごそと動く影が目に入った。

「シゲル、『ミッキー』だ！」

動くものに対する反応は、二人の本能をたちまち喚《よ》び覚ました。

アキラは、沈み込む足場に舌打ちしながらも用心深く走り出す。

「待てよ」

一緒に走り出しかけたシゲルが、鋭く叫んで足を止めた。

アキラが訝しげな顔で振り向く。

「ごー、『ミッキー』じゃない。ごー、あれ、人間だぞ」

シゲルは遠目がきく。だだっぴろい北海道地区出身だからだろうか。

「人間？　ごー、こんなところに？　ごー、誰が？」

二人は銛を構え、身体を低くしてゆっくりとその影に近付いていった。

「あれ」

シゲルが間の抜けた声を出した。

「日本史のウメハラじゃないか」

「何してるんだ、あいつ」

二人のマスクが出す、ずー、ごー、という音が耳に入ったのか、その人影はスコップを持った手を休めて、ずんぐりした身体をむくりと起こした。

数少ない肉体労働以外の授業、日本史を受け持つウメハラだ。彼は、暇さえあれば学校の敷地内を掘り返している。

驚いたことに、彼の顔は剝き出しだった。「ディズミーランド」の内側なのに、マスクも何も着けていない。左右に広がった白髪が動き、見事に左右対称の四角い顔の中の細い目がぎろりとこちらを睨む。

「なんだ、ネズミ捕りか。おまえら二人、新入りの癖によくあちこちで見かけるな」

「そういう先生こそ、ごー、こんなとこで何やってんですか。ごー、毒ガスにやられますよ」

「ずー、マスクなしで、ずーごー、よくそんな平気でいられますね、ごー」

二人は話しかけながら近付いていった。

「ふん。わしはここで長年日本史を研究しとるんだ。もう耐性ができてるのさ。もうすぐ『東京ディズミーランド』の心臓部に到達できそうだというのに、いちいちそんな重たいマスクかぶってられるか」

「『東京ディズミーランド』？ ごー、あの、ごー、伝説の？ ここがそうなんですか？ このゴミの山が？」

二人が驚いた声を上げると、ウメハラは地面にスコップを突き刺して両手を載せ、アキラとシゲルを交互に見た。

「そう。おまえらは、『東京ディズミーランド』が何だか知ってるか」

「知ってますよ、ごー、日本史やってるんだから。ごー、アメリカ帝国資本主義が、ごーごー、外貨獲得に使ったテーマパークでしょう」

アキラが答える。

「そう。表向きはな。だが本当は違う」

ウメハラはにたりと笑うと、黄色い歯を見せ付けた。この先生の身体を調べた方が、よっぽどいい研究材料になると思うのだが。

アキラは、平気で口を開けているウメハラに感心を通り越した畏怖を覚えた。

「本当は？」

シゲルが尋ねる。

「前世紀の日本は、超官僚主義の認可社会だ。それがむざむざとアメリカの外貨獲得を指をくわえて見てるはずなかろうが。当時、『東京ディズミーランド』が出来たとたん、ものすごい勢いで道路網と鉄道網が整備された。JRしかり、地下鉄しかり、もちろん道路もだ。自分の利益と利権になること以外は指一本動かさなかった日本の官僚が、こんなに早く大量の輸送ルートを確保できるようにしたのはなぜか？　わしはそこに目を付けたんだ。全国から人間がやってこられるようになる。それは、とりもなおさず、全国へ大量かつ迅速に人員や物資を送り込めるということだ。わしは、『東京ディズミーランド』は、あくまでもアメリカを利用したカムフラージュの施設だと思っとる」

「ごー、カムフラージュ？　ごー、なんの？」

アキラとシゲルはマスク越しにウメハラの顔を覗き込んだ。彼は、二人が興味を示したのに満足したようで、ゆったりと笑みを浮かべる。

ウメハラは、芝居がかった仕草で囁いた。

「教えてやろう。『東京ディズミーランド』は、軍需工場だったのさ」

「軍需工場？　ごー、あれだけ憲法第九条にナーバスだった前世紀の日本で？　ごー、無理ですよ」

シゲルがあきれたように肩をすくめた。

ウメハラはちっちっちっ、と人差し指を振った。

「甘いな。だからこそ、巨大テーマパークでカムフラージュをしたんだ。これは内緒だが、わしは『東京ディズミーランド』の図面を密かに入手した。アトラクションの部分は、全体の半分にも満たない。残りは工場なんだ。地下にも大工場があった。しょっちゅう電飾で覆った神輿《みこし》を出したり、派手な山車《だし》を行列してみせて、その神輿や山車を保存するためだというアピールをして、広大なスペースを確保していたらしい。いや、うまい方法だ。長期間の、秘密裡の兵站《へいたん》の供給にはぴったりの場所だ。海上ルートや陸上ルートだけでなく、幾つも補助ルートが作られて全国に伸びているから、運び出すのも簡単だ」

「まさか」

二人の懐疑のまなざしも、ウメハラには届かない。

「その証拠に、敷地内では厳重な管理体制が敷かれていたらしい。入場客の落とす煙草一本も見逃さず、常に掃き集めていたというから尋常じゃない。それも当然だ。地下には巨大な化学工場があるんだからな。火気は厳禁だ」

「ふーん、ずー、ごー」

「アメリカは分かってたのかな、ごー」

「当たり前だ。互いに見て見ぬふりをして利用しあって、アメリカはごっそり円を稼ぎ、日本は兵器を作っていたのさ」

　ウメハラは得意そうに大きく頷いてみせた。

「いやだな、ずー、そういうのって。ごー」

　シゲルが憮然とした声で言った。

「いったい、ごー、ここを掘ると、何が出てくるんですか」

「いろいろだよ。わしは、化学プラントか何か出てこないかと期待してるんだがね。そもそも、『ディズミーランド』が産業廃棄物や化学物質の堆積所になってしまったのも、元々何か隠したい化学物質が大量にあったせいじゃないかと踏んでるんだ。埋め立て地で、周囲から隔離されていたというのもあるし」

「ふうん。ずー、ここが、そうなのかあ」

　アキラはそう呟いて、薄暗くなってきた「ディズミーランド」を見回した。

　今は何の跡形もない毒の更地《さらち》の底に、虚飾の遊園地と無機質な工場が二層構造で重なり合っている幻が、ぼんやりと透けて見えたような気がした。

「よし、おまえら、『ミッキー』の溜まり場に案内してやろう。あいつら、この時間は、『トゥモロウ・ランド』付近で寝てるはずだ」

「えっ、ごー」

「やったあ、ずーごー」

「ありがとうございます、ごー、先生」

ウメハラがスコップを抜き取ると肩に担いで歩き出し、二人は歓声を上げてその後ろに続いた。

「あつっ。うん？　またか。今日は三本目だ」

ウメハラが何かに躓《つまず》き、悪態をついた。

「どうしたんですか」

アキラがマスクを押さえて尋ねる。マスクはかなり重いので、首が凝《こ》るのだ。

「ここんところ、あちこちに切った竹が挿してあるのを見かけるんだ。地面が柔らかいから、引っ掛かると結構危ない。悪戯《いたずら》なのかどうかは分からんが、続けて踏むと頭に来るな。何か研究に使ってる様子もないし。おまえらも、気をつけろよ。怪我でもしたら、有害物質が体内に入るぞ」

ウメハラは、二人を振り返り、足元に注意を促した。二人はおっかなびっくり、きょろきょろしながらウメハラについていった。

三人の姿は、どんよりとした静かなグラデーションの中に沈んでいく。あちこちでぽっと火の玉が上がり、ほのかなオレンジや青の光がそのグラデーションをゆらゆらと滲ませていた。

ところで、あの女の子はいったい何だったんだろう。

アキラが「年増園」で見たものについてゆっくり考える余裕ができたのは、ウメハラの助けでようやく「ディズミーランド」から解放されて、急いで「アングラ」に試合に行き（さすがに疲労して今日はさんざんだった）、夜眠りに就く前になってからだった。

やっぱり、俺の目がいかれてたのかな。

こうして時間が経ってみると、そんな気がしてくる。

なにしろ、見たのはほんの一瞬だったし、波に揉まれてパニックに陥った直後だったしなあ。

あの時の光景を、頭の中で繰り返し巻き戻す。

しかし、あんな時だからこそ五感は研ぎ澄まされていたし、全く予想もしていなかった「赤いワンピースを着た髪の長い女の子」などという、現実離れしたものを見るはずがない。しかも、ちょっと見にも印象に残るほど、かなり目鼻立ちのはっきりした、これまで見たことがないほどの美しい少女だった。

やはり、あの場所に少女はいたのだ。しかし、なぜあんな場所に少女はいたのだろう？

幾ら考えても、分からなかった。

彼は、自分が見た女の子のことを、シゲルにも言わなかった。「年増園」で赤いワンピースを着た美少女を見ただなんて、見たと確信している自分ですら、口に出したら妄想だと思われるのがオチだと思うし、なんとなく自分一人の胸の中にしまっておきたかったというのもある。

誰にも言わないと決めると、余計に少女の残像は鮮やかだった。毎日、下手な女よりよっぽど綺麗なシゲルの顔を見ているのに（正直言って、彼はアキラがこれまでに見た、どの綺麗な女の子よりも綺麗だった）、あの少女は際立って美しかったのだ。

女の子の顔なんて見たのは、いったい何ヶ月ぶりだろう。授業に慣れるのに必死で、女の子というものの存在自体忘れていたような気がする。

大東京学園には女性は存在しない。そもそも、女の子は高校に行けないし、教育を制限されているのだ。女性が教育を受けると、初産の年齢が上がるからである。

日本人の平均寿命がひどく落ち込み、人口も減りつつある今、女の子は中学を出て十七、八歳で結婚し、なるべく多くの子供を産むのが暗黙のルールになっている。

中絶は許されない。強姦であろうと、婚外子であろうと、妊娠した子供は必ず産むのが建前だ。しかし、その一方で、出生前診断は徹底的に行われ、異常が見つかった場合は、たとえ親が育てることを望んでも、社会に養う余裕がないとして、強制的に流産させられる。環境ホルモンや化学物質による遺伝子の影響が深刻になってから、流産させられる率はどんどん高くなっているという。

ここでは、女の子は新地球ぐらい遠い存在だ。「アングラ」に行けば、女の子の載っている雑誌やビデオを見ることができたけれど、生徒たちはそれも虚構の中のものだと諦めていた。卒業すれば、優先的に結婚できるし、大東京学園の卒業者は理想の花婿とされていたから、それまでの辛抱なのだ。

なのに、まさかよりによってあんな場所で、しかもあんなに綺麗な女の子を見ようとは。

アキラは一人だけ悪いことをしているような後ろめたさを覚えた。

しかし、それはどことなく甘美な後ろめたさだった。明けっぴろげで、自分の心に感情を秘めておくような性格ではなかったアキラが、初めて心の中に持った秘密だった。

いったん焼きついた少女の姿は、なかなか脳裏から消えなかった。

アキラは、一目だけ見た少女に、無意識のうちに淡い恋心を抱いていたのである。

彼は、しばしばお堀付近に出掛けていくようになった。ぼんやりしていると、いつのまにか足がお堀に向いているのである。そして、知らず知らずのうちに、あの鬱蒼とした森の中に、少女の姿を探すようになっていたのだった。

何してるんだろう、俺。

アキラはむなしく足を運ぶ度に心の中で苦笑した。

相変わらず厳しい労働の日々を送りながらも、もやもやとした、溜息ばかりつくことが多くなり、気が付くと次の実力テストが翌日に迫っていた。

寮に入ろうとしたアキラは、今日も一輪の花を持って、木陰にじっと佇んでシゲルの帰るのを待っている鉢巻男に気がついた。

根性あるなあ、あいつ。

アキラは、半ば感動に近いものを覚えた。

どんなに邪険にされても、犬のようにじっと物陰からシゲルを眺めている、「尊敬を学ぶ会」の鉢巻男の気持ちが、初めて分かったような気がした。

鉢巻男がびくっと背筋を伸ばす。

見ると、シゲルが俯《うつむ》き加減に歩いてくる。

最近では、シゲルもすっかり彼を風景の一部として扱うことに慣れてしまい、石すら投げなくなっていた。鉢巻男が、シゲルに駆け寄り、花を差し出す。

いつものように無視するかと思いきや、シゲルはハッとしたように花を見ると、手を伸ばして受け取った。

鉢巻男は、感激の面持《おもも》ちで、顔を赤くしてパッと駆け出していった。

ついに、奴も情にほだされたかな。

アキラは笑いをこらえながら、シゲルに近寄っていってこづいた。

「おい、今日は優しいじゃん」

「――すずらんだ」

シゲルは手の中の花を見て呟いた。

アキラもその手元を覗き込む。

大きな葉に包まれるようにして、可憐な白い花が並んでいる。

「へえ、これがすずらんか。俺、初めて見た」

「郷里の花だ。これ、食べ過ぎると死ぬんだぜ」

「毒があるのか」

「あいつ、こんなの、どこから摘《つ》んできたんだろう。この辺りでは自生してないはずなのに」

シゲルは不思議そうに後ろを振り返った。どうやら、差し出された花がすずらんだったことに驚いてしまい、邪険にすることを忘れていたらしい。

「――姉貴が好きだったな」

シゲルがぽつりと呟いた。

「シゲルの姉さん？　シゲル、姉さんいたの？　さぞかし美人だろうな」

アキラは驚いて聞いた。彼が、自分の家族の話をするのは初めてだった。

シゲルは気のない笑いを漏らした。

「どうだろな。少なくとも、俺みたいな険はないけど」

「いいなあ、女きょうだいで」

「もう嫁に行ったけどね」

「へえー。シゲルに似てる美人だったら、相手の男は超ラッキーだなあ」

スッとシゲルの顔色が変わるのが分かった。

アキラはぎくっとしてシゲルを見る。

シゲルは足元の一点を見ながら黙々と歩いていた。しかし、時折彼が他人を拒絶する時に見せる、氷のような冷たさが横顔に滲み出ている。どうやら、触れてはいけない部分に触れてしまったらしい。

「──おまえ、彼女とかいなかったの？」

アキラはさりげなく話題を変えた。

「いないよ、そんなもの」

シゲルは肩をすくめる。

「ホントかよ。おまえだったらもてただろうに」

「アキラは？」

「駄目だよ、うちの町内、チビばっかでさ。オムツ替えるような年の奴しか周りにいなかったんだ」

「オムツかあ。おまえ、子守りとかうまそうだもんなあ」

シゲルはくっと笑った。アキラが赤ん坊のオムツを替えているところを想像したのだろう。機嫌が治ったようなので、アキラはホッとした。

シゲルは笑みを引っ込め、無表情に呟いた。

「うちの方も駄目だよ。ずっと放課後は炭鉱で働いてたし、周りは大人ばっかりだった」

「炭鉱？　おまえ、炭鉱で働いてたの？」

「うん」

アキラはまじまじとシゲルの顔を見た。てっきり、受験に専念できる、いいところの子供だとばかり思っていたのだ。

北海道再開発事業団の仕事はとてもきついと聞いている。特に炭鉱は、原始的な方法で作業をすることで石炭の生産量を制限しているので、危険が多いという。

子供の頃から炭鉱で働いていたのか。だったら、あの屈強さも頷ける。

改めて、自分がシゲルのことを何も知らないことに気付かされた。

「炭鉱に行く途中に、すずらんの群生地があったんだ」

シゲルは、手に握った小さな花をチラッと見た。

「俺んちのある方は、山の中だから雪解けが遅くって、六月のはじめくらいまで、いや下手すると六月いっぱい雪が残ってるんだ。毎年炭鉱に行く道を登りながら、周りの雪が少しずつ消えていくのを視界の隅で感じてる。雪なんか珍しくもないから、周囲の景色なんか見ないしね。だけど、ある日、雪が消えたなって思って顔を上げると、粉雪を振りまいたようなすずらんの花が一面に広がってるんだ――初めて見た時は、まだ雪が残ってるのかと思った。その場所は、一足飛びに冬から初夏になるんだ」

アキラも、シゲルが今思い出している景色が見えたような気がした。

炭鉱への道を黙々と登っていく人々。背中を丸め、白い息を吐きながら、足元に集中して一歩一歩注意深く歩みを進める。

急な斜面には、シャーベット状の白い雪。樹木の周りだけが黒く空いていて、徐々に地熱で黒い土の見える範囲が広がっていく。

毎日毎日、人々は判で押したように俯いて道を登っていく。

一番後ろについている、幼い子供。色白の頰を赤く染め、大人たちに遅れまいと必死だ。

ある日、ふと彼は何かを感じて顔を上げる。

するとそこは、一面緑色の斜面になっていて、星をまぶしたかのように、小さな白い花が点々と光っているのだ——

「遠いなあ、北海道は」

アキラは思わず呟いた。

「遠いよ」

シゲルも呟く。

「だけど、俺は必ず卒業総代になってあそこに帰る。そうすることが俺の役目なんだ」

それは、勝利宣言とも取れる強気の発言のはずだった。

しかし、アキラは、シゲルの言葉のあまりにも暗い響きに胸を突かれて、それ以上何も聞けなくなってしまった。

「しかし、一ヶ月が早いなあ。また明日は実力テストか。早く寝ようぜ」

シゲルは気持ちを切り替えるように伸びをすると、歩調を速めて寮に入っていった。

もちろん、黒板消しを払いのけるのは忘れない。

アキラはシゲルの背中を見送った。

シゲルは何を諦めているんだろう。さっきは、俺の言葉の何が気に障ったのだろう。

その夜、アキラは隣のベッドに寝ているシゲルの背中を見ながら考えていた。

暗い窓辺に、壊れた湯飲みに活《い》けたすずらんの花がぼんやりと鈍く光っている。
アキラは暫くそれを眺めていたが、やがてすとんと眠りに落ちた。

第九章　招かれざる客

一年生は、運動場へ集合のこと。

実力テスト当日の朝、勇んで国会議事堂講堂に集まった一年生を待ち受けていたのは、掲示板に貼られたこのそっけない紙切れ一枚だった。

生徒たちは文句を言いながら、ぞろぞろと足早に遠い運動場へと向かった。

空は晴れ上がり、初夏の気配すら感じさせた。

一行は、今日のテストで上のクラスに行くぞという覇気に溢れている。

がらんとした運動場は静かだった。そもそも、運動場というよりは、普段作業場として使われているので、いわゆるスポーツに使った記憶はまるでない。それでも運動場と呼ばれているのは、年に一度、大東京オリンピックと呼ばれる大掛かりな体育祭が開かれるからだ。この体育祭は、大東京学園において、かなり重要な行事であるらしい。ここで勝利するといろいろなボーナスポイントが貰えるし、その時々で目玉となる特典が与えられるそうなのだ。

しかし、そんなことは生徒たちにとってはまだまだ遠い未来のことにしか思えない。

とにかく、目の前の実力テストに勝つことが先だ。

やがて、前回のテストのように、何機かのグリーンキャブが上空に姿を現した。

生徒たちが歓声を上げる。

すっかりおなじみになった、学年主任のフクミツの声が聞こえてきた。

「一ヶ月のご無沙汰でしたぁ。みんな、元気だったかい？　なんだか、みんな、こうして遠くから見てもめきめき逞しくなってきたね。僕も嬉しいよ。それでこそ大東京学園の生徒さ。今日も、しまっていこう！　さあ、卒業総代になりたいかーっ！」

おうっ、という勇ましい声が上がった。拳を振り上げる者もいる。

「頼もしいねえ、そうこなくっちゃ。よし、それでは、今月の特別ゲストを紹介するところから始めようかな」

特別ゲスト？　また、ブラザーズ・バンドか？

生徒たちが顔を見合わせていると、遠くから、たくさんのグリーンキャブに護送されるようにして、大きなイエローキャブがゆっくりと近付いてきた。

なんだか、大勢の人間が乗っているみたいだ。

生徒たちはざわざわしながら、上空のイエローキャブを見上げた。

と、ぱかっとイエローキャブの蓋が開き、ばらばらと学生服姿の生徒が落ちてきた。

「うわっ」

「落ちてくる」

「危ない」

口々に悲鳴が上がるが、それに応えるかのように、次々と白いパラシュートが開き、彼らはふわふわと運動場の真ん中に降りてきた。

アキラは、そのパラシュートの数を数えていたが、全部で十三あった。

あれはいったい誰なんだろう？　上級生は、自分たちの実力テストを受けているから、こんなところに来るはずはないし。

砂埃を上げ、十三人の生徒が運動場に舞い降りた。

他の生徒たちは、ざわざわと彼らを遠巻きに見守っている。

フクミツが、すうっと息を吸い込む音がした。

「紹介しよう。今月の特別ゲスト。君たちも噂はかねがね聞いているだろう。今日、ここに来てくれたのは、**新宿クラスの諸君だ！**」

大きなどよめきが漏れた。

急に、空気が不穏なものを帯びたような気がした。

生徒たちのどよめきは、不安なざわめきに変わっていく。

新宿クラス。あれが。

アキラは胸がどきどきしてくるのを感じた。

それにしても、なぜだ？　なぜ新宿クラスの生徒が、一年生の実力テストに姿を現すのだ？

一年生たちは、不吉なものでも見るように、ひとかたまりとなって立っている生徒たちを見つめていた。

降り立った十三人と、一年生たちとの間にはかなりの距離があったが、遠く感じるのは距離のせいだけではなさそうだった。

新宿クラスの生徒は、じっと動かずにこちらを見つめている。自分たちが、他のクラスの生徒たちにどんな目で見られているのかは、先刻承知のようだった。好奇心や軽蔑、嫌悪や差別。それらが複雑に絡み合った視線を跳ね返すように、誰もが挑戦的な瞳でこちらを見返している。

アキラは、その中に、老けた小太りの生徒と青白い顔の生徒を見つけてハッとした。

あの二人、なんとなく見覚えがある——分かった、人形焼を売りつけ、あのおっかない自転車に俺たちを乗せた二人だ！

アキラはびっくりした。あれ以来、姿を見かけないと思っていたら、新宿クラスの生徒だったのか。そもそも、よく抜け出せたものだ。新宿クラスの生徒は、他のクラスの生徒との接触を禁じられ、授業も生活も隔離されているはずなのだ。

アキラはしげしげとメンバーを観察する。

更に、忘れもしない、入学初日に、脱走を図ってグリーンキャブと大捕物《おおとりもの》を演じた二人の生徒が入っている。トラックの中からウインクをした生徒が、今あそこに無表情に立っている。

本当に、こいつらが新宿クラスのメンバーなんだ。

一年生たちは珍しいものを見る目つきで、じろじろと彼らを眺めていた。一方、新宿クラスの生徒たちは誰も口を開こうとしない。じっと黙り込んだまま、こちらを見つめている。

不思議なことに、彼らはよく似ていた。顔や背格好はバラバラだが、その瞳に同じ色がある。どことなく、老獪《ろうかい》な結束のようなものが感じられるのだ。

「まあまあ、そんなにおっかない顔で睨みあってないでさ、仲良くしようよ。おっと、そうは言っても、規則上は仲良くされちゃ困るんだけどね。でも、新宿クラスの諸君はわざわざ君たちの試験に協力するために来てくれたんだから、感謝しなくっちゃね」

フクミツは宥めるように明るい声を出すが、その声には生徒たちの神経を逆撫でするような毒が込められていた。一年生の間に、動揺が走る。今朝の勢いはどこへやら、入学以来さんざん痛い目にあわされてきた記憶が次々と蘇ってきて、これから始まるテストに不吉な予感を覚えているのだ。

いったい何をする気なんだ、こいつら。

アキラは、イライラしながら、空中のグリーンキャブをいまいましげに見上げた。

「分かった分かった、みんなそう睨むなよって。早速今日のゲームを説明しよう。ゲームはいたって簡単。みんなが今まで何度もやったことのある、おなじみのゲームさ」

みんなの殺気を感じたのか、フクミツはグリーンキャブを軽やかに上下させてとりなそうとする。

さっさと言えよ、と誰かが毒づいた。

一年生たちが神経質になっているのとは対照的に、新宿クラスの生徒はやけに落ち着き払っている。彼らの胆の据わり方は、尋常ではない。その辺の不良少年とは一線を画した静かな迫力があるのだ。

「**ドッヂボールをやりまーす！**」

ひときわ明るい声が空から降ってきて、生徒たちは耳を疑うように天を見上げた。

「ねっ、誰でもやったことあるだろ？　ドッヂボール。懐かしいねえ。ボールに触らないで、いつまでもひたすら逃げてる奴がいただろう？　僕もよくやったよ、隣のアケミちゃんはとっても腕力が強くてねえ。僕はおとなしい子供だったから、いつもアケミちゃんにボールをぶつけられて、痛くてぴーぴー泣いてたね。一度、もろに鼻で受けちゃったことがあってさあ。大変だったなあ。ボールは血だらけになるし、ぶつけたアケミちゃんもびっくりして泣いちゃって、ゲームが中断しちゃったね――はい、そんなことはどうでもいいね。では、ドッヂボールをやる」

不安に満ちたざわめきはどんどん大きくなる。

ドッヂボールだって？　いったいどんなふうにやるんだ？　新宿クラスが協力するということは、あいつらと対戦するってことなんだろうか？

疑問に思っていることはみんなも同じらしく、口々に喋り始めた。新宿クラスの生徒は、相変わらずじっとその場に佇んでいる。地面に座り込んで休んでいる者もいた。

「はいはい、順番に説明するからね。静粛に」

フクミツがタイミングを見計らい、口を挟んだ。

「もちろん、ドッヂボールといっても、ただのドッヂボールじゃあない。これは、君たちの実力テストなんだからねえ。少々ルールは変えさせてもらう。だが、実にシンプルなルールさ。ボールをぶつけられたらおしまい。即退場。そこでそいつの試験は終了。当然、最も早く出て行った者が最下位で、最後まで残った生徒が一番。ねっ、簡単だろう？」

ニコニコしながら説明するフクミツに、生徒たちは疑わしそうな視線を送っている。

それはそうだ。今までの経験からいって、そんな単純な話で済むはずがない。

　フクミツはひらひらと手を振った。

「やだなあ、みんな警戒しちゃってさあ。大体見当はついただろ？　対戦相手は目の前にいる。そう、新宿クラスの諸君とドッチボールで対戦してもらう。これが今回の実力テストだ。ただし、これはあくまでも君たちの実力テストであって、新宿クラスの諸君のテストじゃない。だから」

　突如、地響きが始まった。

　生徒たちはぎょっとしたように辺りを見回す。

「当然、ハンディは付けさせてもらうよ。新宿クラスの諸君には、これに乗ってもらう」

　フクミツの声が、冷たく大きくなった。

　地面が激しく揺れていた。地獄の釜が開くような音。

　これは、まさか、つまり、ひょっとして。

　アキラは落ち着こうと努力したが、あまり成功していなかった。他の生徒も同様である。

　新宿クラスの生徒が立っている辺りの、後ろの地面が盛り上がり始めた。

　ゴゴゴゴ、という地鳴りが全ての音を掻き消している。

「まさか」

「そんな」

生徒たちの声が半ば悲鳴のように重なり合った。

土の中から現れたのは、みんなに見覚えがあるものだった。

入学初日に見た、白いイチョウのマークの付いた、青い装甲車。しかも、砲台が付いているタイプである。

砂を巻き上げながら、次々と装甲車が地上に現れた。一台、二台、三台――その数はみるみるうちに増えていく。

十三台まで数えたところで、地響きはピタリと止まった。

十三台。つまり、新宿クラスの人数分だ。新宿クラスの生徒はと見ると、やはりみんな無表情に立ったままだ。その顔を見ていると、どの生徒も冷酷で凶暴な人間に見えてくる。

「はい、では新宿クラスの諸君は好きなのに乗ってー。あとは、打ち合わせ通りね。ぶつけた人数の多い方から、上位三人にボーナスポイント・プレゼントだから。くれぐれも手加減するんじゃないぜ。そこんとこ、よろしく。もちろん、君らの動きは監視されてるし、一人でも妙な動きをしたら、上空から総攻撃かけるからねー」

フクミツのビジネスライクな、マイク乗りのいい声が無情に響いていた。

新宿クラスの十三人は、三々五々立ち上がると、パラシュートを畳んで回収し、小脇に抱えてぞろぞろと装甲車に向かって歩き出した。

「さあ、早いとこ始めようぜ。長いこと走り回ると疲れるからね」

ボーナスポイントだと？

十三人の後ろ姿を見守る生徒たちは、ひきつった表情を浮かべていた。

つまり、奴らは本気で向かってくるということだ。ただでさえ、生活に必要なポイントに不自由している彼らは、ボーナスポイントが喉から手が出るほど欲しいはずだということは、誰だって容易に想像できる。

「俺たちは？　このままなのか？」

誰かがかすれた声で叫んだ。

フクミツが大きく頷く。

「そりゃそうだよ。ドッヂボールなんだもの。普通のドッヂボールと違うところは、ボールが沢山あるところだね。ボールは、それぞれの車が二十個ずつ積んでいる。十分ごとに五分休憩。ずっと走り回るのは心臓によくないからね。その間に、ボールを補給して再開。ボールはたっぷり用意してあるから安心してくれよ。もちろん、砲台から飛んでくるボールを受け止めて車に投げ返してもいいし、君たちどうしで誰かにぶつけても構わない。そうすれば、ゲームの進行がスムーズになるから、こちとら大助かりさ。車にぶつければ、新宿クラスの生徒のポイントがマイナスされて、同じだけのポイントがぶつけた方の生徒にプラスになる」

新宿クラスの生徒は、無表情のまま次々と装甲車に乗り込んでいく。

ドアを閉めるばたんばたんという音が、一年生たちの緊張でぴりぴりしている空気を振動させていた。

「さあ、準備はいいかな？　この運動場から出たら失格だから、よろしくね」

フクミツの、有無を言わさぬ明るい声が空に響き渡った。

生徒たちはハッとしたように周囲を見回した。しかし、どうしていいか分からないようにうろうろしているだけだ。

「散らばった方がいいぞ。一つのボールで、いっぺんに何人もやられてしまったんじゃつまらないからね。脱落者は即、グリーンキャブが回収するのでご心配なく」

フクミツの言葉に応えるように、空をしゅるしゅると数台のグリーンキャブが旋回し始めた。

アキラも、混乱した頭で、少しでも装甲車から離れようと運動場の上を駆け出した。

「さあ、始めるぞ！　スタート十秒前。あ、最後にもう一つ忠告」

フクミツがさりげなく言い添えた。

「ボールは**発射されてから十秒後に爆発するようにセットされてる**のでくれぐれも気を付けてくれよ。ぶつけられても、がっかりしないでさっさとボールから離れるように。

それでは、健闘を祈る。三、二、一、スタート！」

突然、どかーんという凄まじい音がしたので、早くもボールが爆発したのかと思った生徒たちは、ぎょっとして反射的に地面に伏せた。

「あれ？」

恐る恐る顔を上げると、大きな花火が打ち上げられている。続けてぽんぽんぽん、と小さな白い花火が上がった。

「ふざけやがって」

アキラはムッとしてのろのろと立ち上がった。

どうもこの妙な乗りにだけは慣れない。

だが、腹を立てている暇はなかった。

カタカタカタ、という不気味な音を立てて、十三台の装甲車のキャタピラが回転している。生徒たちは、運動場のほうぼうに分散して、動き始めた装甲車を固唾を飲んで見守っていた。

かなりの広さの運動場だが、装甲車が十三台もあると、なんだか狭く見えてくる。

装甲車はゆっくりと方向を変え、きゅるきゅると少しずつ走り始めた。それぞれの車の伝える振動が、足の裏にびりびりと響いてくる。

青い空に青い装甲車。実に雄大で、素敵な眺めじゃないか。

アキラは笑い出したくなった。自分がパニックに陥っているのに気が付く。まずい。平常心を取り戻せ、平常心を。必死に言い聞かせ、顔をぴたぴたと叩く。

バスンという鈍い音を立てて白い煙が上がった。

みんながビクリと身体を震わせる。

かすかな間を置いて、ひゅるるると白い放物線が空を横切った。みんなが蜘蛛の子を散らすように逃げていく。飛んでいくのは、黒い線の入った茶色いボール——まさに、見覚えのある体育のボールが——だ、どすんと地響きを立てて地面にめりこんだ。

静寂。

と、バーンという爆音がして、地面が揺れ、土煙が舞い上がった。

「すげえ」

恐怖に満ちた囁きが漏れる。

煙が徐々に薄れていくと、地面をえぐるような直径三メートルほどの浅い穴が残されていた。

「うわあ」

アキラは思わず唾を飲み込んだ。

何考えてるんだ。相当な火薬の量じゃないか。あんなのにぶつかったら、死んじゃうじゃないかよ。

冷や汗が一瞬に首筋を濡らし、心臓がどくんどくんと大きく打ち始める。

これは冗談じゃない。本当に、俺たち目掛けてあのボールは撃ち出されているんだ。生徒たちはひきつった悲鳴を上げ、やみくもに駆け出した。中には、すくんでしまってその場を動けない者もいる。

ドン、ドン、と腹に響く複数の音が、重なり合って響き渡った。装甲車が一斉に射撃を始めたのである。

ひゅるるる、どん、ひゅるるる、どん、と、肝を冷やすような音が続けざまに宙を埋め、たちまち耳がおかしくなった。

逃げ惑う生徒たち。次々と上がる土柱。轟音が地面を揺らし、砂の煙が視界を遮る。

アキラはひらめいて、装甲車目掛けて走った。すぐ近くの標的は撃てないだろう。同じことを考えているらしく、他の生徒たちも装甲車に向かって走り始めていた。脇や後ろに回りこんで、攻撃を避けようという作戦だ。

十秒というのは意外と長い時間である。忘れた頃に爆発し、爆風に飛ばされる生徒が続出した。転がっているボールがどこにあるか常に確認していなければ。

「ボールにぶつからなくても、気絶したら退場だぞ！」

ひときわ大きい、フクミツの声が爆音に混ざって空から降ってきた。

右往左往する生徒たち、回る装甲車。

たちまち地面は爆発の穴と、キャタピラの跡でいっぱいになった。もくもくと上がる煙は火事場のようで、みんなの姿が見えなくなるほどである。あまりにも視界が悪いので目標物を見失ったのか、爆音が途切れた。

十分間て、なんて長いんだ。

装甲車の陰に隠れるようにしてつかず離れず駆け回りながら、アキラは早くもバテ始めていた。

「五分休憩！」

やっと降ってきたフクミツの声が、天啓のように聞こえた。

唐突に、世界は静止した。それまでの大音響が嘘のように、辺りが静まり返る。

砂煙が収まってくると、そこここに砂で薄汚れた装甲車と、地面にうずくまる生徒たちが浮かび上がってきた。

シゲルはどこだろう？

頭のどこかで考えたが、見通しが悪くて、誰が残っているか識別することなど不可能だった。そもそも、呼吸を整えるのに必死で、思考能力など麻痺してしまっている。

椅子取りゲームの時の恐怖がじわじわと蘇ってきた。

これが、また続くのだ。最後の一人になるまで。いったい何時間かかるのだろう？

こんなに走り続けて、どこまで持ちこたえられるのだろうか？

休憩の五分は瞬く間に過ぎた。駆け回っている十分に比べて、なんと短く感じられることか。

「再開しまーす！」

時間の感覚が、どこかおかしくなっていた。これからの長い戦いを予期しているのか、身体が動くことを拒絶しているのである。他の生徒たちも、よろよろして動きが鈍い。

それに比べて、装甲車のキャタピラは猛然と回転を始めている。

回るキャタピラを見つめているうちに、ふつふつと怒りが込み上げてきた。

それが何に対する怒りなのかは、自分でもよく分からなかった。自分に対する怒りでもあり、周囲に対する腹立ちでもあるし、自分を取り巻く世界に対する憤《いきどお》りのような気もした。だが、その時のアキラは、とにかく猛烈な怒りを覚えていたのだ。

その怒りを更に挑発するかのように、真正面にある装甲車から、ドンとボールが撃ち出された。よろよろと逃げ出す生徒たち。が、アキラはボールに向かって駆け出した。

頭の中で、ゆっくりと冷静に秒数を数えている自分の声を聞く。

アキラは目の前に落ちてきたボールをがっしりと受け止めた。受け止めた感触は、思ったよりも柔らかく、普通のボールだ。これなら、大丈夫だ。そんなに重くない。

「くらえ！」

アキラは渾身《こんしん》の力を込めて、装甲車にボールを投げ返した。

装甲車にぶつかる寸前に、空中でボールが炸裂する。装甲車が爆風に煽られ、震動するのが分かった。

「やった！」

煙の向こうに、装甲車が姿を現す。悔しいことに、少しへこんだだけでたいしたダメージは受けていないようだった。

がっかりしたが、それでも少しは気が晴れた。

慣れてしまえば、十秒というのは、反撃に充分な時間だった。

他の生徒たちもそのことに気付いたのか、少しずつ反撃に出ている。ボールが宙を行き交い、装甲車の上で爆発することが多くなった。

問題は、疲労である。なにしろ、十三台の装甲車が駆け回り、あちこちでボールが爆発するのだから、地面はぼこぼこで、駆け回るのは大変だった。装甲車は元々悪路に向いている上に意外と小回りが利き、しかも操縦者が慣れてきたのかくるくる機敏に動き回るので、いつしか運動場は穴だらけの壮絶な戦場と化していた。

何度目かの休息には、生徒たちは砂だらけで疲労困憊だった。頭も学生服も砂で真っ白である。かなり反撃したにもかかわらず、生徒は半分以下に減っていた。巨大な畝となった運動場を登り下りしていた生徒は、疲れ切って足がもつれ、逃げ切れずに吹き飛ばされる者が続出した。

それに、中には、リュウガサキのように受け止めたボールを他の生徒にぶつける者もいた。リュウガサキとその仲間は、かなりの生徒を脱落させていた。

俺、ここで何やってるんだろう。

もう何回目か数えるのをやめた休憩で、アキラはぼんやりと考えていた。

掌に刺さったボールの破片を抜くと、じわりと血が滲んできた。

またしても、制服はぼろぼろ、顔や手は傷だらけだ。

負傷した生徒たちを運ぶグリーンキャブが、空を飛んでいくのが見える。他の学年にも負傷者が出ているらしく、よそからも「東京ドーム」に向かっているようだ。

これって、物凄い無駄じゃないか？　どう考えても、負傷者が出ないはずはない。わざわざ怪我人を出して、貴重な動力を使うなんて、政府の方針と矛盾してないか？

ふと、馬鹿馬鹿しくなった。

そもそも、卒業総代になるために、なんでこんなくだらないことをしなくちゃならないんだろう。そこまでして、卒業総代になることって、そんなに有り難いことなんだろうか。

アキラは肩についた砂を払った。不意に、ある疑問が浮かぶ。

兄ちゃんも、そう思ったのだろうか。

それまで考えたことのない疑問だった。

が、それは既に彼の中で答が出ていた。兄も、同じことを考えなかったはずがないという確信があった。むしろ、兄ならば、とっくに理論立ててこの大東京学園の矛盾を突いているだろうと思った。

これが、大東京学園。みんなが憧れ、全国の親たちが入れたがる、日本の最高学府。

アキラはがりがりと頭を掻いた。

ねえ。だから——だから、兄ちゃんはここから脱走したの？

「再開しまーす！」

相変わらず元気なフクミツの声に、アキラはハッとした。

自分がぼんやりと夢想に浸っていたことに気付き、慌てて現実に注意を引き戻す。

煙が立ち込める運動場は、それこそ空襲の後の廃墟のようだった。

あんなに青かった空が、すっかり煙に覆われてしまい、灰色に濁っていた。

カタカタカタ、というキャタピラの音が遠くに聞こえた。

おや？　何か変だ。

装甲車の動きが今までと違うことに気付く。そこここで幽霊のように立っている生徒もそのことに気付いたらしく、じっと遠くを窺っていた。

装甲車が、集まり始めていた。地面をゆっくりと這いながら、同じ方向に向かって集結しようとしている。

チームを組むつもりだ、とアキラは気付いた。

残っている生徒はそんなに多くない。何台かで組み、狩りをするように一人ずつ生徒を追い込もうという魂胆なのだろう。

たちまち、一人の生徒が装甲車に取り囲まれ、追い詰められるのが見えた。何個ものボールが彼に向かって撃ち出される。あれではひとたまりもない。

重なり合って爆発が起き、アキラは思わず顔を背けた。

もくもくと煙が上がっている。装甲車が下がると、ぼろきれのようになった血塗れの生徒が倒れていた。グリーンキャブがするすると下りてくる。

ふと、黒っぽい塊が落ちていると思ったのは、吹き飛んだ腕だと気付いた。砂と血に塗れた、五本の指が虚しく宙を掻いている。

酸っぱいものが胃の中を逆流してきたが、アキラは必死にそれをこらえた。

じりじりと、複数の砲台が自分の方に焦点を合わせるのを、アキラは吐き気をこらえながら見つめていた。

砂だらけの装甲車がきゅるきゅるとこちらに近付き、彼を包囲しようとしている。

おもむろに、アキラは走り始めていた。何かが彼を突き動かし、装甲車に向かって走るよう命令していた。砲台がアキラを狙おうと動く。

足元は、もうでこぼこを通り越して塹壕《ざんごう》のようだった。靴の中に、石ころや砂が入っているのが痛い。アキラはそれでも駆けていた。

砂だらけの装甲車にむしゃぶりつき、くたくたになった身体の最後の力を振り絞って、装甲車の上によじのぼる。

装甲車は、アキラの姿を求めてぐるぐると土の上を回り始めた。他の装甲車も向きを変えようと動いている。

撃つなら撃て。装甲車どうしで撃ち合えばいいのだ。

ぐるぐると回る砲台にしがみつきながら、アキラは捨て鉢な気分で歯を食いしばった。

「**アキラ**？」

突然、胸元から声がした。

ぎょっとして顔を上げる。きょろきょろと辺りを見回すが、土煙と装甲車の群れが視界を埋め尽くしているだけで、むろん誰の姿もない。

「カナザワアキラだね？　聞こえるか？　聞こえたら、返事してくれ」

再び、力強い、落ち着いた声がして、アキラは砲台の上できょとんとした。

ついに、俺も気が変になっちまったのかな？

「装甲車の中から話し掛けてる。聞こえてるんなら、返事をしてくれ」

アキラはしがみついている装甲車をまじまじと見た。

この中から？　この中から、と言ったよな？

「うん。聞こえる。誰だ？」

アキラはおずおずと声を出してみた。

「俺は、シマバラという。一応、新宿クラスをまとめてる者だ。君と話がしたかったけど、監視が厳しくて、こんな状況でしか近付けなかった」

声は、身体の中から聞こえてくるような気がした。アキラは混乱する。

「どこから声が聞こえてくるんだ？」

アキラは思いついたことをそのまま口に出した。

小さな笑い声が聞こえる。

「君の制服の第二ボタンさ」

アキラは思わず自分の制服を見下ろした。ぼろぼろになった制服に、買って自分で縫い付けたボタンが目に入った。

「これが？」

「そう。もともと、第二ボタンは、生徒たちの動きが盗聴できるように、大東京学園で改造してあるんだ。学校のあちこちに受信機があって、その範囲内に来ると生徒の声が聞こえるようになってる。俺たちは、それを乗っ取って、逆にこちらから音声を送る装置を作ったのさ。もっとも、今の特殊な状況だからそれができる。普段はとても無理だけどね」

徐々に頭の中が醒めてきた。この声、聞き覚えがある。あの、小太りの、人形焼売ってた男。あいつの声に違いない。

「俺に話が？　どうして俺なんだ？」

アキラが尋ねる。だんだん冷静になってくると、新宿クラスの生徒の目的は、最初から自分と接触することだったのではないかと思えてきた。

思えば、彼らは慎重にテストを進めていた。アキラを傷つけず、彼を終盤に残し、彼の方から装甲車に寄ってくるようにしむけていた。

そこまでして彼らが俺に接触したい理由。それは――

「君の兄さんは有名なのさ。君の兄さん、カナザワオサムだろう？　今は行方不明だが」

アキラは大きく目を見開いた。

「兄ちゃんを知ってるの？」

思わず声が大きくなる。小さく悲鳴が上がった。

「しいっ、声がでかい。いてて、鼓膜が破れるぞ。落ち着けよ、これからゆっくり話をするから。君の兄さんは、俺たちの英雄だからね。いいか、これから俺の言うことをよく聞いてくれ。そうすれば、君の兄さんのことを話してやるよ」

声が囁くように低くなった。

アキラは思わず装甲車に頭を押し付け、耳を澄ます。

続けざまに、轟音が辺りを揺るがした。震動と衝撃。テストはまだ続いている。

凄まじい爆発音、ぱらぱらと落ちてくる砂。

だが、アキラはそれらの音が耳に入らなかった。自分が、実力テストの最中だということも忘れていた。ただ、今は青い砲台にしがみついて、ひたすら自分の制服の胸元から流れてくる声に、じっと意識を集中させていた。

第十章　旅芸人の記録

新宿クラスの歴史は、大東京学園の影の歴史でもある。

かつての東京二十三区の名称をクラス名に振り分けた時から、新宿クラスは鬼っ子の宿命を負わされていた。

大東京学園の指導要綱及び教育方針は、すなわち日本政府の国民に対する指針でもある。

つまり、大東京学園での生徒に対する指導は、政府の国民に対する指導であり、文明に逆行した超管理社会の象徴でもあったのだ。

知力と体力の限りを尽くした激しい受験戦争を勝ち抜き、熾烈な実力テストに耐えて卒業総代になった者のみが、国家より生活を保証される。

この分かりやすい図式は、情報の制限された日本で過剰に宣伝された。

その一方で、そのレールから外れた者——現社会に対して異議を申し立て、抵抗した者——に対する厳しい処罰も、それとセットで恐怖のプロパガンダの対象となった。

ああなりたくなければ、言うことをきけ。おまえたちはまだましだ、おまえたちの下にはまだあいつらがいるぞ。そう吹聴《ふいちょう》して国民を納得させ、不満をそらし、ささやかな優越感に浸らせて互いに差別感を生み出すのは、古くからの為政者の常套手段である。ゆえに、新宿クラスは大東京学園の汚点であるのと同時に、強い存在理由があったのだ。

元々は、大東京学園の規則を破り、教師や職員に反抗した者が入れられる反省室の渾名《あだな》だったという。

クラス名に東京二十三区の名称を振り分けた時、最初は二十二クラスしかなかった。既に東京が消滅し、記念としてクラスに区の名前が使われることが決定されたものの、「新宿」という名前だけは、なぜか使われなかったのである。

その理由はよく分からない。政府が「新宿」という名前に退廃文化の象徴を感じていたという説もあるし、悪名高い旧東京都が、都民の血税で新宿に贅《ぜい》を尽くした悪魔のようなビルを建てていたためという噂もあるし、単に反省室の場所がかつての新宿の場所にあったからだとも言われている。

どちらにしろ、ダークなイメージがあったことは確からしく、反省室に入れられることが「新宿に行く」という隠語で語られるようになった頃、最初の脱走者が発生した。

その当時は、まだ当局の方でも逃げ出す生徒がいるなどとは予想しなかったのか、陸の孤島ではあったものの、たいした警備はなされていなかった。

その0号脱走者は、何が原因かは分からないが、授業方針について教師と大喧嘩をし、「こんなところ出て行ってやる」と啖呵《たんか》を切ると、職員と大立ち回りを演じた上、当時はまだ普通の橋だった入口から走って逃げたそうだ。

0号脱走者事件は、日本政府を震撼させた。日本国民の憧れの的、成功の象徴である大東京学園を否定し、そこから逃げ出す者がいるという事実は、為政者から見れば、当然許しがたいものである。しかも、0号脱走者事件は世間でも大きな反響があり、それを機に、管理社会に抵抗する草の根の市民運動が次々と産声《うぶごえ》を上げた。これもまた、いや脱走以上に由々《ゆゆ》しき事態である。政府は血眼になって0号脱走者を探し、郷里でもぐりの郵便配達をしていたという0号を逮捕、スピード裁判の上処刑した。この処刑は社会の秩序の安定に寄与したと大々的に報道されたが、今でも市民運動グループでは、脱走者は必ず捕まるという示威行為のために、用意された冤罪者《えんざいしゃ》が処刑されたのではないかと疑っている。環境破壊で無人となった地球に、日本人は広く散らばっており、いったん地下に潜るとそう簡単に政府に見つかるとは思えないからだ。

この事件を境に、それまではまだ牧歌的なところのあった大東京学園は、巨大な牢獄への道を歩み始めた。外部への橋は折り畳み式のものに替えられ、文部省職員の武装化が始まる。それは、今世紀前半、完全に解体された自衛隊幹部の差し金もあったかもしれない。新しい兵器や戦略の研究開発は、異星人の来襲（！）などという恐ろしく少ない可能性に備えて細々と行われていたが、この事件を境に予算が増額された。それ以前は、日本の再軍備を警戒して、国連が定期的に旧地球に査察に入っていたが、今の日本の国力ではそんな余力もないとして、最近の査察はおざなりになっていた。そのような背景とそれぞれの思惑もあり、文部省は文部省という名を隠れ蓑《みの》に、徐々にハイテク武装を成し遂げていくのである。

そんな頃、次の脱走者が現れた。1号である。1号は、言い伝えによると、思想的な脱走者ではなかった。要するに、彼は職人肌の生徒で、自分の作った機械がうまく作動するかを確かめたかったらしい。彼は方向転換のできる黒い熱気球をコツコツと九ヶ月かかって拵《こしら》え、月のない闇夜に乗じてあっさりと脱走に成功した。当局は、最初脱走だとは思わずに1号を捜索していたのだが、自分の熱気球の性能を外部で自慢したために、1号は脱走した時と同じくあっさり御用になり、今度こそ処刑された。

警備を易々《やすやす》と突破された文部省は危機感を募らせた。監視塔が作られ、二十四時間体制での警備が始まった。どうせ逃亡すれば死刑なのだからという乱暴な理由で、塀の外に地雷原が作られたのは、この1号事件の直後である。

初めてトンネルを掘ったのは2号だった。と同時に彼は、初めて思想的な理由で大東京学園を脱走した生徒であった。「大東京学園には空がない」で始まる、校長宛ての散文詩は、市民運動グループの間で密かに回し読みされ感動を呼んだ。彼は、寮の自分の部屋の地下からえんえんとトンネルを掘り、関東ローム層に埋もれている東京時代の地下街に突き当たると、そこから橋の下まで更にトンネルを掘り、橋が渡された時に業務トラックに潜り込んで脱走した。政府は「逮捕、処刑した」と発表したものの、公式発表ではない上に写真もなく、2号は脱走しおおせたものと世間では受け取られている。

この頃から、「脱走」という行為自体が、徐々に神話を身に纏《まと》い始めた。市民運動グループの中には、政府への反感を植え付けた子供たちにあえて受験戦争を突破させ、大東京学園に入学してから派手に脱走させるという抵抗運動を試みる者が現れた。3号から8号までは、市民運動グループが手配した脱走者だが、ことごとく逮捕され、手引きした運動員やその家族全員までもが処刑された。3号から8号までは「殉教者」とひとくくりに呼ばれるゆえんである。

多くの処刑者を出した反省から、受験生及びその家族の思想チェックは厳しくなった。9号以降の脱走者で、はっきりと市民運動の息がかかっている生徒はいない。限りなく黒に近い、地下活動者の手引きがあるのではと疑われている生徒はいるが、証拠は挙がっていないのだ。しかし、表舞台から姿を消した市民運動グループが、その後の脱走者の支援を行っていることは確実だった。9号以降の脱走者は、今日にいたるまでそのほとんどが見つかっていないからである。公式発表では逮捕されたことになっているが、その証拠は皆無だった。

脱走の目的が思想的なものから離れて多様化していくに従い、一方で、奇妙な噂が全国の小中学校で流れ始めた。大東京学園を脱走できれば、「成仏」できるというのである。

その発生源がどこにあったのかは不明だが、その噂が流布《るふ》したのは全国ほぼ同時だった。内容も不明瞭で、とにかく大東京学園を脱走できると「いいところ」に行けるというのだ。

「いいところ」というのが何を指すのかは諸説紛々《ふんぷん》だったが、最もまことしやかに囁かれた噂は、「新地球への移民権を獲得できる」というものだった。これは全く根拠のない説だったが、一時期あまりにも真剣に囁かれたために、政府では慌てて「全くのデマであり、社会を混乱させる流言飛語」という声明を出した。今ではさすがに誰も信じる者はいなくなっているものの、一部では密かにそれを信じて脱走を目指す生徒がいることも確かだった。

そして、政府が頭を痛めたことに、この辺りから「脱走のための脱走」を図る生徒たちが慢性的に発生し始めたのである。脱走行為自体を青春の目的としてしまう生徒たち、脱走そのものに生きがいを見出してしまう生徒たち。これは何よりも厄介だった。かくて、格段に警備や処罰が厳しくなった現在でも、脱走未遂を重ねる生徒が、常に一定数存在するようになってしまった。彼らは、「腐った卵は一つのカゴに入れて見張る」目的で、今では反逆者の代名詞となった「新宿」クラスにまとめて詰め込まれ、厳重な監視を受けるようになったのである。

アキラは、一つクラスを落として荒川クラスになってしまった。

装甲車の中のシマバラと名乗る男の話に夢中になって、リュウガサキにボールをぶつけられてしまったのである。爆死は免れたものの、シマバラが装甲車を移動させて爆風から守ってくれなかったら、足の一本も持っていかれていたかもしれない。アキラは自分がボールに当たったのにもろくに気付かないほど、シマバラの話に集中していたのだ。

クラスを落としたことはそんなに気にならなかったが、残念なのは、ついにシゲルとクラスが分かれてしまったことだ。シゲルは地力を発揮して、ついに江東クラス入りを果たしたのである。

やっぱり、俺と一緒でない方が、あいつは上に行けるのかもしれないな。

アキラは淋しく思うのと同時に、これでシゲルの足を引っ張らずに済むという安堵を味わっていた。

それに、俺は今、みんなとは違う世界に足を踏み入れつつある。

アキラはそのことを自分の中ではっきりと自覚していた。

あの時、シマバラの声を聞いた瞬間に、自分の行くべきところはこの男のいるところだという確信を覚えたのだ。シゲルにはシゲルの事情があって、この世界の矛盾を承知で、卒業総代を目指している。シゲルがそれを望むのならば、叶えてやりたいと思う。だけど、俺はもう、そう単純には卒業を目指せない。

あの青い装甲車の上で、シゲルとの運命が分かれてしまったことをアキラは冷静に受け止めていた。だから、クラスも分かれてよかったんだ、とアキラは自分に言い聞かせた。

あれ以来、シマバラは巧妙に何通かの手紙を書いて寄越した。差出人の名もなく、固有名詞を避け、定規を当てて筆跡をごまかしてある、非常に用心深い手紙である。

驚いたことに、新宿クラスの生徒と連絡を取り合っている生徒が何人かいるようだった。確かに、新宿クラスに入れられるまではどこかのクラスに所属していたはずだから、友人がいても不思議ではない。しかし、内通者であることが発覚したら厳しい処罰が待っているのだから、内通者はかなりのリスクを負っていることになる。それでも、連絡は確実にあった。通学途中の電車の中や、休憩所ですれ違いざまに、「寮の北の窓の雨樋《あまどい》」とか、「駅の改札の手摺の下」などと書いた紙切れを手の中やポケットに押し込まれていることがあり、言われた場所に行ってみると、いつもシマバラからの手紙が入っていた。

アキラは、その手紙で新宿クラスの歴史を学んだ。新宿クラスには、その歴史が口伝で伝えられているらしい。

アキラの兄、カナザワオサムは27号脱走者だった。オサムの脱走は、後々までの語り草になるほど鮮やかだったらしい。

オサムは、二年まではずっと上位のクラスをキープしていたが、ある日突然、職員に対して、いかに現行の大東京学園のシステムが矛盾しているかということを話し合いたいと申し出たのだそうだ。むろん、そんな申し出が受け入れられるはずもない。一笑に付されたのち、思想的に問題ありとされて一週間の観覧車送りにされた。オサムは、それにも平然と耐えて、観覧車から出された時に、自分の申し出が受け入れられないのであればここから出て行く、と脱走宣言を行ったのである。真っ向から挑戦を受けた学園側は激怒し、オサムはたちまち新宿クラスに放り込まれ、厳重な監視下に置かれた。

オサムは淡々と日常生活を送り、三ヶ月後に突然行方をくらませた。文字通り、煙のごとく消えうせてしまったのだ。当局は新宿クラスの生徒を厳しく尋問し、自白剤まで使ったが、驚くべきことに、他の生徒たちもオサムの脱走計画については一切知らされていなかったのである。それ以来、カナザワオサムの名は、新宿クラスでは伝説的な名前となっているのだった。

受け取った手紙は、誰にも見せずに必ず処分するように、とシマバラはいつも最後に書いていたが、アキラはどうしても捨てることができなかった。あんなに知りたかった兄のことが書いてあるのだ。いつか祖父母に見せたいと思い、アキラはこっそりと手紙を保管していた。寮の裏手の林に、見えにくい場所にある木のうろを見つけ、そこに隠しておいたのだ。

シマバラの手紙は、慎重かつ冷静で、アキラの心の動きをじっと推《お》し量っているようなところがあった。アキラの方からシマバラに手紙を出したことはないが、誰か——恐らく内通者だろう——が、アキラの様子を観察しているような気配を感じたことは一度や二度ではなかった。

そして、とうとうシマバラは、アキラと直《じか》に接触することを決心したらしかった。次回の週末の夜に、学園内から電池やケーブルなど指定した部品を調達して、「アングラ」のとある場所まで持ってきてほしい、という手紙が来たのである。

むろん、アキラにその意味が分からないはずはなかった。入学したばかりの頃、金ボタンを取られた記憶も生々しい。新宿クラスの生徒たちが、脱走のための道具や資材を苦労してあちこちから集めているのは明白だった。新宿クラスは所持品チェックが厳しく、週に一度は寮を引っくり返され、何かをよそから持ち込んでいないか、どこかに逃げ道を作っていないかを調べられるという。アキラがシマバラに頼まれたものを持っていくということは、彼らの脱走の片棒を担ぐも同然だった。そんなことが当局にバレたら、アキラは全てを失いかねない。しかし、これを断ったら、二度とシマバラは彼に接触してこないだろう。シマバラはアキラを試しているのだ。この週末の重要性が、アキラには痛いほどよく分かった。

頼まれたものを密かに集めながらも、アキラは迷っていた。彼らの要求を呑むということは、もはや引き返すことのできない道に足を踏み入れることを意味する。入学して、まだ二、三ヶ月。果たしてそれが正しい決断なのだろうか。自分は大きな過《あやま》ちを犯そうとしているのではないか。

アキラは悩んだ。こんなに悩んだのは生まれて初めてだった。具合悪いのか、とカゴシマやアタミに声を掛けられたほどだ。しかし、なんでもない、と返事をするしかない。

クラスが替わってから、シゲルと話すことも少なくなっていた。授業の合間や「アングラ」で会えば「よう」とか「どう？」とか声を掛けたが、アキラは彼が別のクラスでよかった、とつくづく思った。シゲルがそばにいたら、自分が何に悩んでいるかすぐに見破られてしまうだろうからだ。彼は周囲に無関心なようでいて、とても観察眼が鋭いのである。シゲルはアキラの様子を訝しく思っているようだったが、とりたてて突っ込んでくることはなかったのでホッとした。

そして、気が付くと、あっというまに約束の土曜の夜を迎えていたのだった。

「アンダーグラウンド」の奥深く。

アキラはじっと息を潜めて、その場所に立ち尽くしていた。

一度だけ、来たことのある場所である。辺りをそっと見回すが、しんと静まり返り、人の気配は全くない。少し行けば、みんながそれぞれの週末の夜を過ごすざわめきが聞こえてくるはずなのに、ここは誰からも見捨てられたような場所だった。

路地の向こうのどんよりした闇。その奥に、アーチ状に建てられている、錆びた金属の柱。

□□ゴールデン街

いいか、これだけは警告しとく。あそこには絶対足を踏み入れるんじゃない。もしそんなことをしたら、君らの将来はめちゃめちゃになるぞ。

脳裏にカゴシマの声が蘇った。足がおのずとすくむのを感じる。

ここに入ってしまったら——二度と引き返せない。

祖父母の顔が浮かんだ。兄が行方知れずと分かった時に見せた、落胆。絶望。混乱。涙。

俺は——俺は、どうすればいいんだ。

アキラは、全身に冷や汗を感じた。頭の中で、いろいろな声が錯綜する。

アキラ、おまえはどんなことがあっても必ずここに帰ってくるんだぞ。ばあさんだけは悲しませるんじゃないぞ、約束してくれ。アキラ、身体に気を付けるんだよ、水道の水は飲んじゃ駄目だよ、お腹《なか》を冷やさないようにね。アキラ、よくやったな、やっぱりおまえはやってくれた、先生嬉しいぞ。オサムの分も頑張ってくるんだぞ。淋しいなあ、アキラほど柔道うまい奴いないもんなあ、早く帰ってこいよ、またこっそり相撲やろうぜ。わんわんわわん、きゃんきゃんきゃきゃん（犬のコジローとムサシの声だ）。

アキラは青ざめた顔で、足に根っこが生えたようにその場にぼうっと立っていた。身体が動かない。

兄ちゃん、俺、どうすればいいんだ。兄ちゃんの気持ちも分かるし、俺もそうしたいけど、でも、やっぱり——

突然、目の前にぬうっと巨大な白い影が現れた。

（うわっ、で、出たあっ）

アキラは声にならない悲鳴を上げ、慌ててその場を逃げ出そうとしたが、その白い影がどすんと後ろから覆い被さってきて、思いっきり地面に押し倒された。

一瞬パニックに陥ったが、その重い影はくんくんと鼻を鳴らしている。

「ん？」

恐る恐る見上げると、毛足の長い、巨大な白い犬がぺろぺろとアキラのおでこを舐めている。

「な、なんだ、この馬鹿でかい犬は」

「――ユメジが何か悪さしたかね」

闇の奥から、のんびりとした老人の声が聞こえてきた。

「むちゃくちゃ重いよ、この犬」

「ほう。なんと、珍しい。ユメジがそんな親愛の情を示すとは」

着流し姿の、中肉中背の老人が現れた。白いヤギヒゲ、白髪頭のてっぺんは禿《は》げ、黒縁眼鏡を掛けている。

「感心してないで、早いとここいつをどかしてよ」

「おお、そうだ、ユメジ、どきなさい。おまえの愛情は時として凶器になると教えたはずだがのう」

老人はとんとんと犬を叩いた。犬は不満そうだったが、渋々アキラの上からどいた。

「あー、びっくりした。何、これ。ほんとに犬？　熊の間違いじゃないの？」

アキラは起き上がって制服をはたき、尻尾を振りながら座っていても、自分と同じくらいの背丈のある犬を不気味そうに眺めた。老人はアキラに向かって手を振る。

「これ、そんな意地悪を言うんじゃない。こいつは、大東京学園特有品種の、天然記念物なんだぞ。はっきり言って、飼育コストはおまえより高い」

「えーっ、この熊が？」

アキラが見ると、犬は勝ち誇ったように尻尾を振る。

「こいつは、前世紀の不遜な連中の気まぐれのために生まれた、不憫《ふびん》な犬なんじゃ。ゴールデンハスキーという新種の犬でな。かつては高い純血種の犬を飼うことがステータスだったんじゃ。犬の種類にも流行り廃《すた》りがあって、人気のある犬にはべらぼうな値段が付けられ、争って繁殖させられ、血統書付きで売られた。しかし、ただ飽きたという理由だけで、余った犬がどんどん捨てられ、処分されていったのじゃあ」

老人は芝居がかった口調で涙を拭った。

「へーえ。犬まで消費してたのかあ」

「うむ。ま、それで、一時期一世を風靡《ふうび》したシベリアンハスキーという犬と、ゴールデンレトリーバーという犬があったんだな。どちらも寒冷地仕様の大型犬で、とにかく街にうじゃうじゃ溢れていたそうな。餌代も大変だし、運動もこれまた大変。それが捨てられて、異種交配が進んだわけさ。大変なんだぞ、このゴールデンハスキーを飼うのは。世代を超えた人間への不信感があるからな」

「そりゃそうだよな。犬も迷惑だよなあ」

アキラが同情すると、犬はわん、と吠えた。

「ところで、おまえさん、なんでそんなところに突っ立ってたんだ。まっとうな生徒はこんなところに近寄らないはずだが」

老人はジロリとアキラを見た。一見温厚そうだが、その眼光は鋭い。

「じいさんこそ、どこから出てきたんだよ」

「わしはこの新宿ゴールデン街に住んでるんだ。大東京学園なんてものができるよりもずっと前からだぞ」

老人は胸を張る。アキラは「へえ」と看板を見上げた。

「これ、新宿ゴールデン街って名前だったんだ」

「そうさ。で、おまえさんは？」

「ええと、コマ劇場を捜してるんだけど」

「なんと。随分懐かしい名前を聞いたな。まっすぐ行くと、花園神社と書いた鳥居があって、黒いテントがある。そのテントをくぐりぬけたところがコマ劇場だ」

「ありがとう」

「何しに行くんじゃ、坊主」

「それは内緒。俺に会ったことも内緒にしといてよ」

「気をつけろよ、テントは幽霊が出るぞ」

「ええっ」

「大丈夫、悪さはせん」

「そ、そんな」

アキラはおじけづいたが、最早ここまで足を踏み入れてしまったので引き返す気もしない。老人はアキラのへっぴり腰を見かねたのか、声を掛けた。

「どれ、途中まで付いていってやろう」

「お、お願いします」

真っ暗な路地を二人と犬とで進んでいく。こんな見ず知らずの人を、秘密の待ち合わせ場所に連れていくのは気が進まなかったが、実際、辺りは暗くてほとんど何も見えないのだ。とても一人で入っていく気がしない。

正面に鳥居が見え、その向こうに黒いテント小屋があった。

と、テントの中から、突然白い人影がささっと駆け出してきた。アキラは思わず悲鳴を上げて老人にしがみついた。犬がわんわんと吠える。

見ると、全身、スキンヘッドと裸に白塗りをした三人の男である。腰に布を巻き、身体をくねらせ、踊りながら走ってきて、すれ違いざまにフッと消えた。

「うわあ」

「今日は暗黒舞踏系だったな。安心せい、これでもう今夜は出ない」

老人は慣れているのか平然としている。

「テントの向こうはもうコマ劇場だ。おまえさん、本当にあそこに行く気なのかね？」

急に鋭い目で睨まれて、アキラは詰まった。

「コマ劇場には何があるの？」

「さあ。わしは知らん。おまえさんの未来かもしれないし、地獄かもしれない」

アキラは考え込んだ。なぜかその時、目の前の老人の言葉が、一つの啓示のように思えたのである。

ともあれ、今は自分の道を選び取っていくしかない。

アキラはこくんと頷いた。

「行くよ、じいさん。道案内ありがとう」

「そうか。頑張れよ」

老人は言葉少なに励ますと、犬を連れて来た道を引き返していった。

アキラは溜息をつくと、こわごわテントの中を通り抜ける。真っ暗だったが、すぐに出口が見えた。

「あれ」

小さな広場に出たアキラは、当惑の声を上げた。

確かに赤い文字で「コマ劇場」と書かれた看板があるが、劇場らしきものはない。白い噴水がある、円形の池があるだけだ。噴水の水は止まっている。

手紙には、コマ劇場前の噴水に飛び込むこと、と書かれている。

アキラは首をかしげた。

飛び込めと言われてもなあ。飛び込んだからってどうなるんだ？

アキラは階段状になった噴水に上がると、ひょいと暗い水の中を覗き込んだ。

と、水の中から白い顔がふわっと浮かびあがってきたので、アキラは腰を抜かした。

ざばっと一人の少年が水から顔を出す。

「カナザワアキラだな？　早く飛び込め。さあ、急げ」

返事をする間もなく、池に引きずり込まれる。

水が鼻に入ってツンとし、息苦しくなってもがいた。

（しっ。静かにしてくれよ）

（すぐだから）

そんな声が聞こえたような気がした。

複数の人間の手で、がばっと水の中から引きずり出され、アキラは大きく口を開けて呼吸した。

「びっくりさせて悪かったな、アキラ」

アキラはきょとんとした顔で、慌てて周りを見回した。彼が立っているのは、直径一メートルほどの小さな池の中だった。そこは、ぽっかりと開けた空間で、高さが一メートル五十ほどのトンネルの外れだったのだ。

アキラを引きずり込んだ学生服の少年が、水から上がった。

薄暗い明かりが点々とついている。どうやら、トンネルはまだまだ先まで続いているようだった。アキラは顔を拭いながら、じっと暗がりの中を見つめた。

目が慣れてくると、そこに十人近くの生徒が車座に座っていることに気が付いた。

「ここは」

「早く上がれよ。濡れると、君が持ってきたものが使い物にならなくなる」

聞き覚えのある声が聞こえてきて、アキラは慌てて水から上がった。

頬に冷たい風を感じる。こんな行き止まりのトンネルなのに、空気はちゃんと流れているらしい。

少年たちの真ん中に、小太りの老けた男が座っていた。

「久しぶりだな、アキラ。俺がシマバラだ。『リカちゃんエクセレント号』へようこそ。会えて嬉しいよ」

「はあ？」

差し出された手を握りながら、アキラはきょとんとした。シマバラは「ああ、そうか」と笑った。

「このトンネルの名前さ。最初のトンネルに、2号は二十世紀に流行った着せ替え人形の名前を付けたんだ。『リカちゃん』とね。以来、トンネルにはそのシリーズの人形名を付けるのが慣習になってね」

「じゃあ、このトンネルは、2号が作ったものなの？　潰されたんじゃなかったっけ」

「大部分は潰されたが、一部掘り返して、『アンダーグラウンド』への道を作ったんだ。どうしても『アンダーグラウンド』に侵入したかったからね」

「なるほど」

アキラは自分が上がってきた池を振り向いた。

「そうか、洗面所の排水管と同じなんだね。コマ劇場の噴水の中と、ここが地下でU字形にトンネルで繋がってるわけか。水が入ってるから、こんなところと繋がっているとは誰も思わない」

「そういうこと」

アキラは感心し、思い出したように学生服の内側から、ケーブルや電池など頼まれていた資材を取り出した。

「あ。これ、約束のもの」

「おお、有り難い」

シマバラの隣にいた、青白い顔の男がアキラの手に飛びつくと、すぐに包みを開けて中をチェックした。

「ありがとう、ありがとう。これでまたモニターが持つ」

男は大喜びで、今にもアキラにキスしかねない雰囲気である。男の喜びようを横目で見ながら、シマバラは醒めた目でアキラを見た。

「ここにやってきた意味は、君にもよく分かってるだろうね？」

アキラは無言で視線を返す。

シマバラは、嚙んで含めるように言葉を続けた。

「君はもう、誰かに俺たちの仲間とみなされても文句は言えない。この、差別され隔離された新宿クラスの俺たちの仲間として、ね。だがその一方で、悪いけど、俺はまだ君を完全に信用したわけじゃない。君が当局の犬である可能性も残っている。それを寄越せ、イワクニ。この部品のうち一つは使わずに取っておくつもりだ。理由は分かるな？君の指紋が残っているからだ」

シマバラは、青白い男からケーブルの包みを取り上げた。

「俺が君から部品を受け取ったと申し立て、新宿寮に君の指紋の付いた部品があるというだけで、君にはいつでも新宿クラス行きの可能性があるわけだ」

他の生徒は、じっと黙ってシマバラとアキラの顔を見比べている。

「誤解しないでほしいが、俺は君を脅迫しているつもりはない。俺は、君に今まで通り平穏な学園生活を送ってもらうことを何よりも強く望んでいる」

「分かってるよ」

アキラは落ち着いた声で頷いた。

「俺と新宿クラスが繋がっていることが、周りにバレなければいいんだろ？　他のシンパと同じで」

「その通り。監視が厳しくなって、俺たちは外に出るのも、外部に接触するのもますます難しくなっている。実際、俺たちは他のクラスの生徒に忌《い》み嫌われているしね。俺たちを監視しているのは生徒も同じだ。だから、『アングラ』に出入りするのもかなり難しい。目撃されたら、たちまちチクられる。だから、外で動けて、資材を調達してくれる人間は喉から手が出るほど欲しいんだ」

シマバラの目は、恐ろしく真剣だった。授業では見られない目。本能で己の身を守ろうとする目ではなく、何かを考え抜き、自分で選択してきた目だ。

「君の言う通り、誰なのか教えるわけにはいかないが、俺たちには協力してくれている連中が何人かいる。だが、学園側も馬鹿じゃない。薄々その存在に気付いているし、そのほとんどはタダノに目を付けられている。正直言って、今もわざと泳がされている可能性があるんだ。だから、君の役割はかなり重要なんだ」

シマバラは小さく溜息をついた。

アキラは、かねてから温めていた質問をした。

「脱走できると、どうなるの？　噂は本当なの？　『成仏』できるってどういう意味？」

矢継《やつ》ぎ早《ばや》の質問に、シマバラは面食らった表情になった。

「それは、俺にもよく分からないな。こうではないかと推測していることはあるが」

「どんな推測？」

シマバラは苦笑した。

「まあ、それはおいおい話そうぜ。なにしろ、俺たちは初対面だからな。最初のデートで、いきなり押し倒すのはあんまりだろ？」

諭《さと》すような口調でアキラを宥める。

アキラは不満だったが、視線を落とした。

「兄ちゃんはどこに行ったんだろう」

シマバラは黙り込んだ。アキラは顔を上げ、正面から彼を見る。

「頼みがある。俺はこれから資材に関しては全面的に協力するから、兄ちゃんの居場所が分かったら、この先何年掛かってもいいから、必ず俺に教えてほしい」

シマバラは大きく頷いた。

「分かった。必ずな。俺たちが生きていたらだが」

「それと、兄ちゃんがどうやって脱走したかって、ほんとにまだ分からないの？」

シマバラは渋い顔になる。

「こっちが教えてもらいたいくらいだ。幾つか考えている方法はあるけれど、どれも確証はない。カナザワオサムは、オリジナルな方法で脱走したんだ。それ以降の成功者がどうやって脱走したかはみんな分かっているが、それもかなり偶然に助けられた綱渡りだった。だが、カナザワオサムの方法だけは、どうしても分からないんだ」

イワクニと呼ばれた、青白い顔の男がアキラの顔を見つめた。

「なあ、おまえ、兄貴から何か手紙は来なかったか？」

アキラは力なく首を振った。

「兄ちゃんは入学以来全くうちと連絡を取ってない。脱走してからも、完全に音信不通のままだよ」

「そうだよなあ。当局もおまえんちに接触してこないか必死に見張ってただろうしな。ちぇっ、弟にくらい教えといてくれればよかったのに」

イワクニはがりがりと頭を掻いた。

「まあ、いい。それはまた考えよう。アキラ、みんなを紹介するよ」

シマバラは、アキラに座るよう促した。

「今夜は、美しい友情の始まる記念すべき日だからな」

シマバラは意味ありげにウインクをしてみせた。

少年たちは、薄暗がりの中で声を殺して笑った。

アキラは一緒に笑うべきなのかどうかも、果たして自分が正しい場所にいるのかどうかも分からず、一人顔を中途半端に歪めただけだった。ただ、自分がもうのっぴきならない状況になってしまったことだけは、強い確信があった。

第十一章　自転車泥棒

夜の東京ドーム。

時折、目を射るサーチライトの明かりがくるくると闇の中を行き交い、白い半円形の巨大なドームを照らし出している。ビッグ・エッグの愛称通り、大きな卵が、お堀と森に囲まれて浮かんでいるようにも見える。辺りは、しんと静まり返り、遠吠えをする犬の声がどこかから聞こえてくるだけだ。

ドームの地下には、地上からは想像もつかないような広いスペースが続いている。校長室を始め、各種スタッフルームや職員専用の商店街、グリーンキャブやイエローキャブの格納庫、研究室や医療センターなどなど。大東京学園の中に入れ子になっている、もう一つの閉じた世界。地上とは対照的な、無機質で、かつて二十世紀に流行ったSF映画の中の未来のようだ。ここはまた地上とは別の意味で徹底的に管理されているが、やはり複雑な学園の歴史を背景として、その時々の為政者によって増改築がえんえんと続けられており、この「アンダードーム」の全貌を理解している者は誰もいないとまで言われているのだった。

その「アンダードーム」の深部で、職員室は、夜の眠りについていた。

見た目は、昔の学校を参考にしていると思われる。片側が長い廊下になっていて、長屋状にえんえんとクラス名の書かれた部屋が並んでいる。しかし、中を覗いてみると、そこは最新鋭のモニター画面がずらりと壁面を埋めていて、巨大な戦艦の中を歩いているような錯覚を感じるほどだ。

長い長い廊下には、非常灯の緑色の光がぽつぽつと続いている。夜間ともなれば、職員は別棟の職員住宅に引き揚げているので、文部省の警備員が時折見回りに来る以外、完全な無人である。

が、よくよく見てみると、何やら一番奥の職員室の一隅がぼんやりと明るい。ぼそぼそと話し声のようなものも聞こえる。誰かがいるようだ。

これが前世紀ならば、夜の学校に出る、昔死んだ生徒の亡霊という、かつて定番だった怪談になるのだが、生憎《あいにく》ここは、そんな牧歌的な環境ではない。確かに、誰かがいるのである。

その一番奥の部屋の扉は、なぜか黒く塗りつぶされ、お札《ふだ》のようなものが貼ってある。どうやら、扉にいろいろ落書きがしてあったために、それを消そうとしたようだ。

扉の上の、クラス名のプレートが入るべき鉄枠は空っぽのままである。

中は狭く、暗い。数多くのモニターを前に、一人の男がブツブツととぎれることなく何事か呟いている。

異様なのは、壁の中央にずらりと並んだ十三人の生徒の顔写真である。

画面に並んでいるのは、いずれも一癖も二癖もありそうな連中だ。

そう、ここは、新宿クラスの職員室なのである。

そして、画面の前に座っているのはタダノだ。深夜にもかかわらず、相変わらずのハイテンションで周囲に妖気を放っている。この男は、全くといっていいほど眠らないし、職員住宅が与えられているにもかかわらず、ほとんどここに住み着いているのだ。

彼の座っている肘掛け椅子は、くるくる回る古いタイプのもので、既に腰を降ろす部分がぼろぼろに擦り切れていた。椅子の背に掛かった毛布は黒ずんで、コーヒーのしみや干からびたご飯粒などがこびりついている。彼がここで寝起きしていることを示すように、足元には箸《はし》やら湯飲みやら靴下やらが散乱している。

新宿クラスは担任教師がいない。正規の授業はなく、大東京学園の最下層労働や、地雷や産業廃棄物の処理がほとんどなので、実はこの部屋はほとんど使われることはない。しかも、数年前に完成したハイテク警備センターが二十四時間の監視を行っているので、ここには古いモニターしか残っていないのだ。

機能が移転してしまっていることと、タダノがここを私物化しているために、誰もが気味悪がってここに近寄ろうとはしない。清掃の職員すら、ここには立ち入らない。片付けようとするとタダノが激怒するのと、異様な冷気を感じて金縛りに遭うからだという。

今日もタダノは、独り言を言いながらモニターに見入っている。

「分からないんだこいつらは――僕がどんなに――分からないんだ――僕がこんなに――こいつらは――こいつらはこいつらは――」

タダノに教師としての資質があるのか、そもそも彼は何の教師だったのかは、こんなに至っては永遠の謎である。

まだそんなに歳はいっていないように思われるのだが、正確な年齢も経歴も、確認しようとする職員がいない。お上《かみ》の事情でころころ上司が入れ替わるような官僚主義の世界、つまり公務員の世界では、時々このような人間が生息する。なぜそこにいるのか分からないし、能力があるのかどうかも不明なのだが、ただ長い間そこにいて誰よりも古株になってしまい、仕事を完全に私物化しているうちに、なぜかその人物そのものが権威となってしまう、という不可解な現象である。

当局もこの男に関しては深入りせずに静観している節《ふし》があるが、なにしろ生徒たちの脱走を始め規律の逸脱を嗅ぎ付ける嗅覚だけは並外れたものがあるので、彼に頼っているところは大きい。それに、この男の被害妄想ぶりと思い込みの激しさは当局もじゅうじゅう承知しているので、クビにでもしようものなら、どんな常軌を逸した報復を受けるか見当もつかない。そのため、仲間内では嫌悪し軽蔑しつつも、生徒たちの管理にはうまく彼を利用するというのが、当局のタダノに対するスタンスと言っていいだろう。

タダノは、写真を一枚ずつ汚い指で押していく。ピッ、という音がして画面に次々と経歴が浮かび上がる。タダノは、ほとんど暗記してしまっている生徒たちの経歴を、低く無表情な声でお経のように順番に読み上げていく。

シマバラシロウ：脱走未遂歴十一回。内、トンネル五回、グライダー二回、運送トラック潜入三回、職員のID制服を偽造し摩《す》り替わろうとしたこと一回。リーダー格。極めて度胸よく、人望あり。知力体力とも優れコンピューター機器にも精通。地下組織「緑の豆」に支援を受けている疑いあるも未確認。

イワクニソウイチロウ：脱走未遂歴十回。トンネル四回、グライダー五回、装甲車に地下削岩機を取り付けた上で乗っ取ろうとしたこと一回。技術者タイプ。かつて前世紀の高度成長期に世界で知られた自動車メーカー創立者の子孫に当たる。消化器系弱く、体力には些か難があるがその粘り強さは脅威。手先器用でカード類や書類の偽造を得意とする。シマバラシロウとは幼馴染み。脱走未遂のうち七回はシマバラと組んで行ったとみられる。

オオムタタクヤ：脱走未遂歴八回。トンネル三回、運送トラック潜入二回、職員や業者を巧みに言いくるめて脱走の手伝いをさせること三回。童顔で愛想よく非常に口先うまく人心掌握術あり。新宿クラスに入る前は上級生下級生問わず広く人気があり、他生徒を煽動して史上類をみない脱走を企てた。催眠術や占星術を使っているとの説もあるが未確認。

イワキコウジ：脱走未遂歴八回。全てトンネル。炭鉱育ちで幼時より重労働に従事していたため、体力、筋力とも抜群。トンネル掘りに対する異常な執着がみられる。一匹狼タイプ。

ナガオカエイサク：脱走未遂歴八回。トンネル四回、運送トラック潜入四回。代々政治家を輩出した家柄で、本人も入学当時は政治家希望だった。複数の市民団体及び、祖父の代からの後援者団体と関係？　弁は立つが、リーダーシップの点でシマバラシロウと対立の兆しあり？

ユザワノボル：脱走未遂歴八回。トンネル四回、運送トラック潜入四回。ナガオカとは中学時代の同級生。家は建設業でナガオカと家ぐるみのつきあいあり。常にナガオカと行動を共にする。

テンドウヨシハル：脱走未遂歴七回。トンネル三回、運送トラック潜入三回、グライダー一回。特筆すべきは凄まじい記憶力。写真のように見たものを、テープレコーダーのように聞いたものを記憶できる。かつては著名棋士を輩出した家系。

トワダセイシュウ：脱走未遂歴七回。トンネル四回、運送トラック潜入三回。家系に医学関係者多し。薬物に詳しく、運送トラックに潜入した時は全て自分で調合した薬品で職員を気絶もしくは昏倒させた。

ハママツジュン：脱走未遂歴五回。トンネル三回、凧二回。代々とび職を営み、体操選手も度々輩出。凧で飛び出し、綱渡りで脱走を試みた。

オワセテツヤ：脱走未遂歴五回。全てトンネル。同じ炭鉱出身者としてイワキと接触。短気で血気盛ん。

アナンアンゴ：脱走自体は図っていないものの、「脱走のすすめ」「脱走礼賛」など、多くの煽動的書物を再三に亘り学園内で発行、反省の気配なく、思想的に問題あり。皮肉屋・学者タイプであり、体力筋力は並み。

ウツノミヤタカアキ：脱走未遂歴四回。トンネル一回、グライダー一回、運送トラック潜入二回。未遂歴はまだ少ないが、この四回全てが半年以内の決行。今後急先鋒に育つ可能性あり、要注意。性格もしぶとく剛毅《ごうき》。

オグラノリタケ：脱走未遂歴四回。トンネル一回、グライダー一回、運送トラック潜入二回。全てウツノミヤと組んだ未遂。主導権はウツノミヤにあると思われるが、この二人のコンビはかなり強固。要注意。

暇さえあればこの画面を読んでいるタダノは、指をのろのろと動かして、それぞれの写真に指でバツを描いていく。

「おまえら――おまえら、いつかこうしてやるぞ――ばつ――バッ」

タダノはちらちらと天井に視線を向ける。ぎらぎらと光る目が、ある一点を見つめる。

新宿クラスの十三人を血祭りにあげるところを想像したあとに、いつも習慣のように仰ぎ見るもう一つの顔。

そこにはひび割れた顔写真がある。何度も物を投げつけたりしているうちにこうなってしまったのだ。

一人の落ち着いた少年の顔。ほとんど恋人のように恋い焦がれ、瞳に焼き付けたその顔。

カナザワオサム。

その名前を、一日たりとも忘れたことはない。

絶対つかまえてやる。どこに逃げていようと、必ずここに連れ戻し、自分が間違っていたと跪《ひざまず》かせてやるのだ。

タダノは思い起こす度、新たな屈辱に身を震わせる。

——長い間じっくり考えてみたが、あんたたちは、はっきり言って異常だ。

少年は、冷静な口調でこちらを見据えていた。

とてもじゃないが、ここはまともな教育環境とは思えない。あんたたちは、単に上からの指示に従っているだけかもしれないが、自分たちのやっていることの意味、自分たちが置かれたグロテスクな状況を全く理解できていないし、教育者としての問題意識も問題解決能力も持っていない。大東京学園は、全国から苦労して入学してきた生徒たちの将来や権利を踏みにじっているとしか思えない。僕の倫理観や価値基準からいって、こんなところで三年間も貴重な時間を使って学園生活を送るつもりはない。

あいつ——あいつ、あんなに落ち着き払いやがって——よくも、よくもあんなことをこの俺に向かって！

タダノの全身がわなわなと震え出す。

俺に向かって——俺の愛する、俺の全てであるこの学園に向かってよくもあんなことを！　分からないのか、俺たちを否定するということは、自分の国家の存在を、つまりは自分の存在を否定するのだということが！　俺が全身全霊を込めて教え諭してきたことを全く理解しちゃいない。自由？　権利？　そんなものがいったい何になる。自由と権利を主張したところから人間の堕落は始まっているのだ。こんなに大勢の人間が狭い国土で生きていくのに大事なのはただ一つ、厳しい規律だ！　学校というところは、未成熟の野獣を躾《しつ》けるところだ。ケダモノを社会性ある人間にしてやるところなのだ。おのれが世の中ではちっぽけで無力でたいしたことのない存在であるということを、身体に刻みつけ心から思い知るための場所なのだ。自由だの権利だの声高に叫んだ連中が何をした？　わがままを個性と、欲望を権利と、無関心と怠惰をゆとりと言い換えられて育った子供はどうなった？　生活能力も思考能力もない、社会的に無能な、ごくつぶしどもが世界に蔓延《まんえん》しただけではないか。そんな連中を甘やかし続けて何が残った？　腐れきった地球、汚れた国土、世界の侮蔑、惨めな後悔の日々だ！　俺はもうそんな甘っちょろいたわごとには絶対騙されん！　誰がなんといおうと国家の再建は俺の手に掛かっている。野生動物に必要なのは、徹底した調教と規律なのだ！

唇がひくつき、肩がぶるぶると小刻みに揺れる。

タダノはついに怒りが頂点に達したのか、落ちていた湯飲みを拾って天井の写真に投げつけた。

鈍い音と共に、割れた湯飲みが、タダノの髪や白衣にパラパラと落ちてきたが、彼は身動《みじろ》ぎもしなかった。

アキラにとって、新たな日常生活が始まっていた。

シゲルがそばにいない生活。そして、密かな任務を帯び、新しい目的を持った生活が。

はじめのうちは、アキラは自分の顔が以前と違っているのではないか、何かを隠しているることがみんなにバレているのではないかと、おどおどしていた。それほど彼は新しい任務に緊張していたのである。

物資の調達は思ったよりもかなりしんどい仕事だった。なにしろ、トンネルを掘るための道具や、長いトンネルの支柱になるようなものなど、たった一人で大量の物資を集めなければならないのだ。

新宿クラスのメンバー(特に、あの青白い顔をしたイワクニ)の要求は日に日に専門的なものになり、入手困難なものを平気でリストに挙げてくる。

木材と金属は特に需要が多かった。木材はトンネルの支柱になるし、金属はさまざまな道具になる。アキラが物資を調達しないと、たちまち作業は滞《とどこお》るのだから、プレッシャーはかなりのものだった。

調達したものは、あまり長い間隠してはおけない。「アングラ」のコマ劇場前噴水から、一度に運び込める量は限界がある。「アングラ」に持ち込むにしても、木材などを持ち歩いていたら周囲の目を引くし、物資の運搬にはかなり頭を悩ませた。

そこで、アキラは、「体力作り研究会」の活動に力を入れた。

カゴシマに提案し、木造の四角いリングを作ったのである。リングを作るという名目で部員に大量の木材を集めさせ、主に一人でリングを完成させた。もちろん、試合の合間に適当に資材を間引いて噴水に運んだ。しかも、リングはわざとボロめに作り、派手な技を繰り広げて試合中に破壊した(その方が客も喜んだし)。いつもリングには補修が必要なことを周囲に認識させ、アキラがしょっちゅう木材を運んでいても、不自然に思わないような環境を作り上げたのである。それに、リングを作ったお陰で観客動員数が伸びた。「アングラ」の人間のほとんどを試合に惹きつけておき、新宿クラスのメンバーが「アングラ」に侵入する時間を稼ぐのも重要だった。

驚くべきことに、新宿クラスのメンバーは、「ディズミーランド」にも侵入していた。「ディズミーランド」には監視の目がない上に、掘り返せばいろいろなものが手に入ったからである。しかし、こちらでは作業時間に限界があるので、あまり何度も侵入できていない、ということだった。以前、ウメハラが「ミッキー」狩りの時に躓いた竹の棒は、彼らが付けた、資材が埋もれている場所の目印だったのだ。

山手線に乗っていても、道を歩いていても、資材になるものはないかと気になって仕方がない。

吊り革を見れば外せないかと思い、森に入れば倒木がないか探す。放置されていたゴムホースや、錆びた水道の蛇口など、何かに使えそうなものは片っ端から集めた。

二段ベッドの羽目板も間引きし、自転車からは最小限のスポークを残して抜き取る。授業で使っていた鋤や斧も、わざと壊して代替品を貰い、壊れたものはこっそり持ち帰った。

アキラは、日に日に手癖の悪くなる自分を空恐ろしく感じていたが、反面、生活に張り合いができ、スリルを楽しむようになっていたのも事実である。

売店に行っても、欲しくなるのは金属製のものばかりだ。だが、使えるポイントは限られているので、物資の調達にあまりポイントは使えない。

一方、シマバラたちは、新たな脱走方法を模索していた。

脱走には、過去に試みられたさまざまな手段がある。一番オーソドックスなのは、外部との唯一の連絡通路である橋のたもとに出るトンネルを掘ることだった。しかし、それは学園側でもかなり厳重に警戒しているから、橋のたもとは定期的に徹底したチェックがなされていた。

次に、乗り物を作って外部との間に横たわる深い谷を越える、という方法がある。

これまでにも、凧や気球や手製のグライダーなど、いろいろなものが作られていたが、材料の調達や、何よりも作ったものを保管しておくことが難しい。もしうまく完成させたとしても、夜陰に乗じて脱出できた昔と違って、今は夜間も監視が厳しいので、使うのは更に困難なのだ。

業務用トラックに潜り込む。これも、何度も未遂に終わっており、荷物の出入りには学園側も神経を尖らせている。職員と摩り替わる。これもポピュラーな手段だったが、徐々にハイテク武装を進めている文部省とのいたちごっこだ。

シマバラたちは、まだアキラには教えてくれなかったが、他にも幾つか脱走の方法を考えているらしい。早い、安い、うまい。これが彼らの考える脱走のモットーだという。

「やっぱ、そろそろオリジナリティのある方法を編み出したいな」

イワクニがぼやく。

「みんながアッと驚くような、鮮やかな脱走をしてみたいもんだ」

「そんな夢みたいなこと言ったって無理さ。やっぱり地道にトンネルが一番」

そう主張するのは、「モグラの生まれ変わりじゃないか」とみんなに陰口を叩かれているイワキだ。実際、顔もなんとなくモグラに似ているような気がする。彼は、トンネル掘りに命を懸けている。脱走そのものよりも、トンネルを掘ることに目的があるんじゃないかと思うくらいである。

「ビッグ・エッグに催涙ガスを送り込むっていうのはどうだ」

トワダが提案した。彼は、薬物に詳しく、トンネルの隅っこや「アングラ」のじめじめしたところでおかしなキノコやサボテンを密かに育てていた。中には猛毒の植物もあるらしく、幾つかある薬草園の場所は、誰にも教えてくれないそうだ。

「職員を眠らせて、メインコンピューターを乗っ取る。俺たちはゆうゆうと出て行ける」

「相当な量のガスが必要だろうな。それに、現実問題として、ビッグ・エッグの中は増改築だらけで指揮系統が一元管理されてないから、いっぺんにガスを蔓延させるのは不可能だよ。職員室だけとかなら可能性があるかもしれないけど」

イワクニが呟いた。

「校長を誘拐して、交換条件として脱出を要求するってのは？」

いつも何か書き付けている、無精ひげの濃いアナンが言う。

イワクニは首を振る。

「そもそも、校長がどこにいるのか分からないからな。その存在すら確認されていない。もしかすると大東京学園の外にいて、声だけ送ってるんじゃないかと言われてるくらいだ」

「じゃあ、いっそタダノを誘拐するってのは？」

「きっと、俺たちに、涙が出るほど感謝した上で、喜んで撃ってくるぜ、あいつら」

みんなの間に笑いが漏れた。

「そういう物理的な方法じゃなくてさ、もっと心理的な作戦がこれからの脱走だと思うんだよねー」

無邪気な声でオオムタが言う。

「心理的な作戦ってのはどういうのだ？　おまえがやろうとした脱走みたいなのか？」

皮肉っぽい声で誰かが応酬する。オオムタは肩をすくめた。

「あれは失敗だったな。でも、方向性としては間違ってなかったんだよ。僕、暴力は嫌いだもん。みんなが喜んで出て行って、学校側にもそれを気持ちよく見送ってもらえるような脱走をしてみたいな」

アキラは最初、この男を見た時、なぜこんな子供っぽいのが新宿クラスにいるのだろ

う と思った。とても小柄で童顔であどけなく、目をくりくりさせた無邪気な少年。アキラと目が合えばニコッと笑う。彼には生来の天真爛漫な人懐《ひとなつ》こさがあった。

しかし、「時代が時代だったら、あいつはラスプーチンになっていただろうぜ」と呟いたシマバラの言葉を理解するのに大して時間はかからなかった。

とにかく、人の心の動きや考えていることを読み取るのが天才的にうまい。その愛嬌《あいきよう》ある容姿とあいまって、あっという間に他人の心の中に入り込み、共感を植え付けるのである。もっと正確に言うと、こいつのために何かしてやりたいという感情を喚起させるのだ。新宿クラスのメンバーでさえ、密かに彼を警戒しているところがあった。

イワクニも、密かにアキラにアドバイスした。

「あいつ、催眠術に近いことをやってると思うな。あんまりあいつの目を見ないほうがいい」

彼は脱走そのものが目的というよりも、自分の力でどれだけ他人を動かせるかという興味で脱走を試みているようだった。彼がとった脱走方法というのも、じわじわと職員や他の生徒を自分のシンパとして抱き込み、まさにみんなに「出してもらう」というものだったのだそうだ。一つ一つの協力はたいしたことがない。自分の代わりに返事をしてもらう、一箇所だけ鍵を開けておいてもらう、一分間だけモニターを切っていてもらう。そういう小さな協力を自分のために取り付け、ある朝、彼は生徒と職員を合わせ、実に三十八人もの協力を細かいタイムテーブルで繫ぎ合わせ、易々と運送用トラックに乗り込んだ。

タダノの「何か嫌な胸騒ぎがした」という悪魔的な勘が働いていなかったら、彼はそのまま脱走に成功していただろうと言われている。

「いい加減、現実的に考えようぜ」

そんな時、いつも不満そうに言い出すのはナガオカだ。

彼は、シマバラが実質的なリーダーであることを、どこかで不満に思っている節がある。本当は、自分が主導権を握りたいのだ。確かに彼は、大柄でビシッとしていて、くっきりした眉に強い意志を覗かせ、堂々と理詰めで攻めてくるところはいかにもリーダー然としている。小さい時から、周囲に子分がいて、命令することに慣れているタイプだ。実際、彼には出身地区が同じというユザワがいつも下僕のように付き添っている。

だが、ナガオカには、どこか他人を完全には受け入れない偏狭さがあった。それだけ自尊心が強いともいえる。その点、一見茫洋としているようでいて、一緒にいると安心感を与え、人間的な大きさを感じさせるシマバラに備わったリーダーシップの方に、クラス内での信望が厚いのは当然と思われた。そのことがまた、ナガオカには密かに気に入らないようである。

「全員が脱出するには、現実問題として、どうしても多少の犠牲はやむを得ないと思う。

トンネルも確実だと思うが、発見されればいっぺんにたくさんの時間と労力が無駄になってしまう。トワダはかなりの致死量の毒薬を用意できる。ここは、職員を倒して、一気に立ち上がるしかない。その方が当局に対するインパクトもあるし、俺たちの名も上がる」

どうしても尖鋭的になるナガオカの言葉に、シマバラはかりかりと頭を掻く。

「ナガオカよう、やっぱり暴力に暴力はヤバイぜ。それに、日本の大衆は、なんのかんのいっても暴力に抵抗がある。いっとき名を上げても、職員を殺したりしたら、あいつらは当局に味方すると思う。そんなことになったら、当局に、社会の秩序のために管理を強化するという、格好の口実を与えるだけだぜ。いったんそんな風潮ができてしまったら、俺たちだけでなく、これから脱走する連中にも、後々まで悪影響を及ぼす。大東京学園が暴力的なところだっていうのは薄々みんな知ってる。それに暴力以外の手で抵抗するからこそ、脱走者は英雄になれるんだぜ」

のらりくらりと説得するシマバラの言葉に、ナガオカは返す言葉がない。

こんなやりとりを目を丸くして聞き入っているアキラに、いつもニッと笑って励ますような視線を向けてくるのはウツノミヤとオグラだ。入学した時に顔を合わせているだけあって、アキラはこの二人には親しみを覚えていた。彼らがまだ新宿クラスに入ってから半年足らずというところにも、新参者であるアキラには近しいものを感じさせた。

ウツノミヤとオグラはいつも無口でニコニコしているが、実に強固な脱走の意志を持っていた。かつてウツノミヤにはオグラともう一人、親しくしていた友人がいて、三人で卒業を目指していたが、試験の最中に友人が、職員の不手際で虫けらのようにあっけなく死んでしまった。それでも、誰の責任にもならず、彼を助けようとし、抗議したウツノミヤとオグラは厳罰を受け、観覧車送りになってしまったのである。以来、二人は脱走予備軍の急先鋒として積極的に新宿クラスに入ってきたのだった。

新宿クラスのメンバーは、実に多彩だった。

テンドウという、眼鏡を掛けた物静かな男はいつも図面や地図をじっと見つめている。彼は写真のようにそれらを暗記できるのだ。職員が使う証明書や、学園内でやりとりされる書類も、一目で覚えてしまう。彼の記憶を頼りに、手先の器用なイワクニが数々の書類を偽造しているのだ。

ハママツという男は、いつも角刈りにした頭にねじり鉢巻をして、凧を作っている。身体の柔らかさ、身軽さは驚異的で、大東京タワーに上っててっぺんから凧を飛ばせば、楽に外まで飛べるはずだという確信を持っていた。

オワセという男はいつも寝ている。彼もトンネル掘りのスペシャリストで、イワキと一緒にトンネルに入り、いったん目を覚ますと凄まじい馬力を発揮した。土の処分を得意としており、至って単純な男である。身体を動かしていないと、反射的に眠ってしまうのだという。

　徐々に彼らと多くの時間を過ごすようになるにつれて、少しずつそれぞれの性格が分かってきたし、彼らもアキラを頼るようになっていたものの、まだアキラは自分がお客さんであるという感覚は拭《ぬぐ》えなかった。新宿クラスに入っていないからこそ、彼は新宿クラスにとって価値があるということは承知していたが、自分がどっちつかずの宙ぶらりんのポジションにいることに、孤独を覚えていたことも事実である。

　俺はどうなんだろう？

　アキラは、木材を運びながら考える。

　俺も脱走したいのかな？　それとも、何食わぬ顔をしてこのまま普通に学園生活を送り、卒業を目指しながら、密かに彼らの脱走を助けることで満足すべきなんだろうか？

「シマバラはどうして脱走したいの？」

　ある晩、一緒にトンネルの支柱を作りながら、アキラは尋ねた。

　シマバラは不意を突かれたような表情になる。

「どうしてって――どうしてかな。こいつは驚いた、今更そんなこと深く考えてなかったな」

　彼は苦笑した。

　ふと、真顔になると、淡々と話し始めた。

「俺とイワクニは家も近所で、小さい頃から何をするにもライバルだった。入試だって、とにかく突破することが目標だった。あいつにだけは負けるもんか、大東京学園に受かることで、どちらが優れているか実力を証明してみせる。二人ともそんなことしか考えてなかったのさ。だが、卒業総代を目指すってことになって、ハタと、自分たちは大人しく誰かの言いなりになることにはちっとも向いていないってことに気付いた。たぶん、俺たちは馬鹿なんだよ。たとえ前世紀に生まれていても、何か目の前にあるものに楯突《たてつ》いていただろう。それが規則とか制服とか、もっとくだらないものだったかもしれないが。とにかく、俺は大きなものに楯突くのが好きなのさ。それが自分の存在意義だと思ってる。もしかすると、俺はこの大東京学園に感謝してるんじゃないかって、時々思う時がある。そういう意味では、俺はタダノに劣らず、誰よりもここを愛しているのかもしれないな」

アキラがきょとんとしているのを見て、シマバラはもう一度自嘲気味に笑った。

「いや、くだらん話をした。まあ、とにかく脱走歴十一回となると明るい未来は残されていないからな。もう俺には脱走しか残されてないんだよ。地雷処理で一生を終えるなんて真っ平《まびら》だからなあ」

その時のアキラには、まだシマバラの言葉の意味はよく分からなかった。

しかし、彼の運命を変えることになる夜を迎えたのち、シマバラの言葉を理解できる時が来ることも、まだ知らなかったのだ。

第十二章　太陽は夜も輝く

「アングラ」には、月に一度「お誕生会」というものがある。

要は、単なる乱痴気騒ぎの宴会なのだが、お祝いごとなどめったにない大東京学園ではなかなか貴重な行事なのだ。別に、誕生月に該当する生徒が何かを貰えるわけではない。物資の乏しい「アングラ」では、せいぜい万歳をした後で胴上げされる程度だ（むろん、評判の悪い生徒はそのまま落下するケースも多々ある）。

徐々に東京も蒸し暑くなってきて、梅雨入りの近いことを感じさせていた。

物資の調達に時間を費やしていたアキラも、些か息切れしたのか、今日は大人しく「アングラ」の片隅にある「学生街の喫茶店」に入り、奥の席に腰掛けて代用コーヒーを注文した。

店主は「地底人」であり、元々は「食料増産の会」の初代部長だったということだ。

肩までの長髪に人魂《ひとだま》みたいな模様のついた色付きの鉢巻をして、サングラスを掛けている。名前はよく知らないが、「マスターと呼んでくれ」と言うので、「マスター」で通している。

れすか　くりーむそーだ　なぽりたん　もーにんぐ　ふらっぺ　なたでここ

アキラは、白いギターや鼻のない黄色い顔や、「白馬」と書いた三角の布の飾ってある壁にあるお品書きを見る。いつもそのよく分からない名前を見る度に、一度頼んでみようと思うのだが、融通できる裏ポイントが物資調達を始めてからますます限られてきてしまったので、やはり一番安いコーヒーを頼んでしまうのだ。どれもよく分からないが、特に最後の食べ物は全く想像もできなかった。それとも、「鉈でここを割れ」とか「切れ」という、何かの指示の省略なのだろうか。

何やら外ではさっきから生徒たちが右往左往して走り回っている。

ただでさえ、あちこちから誕生月の生徒を胴上げする歓声でうるさいのに、なんだろう、この騒ぎ。

「――行ったか？」

おもむろに、背中に声を掛けられたのでアキラはぎょっとした。

振り返ると、カウンターの陰からシゲルが顔を出していた。

「シゲル。何やってんだ、そんなとこで」

「シッ。こっち見るなよ。俺、今月、誕生月なんだ。もう、連中、うるさいのなんの。あいつらに胴上げなんかされてたまるか」

シゲルは心底迷惑そうな顔で、きょろきょろ周囲を見回した。

なるほど。それで、さっきからみんなが血眼で捜してるのか。

シゲルはそっとカウンターから出て外に背を向けるようにアキラの向かいに座った。

「マスター、恩に着るよ」

「なに。体制には抵抗しなくっちゃな。ラブアンドピース」

マスターはVサインを出すと、意味不明な言葉を呟く。

「そっか。シゲル、誕生月か。おめでとう」

「めでたくもないよ」

シゲルはそっけなく顔を背けた。この愛想のなさは相変わらずだが、こうして向かい合ってすぐ近くで顔を見るのは久しぶりのような気がした。

アキラは、一瞬自分が遠いところに来てしまったような気がして、ちょっと淋しくなった。それを打ち消すように明るく言う。

「よし、俺、ポイントに不自由してるけど、コーヒーくらいはご馳走するぞ」

アキラがマスターに注文しようとすると、シゲルはそれを制し、壁のお品書きを見た。

「いいよ、俺、自分で注文する。前から一度食ってみたかったんだ、『なたでここ』。

マスター、『なたでここ』一つ。これいったい何？」

「前世紀に流行ったお菓子らしい。いろいろ文献を読んで再現を試みたんだが」

「シゲル、一口食わせてくれよ」

「うん」

運ばれてきたものを、二人で覗き込む。湯飲みに豆乳が入っているように見える。

「なんだこりゃ」

「何か入ってるみたいだぜ」

二人は交互にスプーンをつつき、味見した。

「――ねえ、マスター、これって、俺の味覚に間違いがなければ蒟蒻《こんにゃく》だと思うんだけど」

シゲルが控えめに言った。

「というか、どう食べてもこりゃあ蒟蒻だよなあ」

アキラが同意した。マスターはのんびりと頷く。

「うむ、当時の食感を再現するとそれが一番近いらしいんだよね」

「――でも、やっぱり甘い豆乳とは味があまり合わないような気がする」

「だから、メニューの最後に書いてあるんだよ。あまりお勧めじゃないんでね」

「――先にそれを聞いとくんだった」

「くそ。せっかくの裏ポイントが」

それでも、もったいないので、結局最後まで食べてしまう。

「忙しそうだな、アキラ」

シゲルがぽつんと言った。

アキラはぎくりとして、思わずシゲルの顔を見た。シゲルは無表情なので、その言葉に何か深い意味があるのかどうか読み取れない。

「え？　そんなことないよ」

「だって、しょっちゅう木材持って歩いてるじゃないか。あんなボロっちい木材なんか使わないで、台座だけでもきちんと作ったらどうだ。どこかでマットレスが放置してあるの見たぜ。古い木材なんか、試合中に割れたら危ないじゃないか」

アキラはますます焦った。やはりシゲルはよく見ている。

必死に動揺を見破られまいと努力した。

「大丈夫。わざとさ。割れやすくしとくと、試合が派手になってお客が喜ぶんだよ」

「それは分かるけどさ。ショーアップもいいけど、腐った木を甘く見るなよ。刺さると意外と後始末が大変だからな。破傷風《はしょうふう》は怖いぞ」

「うん、気を付けるよ」

アキラは神妙に頭を下げた。なんだかシゲルを騙しているようで心苦しい。

ふと、辺りが暗くなり、ピーピーと口笛が飛んだ。

「なんだ、あれ」

「アタミだ。あいつも今月誕生月らしい」

二人は、喫茶店の出窓から、ステージの上でにこやかに手を振っているアタミを見た。

「アングラ」の相当な人数がステージの前に集まっているらしい。

「芸せえー、ゲイっ」

舞台の下から遠慮のない声が飛び、どっと客席が湧いた。

「あらあ、それってあたしに対するあてつけ？　それとも下手な駄洒落《だじゃれ》かしら？　ちっとばかり品がないわねえ」

舞台の上のアタミが腕組みをして妖艶に笑ってみせる。彼はとても声が通るし、舞台度胸も抜群だ。

「皆さん、今日はあたしのためにありがと」

おまえのためだけじゃないぞー、という声が上がる。

「あらそうだったわね。ハッピバースデーミスタプレジデント」

色っぽい声で歌うアタミ。ほとんど外国人の女と錯覚してしまう声だ。やんやの喝采。

アキラは感心した。

「アタミって器用だなあ」

「あいつの家って、日本舞踊やってるめちゃめちゃ古いうちなんだって。ばあさんが人間国宝だと言ってたぞ。アタミって、そこの跡取《あととり》の一人らしい」

「ええっ？　それなのに、なんでこんなところに来てるんだ？」

「さあね」

　退廃文化狩りから生き残ったのは、文楽や能などのいわゆる伝統芸能だった。今では、数少ない政府の保護を受けている分野である。日本舞踊もその中に入っていたはずだ。

「ふふん。じゃあちょっとばかり、モノホンのアングラをお目に掛けようかしら。知らざあ語って聞かせましょう、てなところね。残念、ここでうちのじいさんの三味《シャミ》があればねえ。ま、仕方ないか」

　アタミはひょいと美しい手さばきで大きな扇を広げた。自分で作ったものなのだろう。スポットライトに渋い紫色が映えて、鮮やかだ。みんながおおっと叫ぶ。

　アタミは客席から飛んできた古いビロードの暗幕を片手でつかむと、ひょいと羽織《はお》った。

　扇を構え、腰を落としてピタリと止まった立ち姿が艶《あで》やかで、とても大きく見える。

「うわあ。さすがだなあ」

　アキラとシゲルは目を見開いて感嘆の声を上げた。

　アキラも格闘家の端くれだから、アタミの立ち姿が、継承された型を長年学んで、厳しい鍛錬を積み重ねた上での結晶であると理解できた。

アタミはさらりと踊り始めた。指先まで神経の行き届いた流れるような動き、どこまでもリラックスして柔らかいのに、ぴしりと筋が一本通った潔さ。生徒たちは、誰もが魅入られたようにステージを囲んでいる。

どこからか音楽が聞こえてきそうだ。まるで、見ているこっちの身体まで、柔らかいベールに包まれているみたい。

この世のものとも思われぬ、小さな闇の中の不思議な時間。

アキラは、踊っているアタミを、美しい、と素直に思った。そして、自分がいかに、美しいもの、役には立たない、意味のないものに飢えていたかに気が付いた。

アタミは踊るのを止めると観客に向かって微笑みかけた。

「あたしは夜が好き。夜がだぁい好き。こうして、みんなに会えて、いかがわしい企《たくら》みを胸に秘めて、ちらちら視線を交わしていると、生きているって感じがするわ。こんな無粋な時代だけど、それでも夜は、昼間のかさかさ干上がった日常を覆い隠してくれる。今宵は、そんな素敵な夜をテーマに幾つか演じてみようかしら」

誰もが彼の話に聞き入っている。

「今じゃあ退廃文化の一つと見なされちゃった、十八禁モノの『源氏物語』というお話があります」

アタミはひらりと扇を翻《ひるがえ》した。

「そりゃそうね、乱交に幼児虐待、近親相姦に親子丼、なんでもありだもの。だけど、本来日本はそういう国。八百万《やおよろず》の神様がいて、なんでもありの国だったのに、今の日本じゃ神様の寄合だって閑古鳥が鳴いててよ。なんて淋しいこと。宝船だって、恵比寿さまだけが船底にぽつねんと座ってたって、貧乏くさくってしょうがないでしょうに」

アタミは肩をすくめてみせた。

「さて、その『源氏物語』の中でも特に有名なお話がございます。主人公は絶世の美男子、光。一夫多妻の中心人物。その彼の、プライドの高い年上の恋人が、彼の妻のところに生霊となって現れ、彼女を殺してしまうというオカルト話。それを、昭和のマッチョな、鏡だらけの建物で割腹自殺を遂げた人気作家がアレンジしたのがこれ。場所は夜の病院、病床の妻を見舞う色男に、妻の面倒を見る看護婦は言います」

一瞬、自分の顔を扇で隠し、次に外した時には、一途で清純な、熱っぽい目をした若い娘がそこに立っていた。

ごらんなさいまし、灯のついている家はもうほとんどありません。街燈の列がくっきり二筋に並んで見えるだけですわ。今は愛の時刻ですわね、愛し合って、戦い合って、憎み合って、昼間の戦争が済むと、夜の戦争が始まります。もっと血みどろな、もっと我を忘れる戦いですわ。開戦を告げ知らせる夜の喇叭《らっぱ》が鳴りひびく。女は血を流し、死に、また何度も生き返る。そこではいつも、生きる前に、一度死ななければならないんです。戦う男も女も、その武器の上に黒い喪章を飾っています。かれらの旗はどれも真白なんです。でもその旗は、ふみにじられ、皺くちゃにされ、ときには血に染まります。鼓手が太鼓を打ち鳴らしています。心臓の太鼓を。名誉と汚辱の太鼓を。死んでゆく人たちは、何てやさしい息づかいをするんでしょう。何てあの人たちは、自分の傷を、口を開けた致命傷を、誇らしげに見せびらかして死んで行くんでしょう。ある男は泥濘《でいねい》の中に顔を伏せて、死んで行きます。恥があの人たちの勲章なんです。ごらんなさい、灯が見えないのも当然ですわ。ずっと向うまで立ち並んでいるのは、あれは家じゃなくて、お墓ばかりなんですわ。それも決して月の光が、御影石《みかげいし》のおもてをきらきら光らせたりすることのない、汚れた、すっかり朽ち掛かったお墓なんです。

全く淀みなく台詞《せりふ》を終え、アタミは一息ついた。次に目を開ける時には、いつもの彼に戻っている。

「すると、真夜中の廊下を、贅沢な着物を身にまとい、黒い手袋をした美しい生霊がやってきて、色男に訴えます」

更にもう一度、顔の前で扇を翻すと、そこには妖気すら漂わせた年増女がこちらを睨みつけている。


この手袋がおきらいだったら脱ぎますわ。お安い御用よ。

あたくしはとにかく用事があるの。大事な、是非とも果たさなければならない用が。それだから、こんな夜中に、御苦労様に、こんなにとびまわっているんだわ。夜中――もう一時すぎね。夜は昼間とちがって、体が自由なの。人間も、物質も、みんな眠っているんですもの。この壁も、簞笥《たんす》も、窓硝子も、ドアも、みんな眠っているの。眠っていて、みんな隙間だらけなの。そのあいだをとおるのは造作もないのよ。壁をとおるときは、壁にも気づかれずに。夜って何だと思って？　夜というのは、みんなが仲好くなる時なのよ。昼間は日向《ひなた》と影が戦っている。ところが、夜になると、家の中の夜と、家の外の夜とは手を握っているの。それはおんなじものなの。夜の空気は共謀しているんだわ。憎しみは愛と。苦しみは喜びと。何もかもが、夜の空気の中で手を握るの。人殺しは、暗がりのなかでは、自分の殺した女に親しみを感じる筈だわ。

（笑う）

次々と、舞台の上に違う女が現れては消えるところは、手品でも見ているようだ。

みんなが紅潮した顔で拍手をしていると、アタミは軽く会釈をして口を開いた。

「ね、誰もが夜を愛してるってわけよ。秘密と、後ろめたさと、多少の共犯者意識を持って、ね。あたしたちと同じじゃない？　そう思うでしょ――はい、更にこの四十年ばかり後。このマッチョな作家の衣鉢《いはつ》を継ぐ男が、ある著名な探偵小説作家の、腕に刺青をした女盗賊の話をアレンジして書いた話では、こんな台詞が」

くるりと身体を一回転させると、たちまち、蓮《はす》っ葉《ぱ》なのに豪奢《ごうしゃ》な女が舞台に現れた。


人間は昔から、輝くものが好き。

昼の光が好き。昼の太陽が好き。でも、夜空に輝く星の光が、もっと好き。

ここが私の美術館。そしてこれが、あなたのお父様からいただいたエジプトの星――

素晴らしい輝きだわ、エジプトの星。

熱い砂の国。永遠に曇らない青空の頂きで輝き続ける太陽は美しいのかしら？

きっと、つらいだけね。

永遠に輝き続けて、人の手には入らない太陽。それを望もうとする者の体を灼き尽くして、それを見続ける者の目に真昼の暗黒をもたらしてしまう太陽。

だから、夜はやさしいの。

熱く悩ましい夜が、雪のような砂漠の上に、海のように広がっているの。

熱いものがほしいの。

胸の中の赤い血をドキドキさせるものがほしいんだよ。雪の中に落ちた血の一滴が、
真っ白な泡雪を溶かすように——

そんな美しい情熱がほしいんだよ。

どこへ行こう?

白い雪の降る、北の国がいいね。

北の国の、真っ赤なルビー。

エルミタージュの秘宝庫の奥に、赤くて大きなロマノフのルビーがある。それをもらいに行こうかね。

そうしよう。それがいい。たった一つでもいい。

このあたしの、生きて動いている真っ赤な心臓と同じだけの熱さを持つ、宝物がほしいんだ。

北へ行こうよ。

生きる情熱がほしくなって、いやでも熱い血潮がドクドクと疼《うず》き始める北へ行こうよ。

ここは、もう寒すぎるからね。

「――とまあ、こんなところかしらね。これ以上は、木戸銭《きどせん》頂くわよ」

女はたちまち消えうせた。

みんなの知っているアタミが、舞台の上で優雅に顔を扇《あお》いでいる。

一瞬の間を置いて、割れんばかりの拍手喝采。みんなが足を踏み鳴らして興奮している。

アタミは優雅にお辞儀をして、女王のように観客に応える。

「すげえなあ。本当に、何人も別の女がいるみたいだった」

夢中になって拍手をしながら、アキラは感嘆の溜息をついた。

「うん。凄い。馬鹿だな、あいつ。こんなところを卒業するよりかよっぽど凄いのにな」

シゲルがまた、あの暗い口調で呟いた。

「最高！」

その時、アキラは以前聞いたことのある甲高い声を聞いた。

その声は心に引っ掛かった。

女の子？

アキラは声のした方に顔を上げた。

遠くにある、白い顔がパッと目に入る。以前、アカサカがいた天井近くのブースの中に、その顔はあった。学生服を着て、拍手をしている。

あれ？　やっぱ、うちの生徒？　だが、あの顔はどこかで――

その少年は、誰かが自分を見ていることに気付いたらしかった。

興奮していた表情がパッと曇ると、慌てて奥に引っ込む。

「あれ」

アキラは反射的に席を立っていた。

「アキラ？」

「すぐ戻る」

シゲルの声を背中に聞いて、外に飛び出したアキラだが、そこではもう興奮した生徒たちが歌い踊っている。「キャンプファイヤー」が始まっているのだ。物悲しい音楽のメロディーが流れ、薄暗い「アングラ」は異様な熱気に包まれていた。

かつては「ユースホステル」という若者の秘密結社があって、それの夜の儀式が「キャンプファイヤー」だったそうだ。本当は大きなかがり火を焚《た》いて、その周りで歌ったり踊ったり懺悔《ざんげ》したり総括したりするものらしいが、それが簡略化されて全国の学校に伝播《でんぱ》していったという。

その人ごみの中を歩いていると、アキラは郷里の夏祭りの群集の中を歩いているような気がした。ゆっくりと日が暮れる黄昏《たそがれ》のひととき。ささやかな夜店が並び、浴衣を着た子供がヨーヨーをつき、綿飴《わたあめ》をねだる。気ままにそぞろ歩きをしていると、いつのまにか、もういないはずの懐かしい人とすれ違っていることに気付く――

アキラは人ごみを押しのけ、必死にあのブースを目指した。しかし、押し合いへしあいしているので、ようやくブースの下に辿り着いた時には、中は空っぽだった。

いない。でも、確かに見た。あの顔はどこで？

アキラはセピア色をした生徒たちの顔を見回す。どれもが知っている顔に見え、それでいてどれもが知らない顔に見えた。

「なにボーっとつったってんのよ、アキラ。飲みましょ」

ぽんと肩を叩いたのはアタミとカゴシマだった。結構この二人は仲がいい。考えてみれば、型と技を必要とするのはどっちも同じだし。

「シゲルは？」

「学生街の喫茶店にいるよ」

三人で喫茶店に戻り、アタミがどこからか仕入れてきた「アングラ」で「地底人」が醸造している地ビール、「大東京ビール」で、誕生月のアタミとシゲルに乾杯する。味にムラがあって酸っぱいところが玉に瑕《きず》だが、おかげでそんなにたくさんは飲めない。手製のラベルには、ちゃんと大東京タワーと国会議事堂講堂と観覧車が描いてあるところがおかしい。

「アタミ、凄かった。俺、感動しちゃった。芝居なんて全然興味なかったのに」

アキラは興奮した声でアタミに言った。アタミは声を出さずに小さく笑う。

「どうして高校入ったの？　日本舞踊は、政府に保護されてるでしょう？　跡を継ぐんなら、高校なんて行かなくてもいいじゃないか。ここで怪我したりしたら、踊れなくなっちゃうよ」

アキラが不思議そうに尋ねると、アタミは益々《ますます》苦笑した。

「駄目なのよ、もう伝統芸能なんか、完全に死んでるわ」

「なんで？　国連からも支持されてるじゃん」

シゲルが尋ねる。

アタミは思いっきり顔をしかめて首を振った。

「駄目駄目、国連なんて。そもそも、まがいものや亜流がたくさんあってこその伝統芸能だもの。あんな去勢されたような客ばっかでどうしろっていうのよ。あたしたちを育ててくれる客は、国連にも文部省にもいやしないわ。もっと早く気付くべきだったのよ――次々生まれるサブカルチャーがひしめきあっていてこそ、頑《かたく》なに一つの型を守っていくことに意義がある。よその演目と、必死にお客さんの獲得競争をするからこそ、みんな厳しくて流れの速い時代を乗り越えてこられたんだってことをね。だって、伝統芸能ったって、最初は夜這《よば》いの説得のために歌ったとか、ひきこもった神様の気を引くために裸踊りをしたとか、しょせんは人間臭いそういうところから始まってんのよ。それが、長いことやってくうちに、他のサブカルチャーを貪欲《どんよく》に飲み込んででかくなって、多くの人に支持される道筋ができたからこそ、カルチャーに昇格したんだもの。その時その時の、時代の刹那的な人間の営みを吸収しないと、しょせん人間の演じる芸能なんて生き延びていけないのよ。蓮の花だって、泥の中から綺麗な花を咲かすでしょ。菩薩《ぼさつ》だって、救済する大衆がいなけりゃ、何の存在の意味もないわ」

アタミはビールを飲んだが、更に顔をしかめ、噛み付きそうな目でボトルを睨んだ。

「ちょっと、何これ。今日はまた一段と酸っぱいわね。工場長のおしっこ混ぜてるんじゃない？」

「高校を出たら、うちを継ぐの？」

アキラが尋ねると、アタミは頷いた。

「たぶんね。あたし、この無粋な今の日本は許しがたいけど、まさにどん底の泥の中よ。救済すべき大衆がこれほど多い時代もないから、逆に舞踏家としてはチャンスかもしれない。あたしはいかがわしいギラギラした踊りで、この辛気《しんき》臭い日本をもう一度淫《みだ》らな国にしてみせるわよ」

アタミは、どうやら少し酔っているらしい。

アキラは少し彼が羨ましかった。あんなふうに舞台で軽やかに舞い、ろうろうと台詞を喋ってみせ、日本を淫らな国にすると言い切れる彼が。

「あんたたちも、卒業したら呼んであげるわよ。あたしの舞台でコラボレーションしましょ。ね、カゴシマ。一緒に興行しましょう」

アタミはカゴシマにウインクした。カゴシマは、ハハハと豪快に笑う。

「いいねえ。客が呼べるぜ」

「そうよ、己の肉体と、お客と格闘するってことじゃ、あたしたち同じでしょ」

「なんだろなあ、名前は。やっぱ興行には名前を付けないと。格闘舞踊？」

「ちょっと硬いわねえ。もう少しロマンチックなのない？」

「筋肉ショー」

「大昔に『額縁ショー』ってのがあったって話は聞いたことがあるけど、なんか別のものを想像しそうねえ。ストリップじゃないんだからさあ」

「じゃあ、筋肉舞台ってのはどうだ。筋肉番組ってのもありかな」

泡を飛ばし、ほろ酔い顔でアイデアを出し合う二人が眩しい。

二人は自分の未来を知っている。だが、俺はどうだろう？

アキラは、胸の中にどんよりとした重いものが溜まってくるのを感じる。

俺はどうしたいんだろう？　俺はどうなるんだろう？　このままシマバラたちを手伝

い続けていいんだろうか？　それとも、家族のために、自分の未来を卒業後に探すほうが正しいのではないか？

不意に二人が遠く見えた。

物資調達を続けていた日々が、じわじわと重くのしかかってくる。自分はとんでもない道に足を踏み入れてしまったのではないだろうか。もしかして、引き返すべきなのだろうか。後悔と不安が、どす黒く胸を塗りつぶす。

息もできないような恐怖が自分の中に押し寄せるのを、アキラはじっと耐えていた。思い出したように、湯飲みの中の「大東京ビール」を飲み干す。つんと鼻を刺す苦味が、いつにもましてほろ苦かった。

「あらっ、『マイムマイム』よ。あたしたちも踊りましょ。ホラ、アキラもシゲルも」

流れてくる曲に、アタミが歓声を上げ、両手を広げて立ち上がった。

どこか淋しく、焦燥を募らせる音楽を聴きながら、アキラはみんなと腕を組んで群集に入っていく。

セピア色の郷愁、セピア色の後悔。

そして、彼は、さっきから自分をじっと観察しているシゲルの目の奥にあるものに、最後まで気が付くことはなかった。

第十三章　恐怖の報酬

闇の奥にぼんやりと鈍い明かりが点っている。

かすかに流れてくる音楽と、規則正しい作業音。

ここは、深夜のトンネルである。相当に暗く、目が慣れないとそこがトンネルであることすらもよく分からない。

トンネルの奥でスコップとつるはしを振るっている二人の少年を、お互いのヘルメットに付けたオレンジ色の照明が反射しあって映し出している。

イワキとオワセ、二人の新宿クラスの少年。息はぴったりで、まるで自動人形の動きを見ているかのようだ。イワキはまさにモグラのごとく見事な筋肉を駆使してどんどん掘り進めていくし、オワセはイワキの足元に溜まっていく土砂を、彼の作業の邪魔にならないように黙々と集めて運び出していく。とうてい二人きりの作業とは思えないほど、みるみるトンネルは掘り進められていった。

「よし、休憩だ」

イワキが呟くと、即座に二人は休息の体勢を取る。つかのまの休息。ビニールに包んだ小さなラジオから、「アングラ」で流されている「一晩中日本」のDJ（もちろんアカサカ）の声が聞こえてくる。

オワセは休む時も腰を降ろさないようにしている。腰を降ろすと眠ってしまうからだ。難しいことはよく分からないが、彼は睡眠障害の一種で、本人の意思と関わらず突如睡魔が襲ってくるのだという。肉体労働をしている時は筋肉に意識を集中しているので起きていられるが、身体が休んでしまうと眠りこけてしまう。もっとも、起こされればすぐに起きるのだが。音楽を流していると、かろうじて眠気を避けられるという。一番効果があるのは、「メリーさんの羊」という童謡らしく、眠りそうな時は自分でも歌っている。イワキは「ながら」作業があまり気に入らないのだが、もし落盤があった場合、ラジオが鳴っていれば自分たちの居場所が分かるかもしれないという理由でラジオを許していた。

「どうだろうな、このトンネル。見込みあるかな」

オワセは支柱を立てた天井を見上げて呟いた。

「今のところはな。俺の予想だと、もうすぐ田町辺りなんだが」

イワキが低く答える。

彼らは、「山手線」に沿ってずっと地下を掘り進めていた。

元々、大東京学園の地下には、かつての東京時代の地下施設がごっそり埋もれている。ほとんど埋め立てられているのだが、完全に埋めきれなかったのだろう。電話会社や上下水道、地下鉄や地下道の名残があちこちに僅かに残っているのだ。そういう施設を捜し、中継地点にしながら、彼らはトンネルを掘る。でなければ、単純にトンネルだけで橋のたもとまで掘り進むには相当な距離があり、作業に限界があったからだ。しかし、運良く地下鉄のトンネルが見つかっても、長期に亘って放置された場所であるだけに危険は大きかった。有毒ガスが溜まっていたりするのはもちろん、崩落や出水の危険も大きい。過去の新宿クラスでは、数名がトンネル掘りの途中で生き埋めになって死亡していた。

トンネル掘りのエキスパートである彼らは、有望なルートを見つけ出すのが最大の任務とされていた。使えるトンネルを見つけ出し、コースを考える。彼らが有望と見なしたトンネルを、今度は他のメンバーも参加して掘る。そのようにして幾つものトンネルを作ってきた。もちろん、当局もトンネルには神経を尖らせているので、いざという時のために見つかりやすいようにダミーのトンネルも作ってある。見つかったトンネルはたちまち破壊され、埋め立てられてしまう。

ここ数ヶ月、彼らが熱心に掘っているのは、山手線の地下に沿って進むトンネルだ。山手線は、昔から位置が変わっていないらしく、昔の地下施設が残っている。実際に現在も使われている職員用のトンネルがあって、二人はそれに並行して自分たちのトンネルを掘ることを考えたのだ。なにしろ、実際に線路が走っているので、音を出しても目立たないし、安全性が高い。そこで、新宿クラスの地下からスタートして、内回りに沿ってじわじわと掘り進め、ようやく田町駅に当たる部分まで到達したというわけなのだ。

「問題はこれからだな。東京近くになると、地下に巨大な『アングラ』がある。『アングラ』を避けて掘るには限界があるし、無計画に広げられてるから、あの辺、地盤がかなり弱ってると思うんだよな」

イワキは呟いた。

「あとどれくらいかな、橋の下まで出るには」

オワセは天井を見上げる。

「浜松町、新橋、有楽町。今までみたいなスピードでは無理だろう」

「少なくとも、土を捨てる場所には不自由しないな。この辺りは大規模に埋め立てられたところだから、その時埋めきれなかった空間がいっぱい残ってる」

「だが、その分危険も高いぜ。全く信じらんないよなあ。同じところに三つも重なって地下鉄が通ってたところもあるってんだから」

「昔は津軽海峡の下にもトンネルがあったんだぜ。電車が通れて、青森から二十分で渡れたんだって。夢みたいな話だ。ドーバー海峡のトンネルを掘ったのも日本人だったっていうじゃないか。いいなあ、俺も掘りたかったなあ。両側から長い歳月をかけて掘り進んでいって、ついに対面する日がくるんだ。最後の発破《はっぱ》をかけて、とうとう壁が崩れて、二本のトンネルが一本になる。風がサアッとトンネルを通り抜けて、男たちの歓声が上がる。そんな現場にいられたら、どんなに感動するだろうなあ」

オワセはうっとりとした顔になる。ごつい身体つきをしていても、こんな時はあどけない少年だ。

イワキは小さく溜息をつき、立ち上がると尻をはたいた。

「ここから出たら、二人で掘りまくって、また世界中の大陸をトンネルで繋げてやろうぜ。でも、今の俺たちのドーバー海峡はここだ。俺は絶対フランスに上陸してみせる。俺たちのDデイは迫ってるぞ」

見ると、もうオワセは眠り込んでいた。イワキは頭を叩く。

「起きろ、オワセっ。眠ったら死ぬぞっ。メーリさんのひつじっ」

ハッとしたオワセが慌てて起き上がる。目をこすりつつ、スコップを握る。

「メーリさんのひつじ、わたれ、わたれ、メーリさんとわたれ、ドーバー海峡」

「メーリさんのひつじ、わたれ、わたれ、メーリさんとわたれ、ドーバー海峡」

些か調子っぱずれな声と共に、再び薄暗がりの中に、つるはしの音が響き始めた。

「クロロホルム？」

「そうだ。医薬品が欲しい」

シマバラとトワダが真面目くさった顔でアキラを見ている。

「薬草から作れる薬には限界がある。職員を確実に気絶させられるエーテル系の薬品が欲しいんだ」

アキラは目をぱちくりさせた。

「いったいそんなのどこにあるんだよ？　いくらなんでも、東京ドームに侵入するのは無理だぜ」

ますますメンバーの要求が高くなり、最近では泥棒の真似事までしてきたアキラは、がっくりとうなだれて溜息をついた。

深夜のトンネル。アキラはかき集めてきた木材を運び込んで、一息ついていたところだった。

「東京ドームでなくとも、医局の倉庫を漁《あさ》ればいいんだ。実は、最近一つ発見をしてね。君に侵入して欲しい場所がある」

シマバラは、大東京学園の地図を取り出した。何年も前から、新宿クラスに伝わり、判明した部分を代々書き足して「アングラ」に隠している、古文書のようなシロモノである。

幾つかの写本まであって、その真偽にも諸説あるらしいが、彼が見ているのは一番新しいとされている地図だった。

かすかな明かりで地図を見下ろしていると、戦国武将か宝捜しをする海賊になったような気分だ。

「直近に職員室のコンピューターに侵入した時、医局の薬品リストを発見したんだ」

トワダが後を引き取って続ける。

「薬品は、分散されて保管されている。そのリストの中に、『T』という場所がしばしば現れるんだ。その場所がどこだかずっと分からなかった」

シマバラが頷く。

「その薬品の種類を見てみると、一部劇薬も含まれていて、日常頻繁に使う薬品ではない。だから、東京ドームの内部には保管されていない。つまり、東京ドームの外だが、そんなに遠い場所ではない。しかし、危険物であることに変わりはないから、管理棟に含まれているところ。その条件から導き出されたのは、ここだ。しかも、東京ドーム本体に比べて警備も薄いと思われる」

シマバラは地図の一点をピタリと指差した。

「『年増園』だ」

月のない夜だった。

しとしとと霧雨が降り始めている。関東地方も梅雨入りしたらしい。

梅雨入りだけは、大昔から変わらないんだな。じいちゃんのところはどうだろう。

アキラは、濡れた髪の感触が徐々に重くなってくるのに比例して、頭の中はどんどん澄み渡っていくような気がした。

漆黒の闇の中にうずくまっていると、石になってしまったようだ。

彼は、もう一時間近くもこうして、お堀のそばの木の根元に丸くなり、動き出す機会を窺っているのだった。

時折、サーチライトが宙を横切り、光の中に雨の粒子がきらきらと輝く。

パトロールをするグリーンキャブが、ゆっくりとチームを組んで空を旋回する。

こうしてみると、やはり大東京学園の警備は相当厳重だった。

さっきから時間を計っているが、パトロールは二十分毎にやってくる。二十分もあれば、「年増園」に泳ぎ着くのはたいしたことないが、まだ辺りが明るすぎる。

十時になれば、今お堀を照らしている照明が半分に落ちるはず。アキラはその瞬間をひたすら待ち侘《わ》びていた。

あと三分。

アキラはじりじりしながら待っていた。

こうしていると、さまざまな感情や、過去の記憶が次々と蘇って身体の中を通り過ぎていく。入学するまでの出来事、入学してからの出来事。最近感じる迷いや焦燥、疎外感や孤独。今、自分が冷たい闇の中でいろいろなことを考えていること自体が、なんだかとても不思議なことに思えてくる。

しかし、彼は、自分の心臓がどきどきしているのは、ただ薬品を盗み出そうとしているからだけではないことに、心のどこかで気付いていた。

あの時、シマバラが「年増園」と言った瞬間に、心臓が大きくどきんと鳴ったのを、強く意識していた。哀しいような、怖いような胸の痛み。

もしかしたら、もしかしたら。

アキラは無意識のうちにそう考えてしまう自分を打ち消そうとしたが、しばらくするとまた、もしかしたら、と考えているのに気付くのだった。

もしかしたら、あの子に会えるかもしれない。

シマバラたちと接触してからというもの、すっかり心の隅に追いやっていた感情だった。

久しぶりに、鮮やかな赤いワンピースが脳裏に蘇る。

まさかね。まさか、こんな時間に外に出てくるはずはない。もし本当にあの子が存在していたとしても、会える可能性なんかないんだ。

アキラは、期待してしまう心を必死に宥めた。会うことができなかった時の落胆が怖いからだ。しかし、それでも心は期待にはちきれそうで、心臓の音は止みそうにない。

その瞬間、パッとお堀を照らす明かりが消え、彼はハッと腰を浮かせた。

自分の顔をぴたぴたと叩き、気を取り直す。余計なことを考えるな。ふらふらしてると見つかるぞ。アキラは大きく深呼吸をした。

よし、時間通りだ。あとは、次のパトロールが哨戒するのをやり過ごすだけだ。

更に、彼はじっと息を殺して、長い時間を待った。

もう耐えられない、と思った時、ようやく、サーチライトとグリーンキャブの震動が、頭上をそっけなくゆっくりと通り過ぎる。

何事もなく、再び辺りがしんとなり、暗く沈んで、やっとアキラは安堵の溜息を漏らした。

と、その瞬間、どこかで誰かの呼吸を聞いたような気がした。

うん？

アキラは反射的に動きを止め、ゆっくりと頭を動かして後ろを振り返った。

暫く気配を窺うが、静かな闇が広がっているだけだ。

気のせいかな？　神経質になってるのかな。

アキラは用心のため、もう少しじっとしていたが、時間もないのでそろそろと動き出した。お堀端《ほりばた》の木の根元に結んでおいた紐を持って、お堀に垂らすと、するすると水面に向かって降りていく。この位置ならば、紐を垂らしたままにしておいても、次のパトロールで見つかることはまずないだろう。後で戻ってきた時に、この紐につかまって登ればいい。

アキラは静かに水面に入り、一直線に「年増園」目指して泳ぎ始めた。ゆっくりとしたクロールと平泳ぎを交互に繰り返し、なるべく波を立てないように努力した。

夜に水泳するのは初めてだな。

まだ冷たい水の中で、冷静さを保っている自分の意識を自覚しながら、ゆったりと泳ぎ続ける。ほとんど飛沫も上がらず、我ながら静かな泳ぎだと思った。このあいだと違って、鯉が出てくる気配がない。鯉も眠っているのだろうか。

難なく「年増園」の岸辺に辿り着き、身体を低くして水から上がる。

その時、再び首の後ろがチクリとした。誰かが見ている。

アキラは後ろを振り返った。

静かな水面。霧雨の降る重い闇。

腕に鳥肌が立っていた。しかし、誰もいない。

まさかね。

アキラは身体をかがめて素早く林の中に入っていった。

ここまでくれば一安心。木陰にかがみこんで、呼吸を整える。

林の中は真っ暗だった。が、奥にぼうっと明かりの点った古い建物が見える。洋館のような、どことなく不気味な石造りの建物だ。

うひゃあ、まるでお化け屋敷だな。

突然、人面犬やハイドロポリスという化け物のことを思い出した。

アキラは、真っ暗なところにたった一人でいることを意識してしまい、思わず身震いする。この林の中に、そんな気持ち悪い化け物が潜んでいたら。

全身に鳥肌が立つ。

忘れろ、忘れろ。そんなものにびびってる場合じゃない。目的のことを考えろ。医局は、あの建物の向こう側のはずだ。

アキラは、必死にシマバラに見せられた地図を思い浮かべた。ここからは見えないが、あの建物を囲むようにして、向こう側にL字形の建物があるのだ。それが倉庫だ。

アキラは、あまりにも足元が見えないので、林の中で目が馴れるのを暫く待った。気味の悪い場所なので、早く動き出したいのだが、焦りは禁物だと自分に言い聞かせる。

夜中にこんなところにいることがバレたら、今度こそ観覧車行きだ。

ようやく足元が少し見えるようになって、アキラはそっと動き出した。石造りの建物に近付き、ひんやりした壁に身を寄せる。この建物づたいに行けば、すぐに医局の倉庫が見えてくるだろう。

やはり、ぼんやりとした明かりが、鉄格子のはまった窓の向こうに見える。まだ起きてる人がいるんだ。いや、人間なのかな？　ひょっとして、動物が閉じ込められているのかも。

がさっ、という音が遠くでした。

全身に電気のようなものが走る。

今の音はなんだ？

アキラは息を殺し、闇の中を見つめた。

何かがいるような気もするし、ただの風の音のような気もする。だが、あの音は、風にしては限定的ではなかったか？　何かの動物が近付いてくる音なのではないか？　もしかして、人間の顔をした巨大な犬が、夜中に腹を空かせて、のこのこやってきた獲物に狙いを定めて今もこちらを見ているのではないか？

アキラは動けなくなった。首筋に冷や汗を感じる。

気のせいだ、気のせい。早く倉庫に行くんだ。とっとと用事を済ませろ。

しかし、身体が動かない。

自分の心臓の音ばかりが聞こえてきて、周囲の気配が分からない。完全にパニックになってしまっている。落ち着け。落ち着け！

歯を食いしばり、ゆっくりと呼吸をする。もう一度辺りを窺い、アキラは力を振り絞って歩き出した。壁に沿って一歩一歩、恐怖と戦いながら進む。

歩いているうちに、ようやく緊張が解けてきた。林の中は静かだし、さっきのは思い過ごしだったと考えられるようになる。

なんだなんだ。あんなに怖がって損した。

動きも軽やかになり、建物の角を曲がる。正面に、コンクリート造りの古い箱のような建物が見えた。

よし、あれだ。警備はないようだ。うまく忍び込めるかな。ドアの鍵はどのタイプだろう。俺がピッキングできるタイプだといいんだが。

彼は、シマバラたちの伝授で、鍵開けまで上達していたのだ。

ポケットの中の道具を確認して、動き出そうとしたその瞬間である。

「アキラ」

あまりにもすぐ後ろで声がしたので、アキラは全身が縮み上がった。

逃げ出そうとすると、誰かが腕をつかむ。

投げ飛ばすか、振り切って逃げるか一瞬迷った。

「俺だよ、分からないのか」

憮然とした声を聞いて、頭の中が真っ白になる。

まさか、この声は。

アキラは振り向いた。


「シゲル」

アキラはまじまじと目の前に立っている人物を見つめた。

そこに立っているのは――暗くてよく見えないが、紛れもない、シゲルである。

しかも、表情は分かりにくいが、どうやら非常に腹を立てているらしい。

「シゲル、おまえ、どうしてこんなところに」

アキラがあんぐりと口を開けて尋ねると、シゲルは怒った声で答えた。

「それはこっちの台詞だよ。おまえこそ、こんなところでいったい何やってるんだ」

「ええと、いや、これは、その」

アキラはしどろもどろになる。いきなり思ってもみなかった人物が現れたので、どう対処していいか分からないのだ。

「おまえ、最近、一人でこそこそ何やってるんだ？」

シゲルは改めて尋ねた。小声ではあるが、有無を言わせぬ口調である。

「何って――」

アキラは口ごもる。

「俺が気付いてないとでも思ってるのか？　ごそごそいろんなもの集めて、どこかに運んでるだろう」

アキラはひやりとした。バレてたのか。

同時に、どこかで嬉しく思っている自分に気が付いた。やっぱり、シゲルだ。俺の変化を分かっていてくれたのだ。

だが、シゲルはいったん口火を切ってしまったら余計に苛立《いらだ》ちを募らせたらしく、ずいっと顔を近づけてくる。

「おまえ、どうしちゃったんだよ。こないだの実力テストも、途中でぼんやりしちゃってさ。いつもの闘志はどこに行ったんだ。クラスが違ってから、俺と目を合わせるのを避けるようになったし、ますます様子がおかしいから、俺、ずっとおまえのこと見張ってたんだ」

「そうだったのか」

アキラは、自分でも、安堵なのか落胆なのか分からない溜息をついた。

シゲルの目がぎらりと光る。

『アングラ』でも時々いなくなるし――最近なんだか思いつめてるようだったから、絶対近々何か行動を起こすだろうと思って張ってたのさ。おまえがああいう顔をすると、たいてい夜中に出て行くから」

「ごめん」

アキラは反射的に謝ってしまった。シゲルが、今夜のような冷たい霧雨の中で、寮を見張っているところを想像したのだ。シゲルは呪詛《じゅそ》の唸り声を上げる。

「ごめん、じゃないよ。俺が付けてきたのも気付かないなんて――カナザワアキラともあろうものが、情けない。俺、ずっとおまえの後ろにいたんだぞ。おまえがお堀に入ったあとも、俺、潜水が得意だから、ずっとすぐ後ろを潜ってきたんだ」

あの気配は、シゲルだったのか。ずっと潜水してきたなんて、五十メートルはあったのに。

アキラは、むしろ感心してしまった。

「凄いなあ、あの距離を潜ってくるなんて」

「ばかっ。感心してる場合かよっ」

シゲルは吐き捨てるように言うと、アキラの両肩をつかんだ。シゲルの握力の強さに、思わずアキラは顔をしかめる。

「あのな、アキラ。おまえの様子見張ってるの、俺だけじゃないぞ」

「え？」

「おまえ、見張られてる。俺もおまえのこと見てて分かった。リュウガサキたちだ。あいつら、おまえが何かしでかすのをじっと待ってる。おまえ、いったい何やってるんだ？　兄貴に関係することか？　まさかおまえ、新宿クラスの連中に関わってるんじゃないだろうな？　もしそうだとすれば、あいつら、兄貴を餌に、おまえを利用しようとしてるんだぞ。そのくらい分かってるんだろうな？」

アキラはぐっと詰まった。

「おい、答えろよ」

口をもごもごさせているアキラの顔を、シゲルは正面から恐ろしい目つきで睨みつけ、肩を揺さぶった。

ひええ、こんな綺麗な顔で睨みつけられたんじゃ、かなわんなあ。

アキラは思わず目をしばしばさせた。

「すまん、シゲル。悪かった」

「悪いと思うなら、今夜という今夜は、これまでに何があったか、洗いざらい説明してもらうぜ」

アキラはハッとした。シゲルは本当に、俺に白状させるつもりなのだ。だが、シゲルは——。

すずらんの花を手にした彼の横顔が頭に浮かんだ。

　思わずアキラは目を逸らした。

「それは無理だ。おまえまで巻き込むわけにはいかないよ」

「なぜだ？　俺にも言えないことなのか？」

　シゲルは、サッと青ざめると、一瞬ひどく傷ついた顔をした。彼のそんな顔を見るのは初めてで、アキラは胸の奥がずきんと痛んだ。必死にシゲルの顔を見ないようにして早口で叫ぶ。

「おまえはちゃんと卒業しなくちゃ。おまえには卒業総代になってほしい。いや、おまえならなれるよ」

「それって、全然返事になってないじゃないか。俺の卒業とどういう関係があるんだよっ」

　シゲルの怒りはますます募るばかりである。説明しても、しなくても、シゲルは傷つくだろうし、自分に裏切られたと思うだろう。アキラは泣きたい気分になった。

「うっるさいわねえ」

　二人の揉み合いは、突然、甲高い（いや、ドスが利いていたというべきか）声で中断された。

アキラとシゲルは凍りついたようになった。

しん、と辺りは静まり返る。

アキラは、一瞬にして、全ての感情が消し飛んでしまった。それは、シゲルも同じだったようである。

アキラとシゲルは、互いの表情をじっと見つめ、自分たちの聞いたものが幻聴でないことを確認すると、そろそろと声のした方に目をやった。

声は、確かに足元から聞こえた。

「何時だと思ってるのよ。読書の邪魔だわ」

アキラとシゲルは、信じられないという表情でゆっくりと足元にかがみこんだ。

更に、はっきりとした声が聞こえてくる。

かすかに漏れてくるオレンジ色の明かり。

草に遮られてはいるが、足元に埋もれるようにして、古い鉄格子の嵌《は》まった窓がある。

明かりは、そこから漏れてきているのだった。

誰かがいる。

ぱたんと本を閉じる音がして、その人物はパッとこちらに顔を向けた。

アキラとシゲルはあまりの驚きに声も出ない。

冬の星のような大きな二つの瞳が、鉄格子越しにこちらをひたと見上げている。

「あんたたち、いったい誰？」

髪の長い少女は、二人を睨みつけ、機嫌の悪い声でそう尋ねた。

第十四章　私はかもめ

観覧車近くのハウスの中、購買部はいつもどおりのにぎわいだった。

まだ梅雨明けはしていないが、時折覗く晴れ間は熱っぽく、夏が近付いてきていることを予感させる。蒸し暑い日が続くせいか、夏用の肌着を買い求める生徒が多いようだ。誰が吊るしたのか、軒先の風鈴がちりん、と涼しげな音を立てた。

購買部ではいろいろなものが売られている。

職員もポイントを稼ぎたいので、日用品や文房具の他に、郷里から取り寄せた菓子や軽食を売ったり、暑くなるとかき氷やラムネやスイカを売ったりする。どちらかといえば、市場の雰囲気に近い。実際、生徒たちがこっそり自分の持ち物を売る、フリーマーケットのコーナーもある。手先の器用な生徒はポイント稼ぎに縫い物をしたり、散髪をしたりする。

この購買部の内側での生徒どうしのポイントのやりとりは、第三者から見てフェアなものに限るという条件付きで許可されていた。この場所以外での生徒どうしのポイント交換は禁止であり、厳しく監視されているため、記録されたポイント交換は全て内容がチェックされ、もしも購買部の外部の端末でやりとりがなされていた場合は、当事者はどちらも経緯を追及され、厳罰を受ける。最低一日の観覧車行きは免れず、所有しているポイントも全て没収される。

だが、当局もなかなか把握しきれないことがある。

例えば、リュウガサキたちが、ポイントを持つ生徒を脅して自分の欲しいものを買わせ、それを取り上げていること。むろん、彼らも面と向かって凄むわけではなく、やんわりと「お願い」するだけだ。相手を追い詰めないよう、同じ人間を続けてカモにしたりもしない。成績のよい生徒を狙って、まんべんなく絞り上げているので、当局からも見えにくく、生徒たちからも不満や告発の声が上がりにくいのだった。

確かに、誰かに見られている。

アキラは、購買部の中をぶらぶらと物色しながら周囲の気配に神経を尖らせていた。

手ぬぐいの束の間から、そっと購買部の中を窺う。賑やかな夕方。

最近、物資の調達にはより慎重になっていた。シゲルの忠告から、特にリュウガサキたちの動向には注意していたし、なるべく目立つ行為は控えていた。

シゲルは、アキラが新宿クラスの連中に関わっていることに感づいていたが、アキラはあくまでしらを切り通した。いざという時、シゲルを巻き込むことだけは避けたいと思っていたからである。シゲルはそれが不満らしかったが、アキラの彼のためを思っての配慮だというのは、一応頭では理解しているようだった。だが、アキラを改心させようと考えていることは明らかで、新宿クラスとの関わりを示すはっきりとした現場を押さえようとしているのが困りものだが、普段はクラスも違うので、なかなか証拠をつかむまでには至っていない。

でも、リュウガサキたちだけじゃない。

アキラは周囲の人々をじっと観察した。

元々、リュウガサキは俺たちのことを目の敵《かたき》にしていたし、このあいだお堀に投げ込まれた時に、そのことは痛いほどよく分かった。今も、俺やシゲルの揚げ足を取ろうと虎視《こし》眈々《たんたん》と機会を狙っていることも承知している。だが、それだけではない。どこかから、そっと誰かが俺を見張っている。シゲルが言っていたのはこのことじゃないようだ。俺の格闘家としての勘を信じるならば、もっとひんやりした、冷徹な目で誰かが俺を観察している。一つではなく、複数のグループの視線を感じる。新宿クラスのシンパもその中に入っているだろう。しかし、それ以外にも、なんというのだろう、もっと高みから誰かに見られているという感じがするのだ。

ピーッ、という鋭い笛の音がして、アキラはハッとした。

周囲の生徒たちも音のした方に向き直っている。見ると、二箇所の出口を、武装した職員が固めていた。

「服装検査だ」

「やばい、抜き打ちだ」

ざわざわと緊張した不安な囁きがさざ波のように湧き起こる。

げっ、まさか購買部で抜き打ち検査があるとは。

アキラは、自分が何かまずいものを持っていないかどうか考えた。

今日は、たいしたものは持っていない。あの子に頼まれた綿棒と餡《あん》パン、これは問題ない。六角レンチが一つ。これも、寮の棚を直すためだと言えば大丈夫だろう。

携帯用のバーコード端末を構えた大勢の職員が、次々と生徒の襟に端末をかざしている。

ピッ、ピッ、という無機質な電子音が、静まり返った購買部に響き渡る。

アキラたちが着ている学生服は、一見ただの黒のサージに見えるが、実はオーダーメイドのハイテク仕様である。重労働にも耐えられるように伸び縮みするストレッチ素材で出来ており、防弾チョッキに匹敵する防護機能も持っている。一着一着に、支給された生徒のＩＤが織り込まれているので、切れっぱしだけでも誰の学生服かが分かるのだ。寝る時以外に学生服を脱ぐことは許されていない。

学生服は、週に一回「クリーニング」される。襟のＩＤの磁気を再生させ、学生服に改造が加えられていないかチェックするためである。襟のＩＤでポイントを一元管理していることを悪用して、他人の学生服を着て買物をしたり授業を受けたりする生徒がいたのだ。

ポイントがマイナスされないように、襟に細工をしてバーコードに反応しないようにするケースもあったそうだ。学生服の機能は年々向上しているので今では不可能だが、裾や袖を詰めたり、穴を開けたりといった行為も罪になる。服装違反は重罪なのである。

ピッ、ピッ、という電子音が重なり合い、徐々にこちらに近付いてくる。服装検査の合図があったら、その場を動かずに両手を前で握って直立不動にしていなければならない。何度も経験しているが、じっと職員の検査を待っているのは嫌なものだ。

わっ、という叫び声がして、誰かが人ごみを掻き分けて逃げていくのが見えた。たちまち周囲は混乱に陥り、職員が麻痺銃を抱えてバラバラとあとを追っていく。

「借りてたらしいぜ」

「気の毒に」

「北クラスの奴だ」

「ポイントに飢えてたんだろうな」

「貸した方も大変だぞ」

ひそひそと囁き声が聞こえた。ずっと下位クラスにいる者は、ポイントが少なく、生活にも事欠く。ノートや鉛筆といった学用品を手に入れるのもやっとだ。まだ学期末までには時間がある。ポイント還元セールを待てずに、誰か上位クラスの者を拝み倒して学生服を借りたのだろう。

外で悲鳴が聞こえた。もう職員に取りおさえられてしまったらしい。

「運が悪かったなぁ」

隣で誰かが呟くのに気付き、アキラはそちらに目をやった。

そばかすだらけのとろんとした顔がある。オチャノミズだ。

墨田寮で、改造した「弁当箱」を見て以来、彼とはしばしば言葉を交わすようになっていた。大東京学園の価値観に囚われない彼の淡々とした態度に惹かれたのと、彼が「弁当箱」から引き出した大東京学園の情報を教えてもらうためだった。彼は、まだ念願の「ブリタニカ」へのアクセスは果たしていないらしい。どことなく大人っぽいと思っていたが、それは彼が病気で一年休学していたためだと誰かが言っていた。

「文部省は学生服のバージョンアップを計画してるらしいねぇ」

オチャノミズは、さりげなくアキラの隣に立つと前を見たままぼそぼそと呟いた。文部省のオンラインから得た情報なのだろう。

「バージョンアップ？」

「そうさ。今度は、自動追尾機能を付けたいらしいぜぇ」

「自動追尾機能？」

「どの生徒がどの場所にいるか一目で分かるようにするんだってぇ。タダノが喜びそうだなぁ。これで、夜中に『アングラ』にいる連中なんか、一目瞭然だなー」

「ええ？　そいつはまずいんじゃないの？　いつから？」

アキラはぞっとして、思わずオチャノミズの顔を見てしまった。

「前向いてろぉ」

オチャノミズは正面を向いたまま、いつもどおり飄々としている。

アキラは検査を続けている職員に目をやり、慌てて前を向いた。

「まだ準備段階さぁ。かなりコストが掛かるみたいだし。今年は麻痺銃とグリーンキャブのバージョンアップで、相当、カネ遣った。まあ、企業からはたんまり御礼貰ってるし、独占で定価はないに等しいからぁ、予定通り予算を消化したってとこかなぁ。新たな次の予算を計上するためにはぁ、何か大掛かりな設備投資計画をぶちあげる必要があるってわけさ。開発段階だから、例えばぁ、新宿クラスの生徒に優先的に付けるとか、段階的な導入になるみたいだねぇ。でも、学生服をバージョンアップするにはぁ、ホストコンピューターの方も桁違いの処理能力に上げなきゃなんないから、ハードル高いんじゃないのぉ」

オチャノミズの言葉には説得力があった。

新宿クラスの生徒から。なるほど、どの場所にいるか常に把握したい、一目で分かるようにしたい、最優先の生徒なわけだ。もし導入されたら？　新宿クラスのメンバーにとっては命取りだろう。シマバラはこのことを知っているのだろうか？

いろいろ考えていると、二人の職員がいつのまにか近付いてきて、オチャノミズとアキラの襟に端末をかざした。ピッ、という音を聞く度に、家畜になったような気分になる。

職員は、端末の小さな画面に浮かぶ、ＩＤ登録の名前を確認し、顔写真と現物とをチラチラと見比べていた。

「――清掃局にでも入るかね？」

職員は、アキラの顔と端末の写真を交互に眺めながら、やや冗談めかした口調で呟いた。

「はあ？」

アキラはきょとんとする。職員の言葉の意味が分からなかったのだ。

「カナザワアキラ。このところ、ブリキの塵取りばかり買っているな。こんなにたくさん、何に使うんだ？」

職員は、モニターに並んだ品番を見ながら不思議そうに尋ねた。

アキラはギクリとした。ブリキはいろいろな使い道があるし、塵取りはすぐに平らな板になって使いやすいのだ。だから、イワクニの要望も多く、機会があれば購買部で塵取りを購入していたのである。

使ったポイントの内訳まで出るなんて。

心の中で冷や汗を掻きながら、アキラはとっさの思いつきで答えた。

「はあ、塵取りをラケット代わりにして卓球するのが流行ってるんです」

「なるほど。確かにちょうどいいな。ふむ、今度使ってみよう。卓球か、懐かしいな」

職員は、納得して通り過ぎていった。思わず胸を撫で下ろす。

「ふうーん、そいつは面白そうだなぁ。俺、おまえが卓球してるとこなんて見たことないけどなー」

オチャノミズが少しばかり皮肉っぽい口調で呟いた。他の目的に使っていることはお見通しらしい。アキラは肩をすくめただけで、何も返事をしなかった。

本当に、どこで誰が何を見てるか分からないもんだな。

アキラは改めて緊張を感じた。周りの全ての人間が、自分を監視しているような気がしてきて、何も信じられなくなってくる。

俺は本当に一人ぼっちなんだ。アキラはその言葉を強く心の中で噛み締めていた。

「わーい、餡パンだ！　ありがとう、アキラ！」

キョウコが嬉しそうにがばっと抱きついてきたので、アキラはどぎまぎした。

薔薇の花のような、ふわりとした柔らかい香りが鼻をくすぐる。

何かつけてるのかな。

「なんで購買部の餡パンなんだよ？　餡パンくらい、『アングラ』で手に入るだろ？」

照れ隠しもあって、ぶっきらぼうに呟くと、キョウコは餡パンを両手で抱えて大きく左右に首を振る。

「駄目駄目、餡パンに関しては、あたし、うるさいのよ。『アングラ』のトロワグロよりも、購買部の餡パンの方がおいしいわ。餡パンって、高級すぎても駄目なのよね。ある種のつつましさというか、庶民性がないと。あたしのおばあちゃんは、銀座の木村屋のしか食べなかったの。あのこぢんまりした大きさじゃなきゃ嫌だって言って」

「そういうもんかなあ」

「いいじゃないの、一緒に食べましょうよ。紅茶淹《い》れるね」

「俺、日本茶の方がいいな。餡パンだし」

「もう、せっかくフォートナム・メイソンのダージリン奮発しようと思ったのに。シゲルは？」

ない。

「俺は紅茶でいいよ」

こうして、三人で、ぽんぽん言葉を交わしていることが、今でもアキラは信じられ

この部屋を訪ねるのはこれで何回目だろう。あの晩以来、週に一度はここに来ている

ことになる。

そう、シゲルと言い争いをしているところを彼女が中断したあの晩――

「さっさと入って。早く。明かりが漏れるじゃないの」

彼女に言われるままに、彼女が外した鉄格子の隙間から地下の部屋の中に飛び込んだ

が、あまりの予期せぬ事態に、二人とも狼狽《ろうばい》しながら部屋の中をきょろきょろと見回し

ていた。

「座って。そこのソファ、結構座り心地がいいわよ」

少女は、小さなコンロに薬罐《やかん》をかけた。

アキラとシゲルは古い緑色のソファに腰掛けたものの、もじもじして互いの顔を気ま

ずそうに盗み見た。

「なによ、落ち着かないわね。もうちょっと寛いでよ。こっちまでそわそわしてくるじ

ゃないの。せっかくいいお茶淹れてあげようっていうんだから」

最初は夢中で気が付かなかったが、部屋の中には低く音楽が流れていた。床に置いたポータブルプレイヤーの上で黒いレコードが回っている。身体に粘りついてくるような、かすれた声が聞こえてくる。禁制の、英語の歌だ。

床の上には、カセットテープやレコードが無造作に積み上げてあった。

部屋の主は、整頓好きとは言いがたかった。ごちゃごちゃした全てのものが飴色で古く、歳月の蓄積と共に部屋と一体化されていた。異国の香り。実際、何か甘く柔らかい不思議な香りが部屋の中に漂っていた。

黄ばんだレースのカーテン。色あせたソファ、薔薇の模様の入った鉄のベッド、チェックの毛布、複雑な唐草模様の織り込まれた擦り切れた絨毯。

天井まで届く、作りつけの大きな本棚には、革の背表紙や函《はこ》入りの古い本がぎっしりと詰まっている。そこに並ぶ名前も、退廃文化狩りのリストに載っていた禁制のものばかりだ。

戸棚の上には、ところせましといろいろなものが並べられている。陶器の肌を持つ金髪の人形、象牙のチェスの駒、貝殻細工に水晶玉、青い香水壜。

壁には楕円形の大きな鏡や、海に浮かんだ黒い森に向かっていく船が見える油絵が掛かっている。

アキラとシゲルは、しげしげと部屋の中を見回していた。どれも見たことのないものばかりだし、古い古い時代の外国のもののようだ。そして、どれも随分前に日本から一掃されたもののはずだった。

しかし、二人の興味は何よりも、この部屋の主である、黒とベージュのチェックのワンピースを着た少女に向けられていた。

少女は超然とした態度で、青い小花を散らした柄の、大きなポットにお湯を注いでいた。

黙って自分の手元に集中している少女には一分の隙もなく、近寄りがたいオーラを発している。深窓の令嬢、という言葉を彼女に贈ったとしても、誰にも異論はないであろう。

ところが、この少女、口を開くと些かべらんめえ調なのである。時々「ちぇっ、このコンロ、ガタ来てるじゃん」とか、耳たぶを押さえて「あっちっちぃ」と叫ぶのを聞くと、外見とのギャップに戸惑ってしまう。

小柄で痩せているものの、ぎすぎすした感じはしない。黒くて量の多い髪は、ゆるやかにウエーブを描いて腰まで零《こぼ》れ落ちている。色白の顔は小さくて、その中に、あの印象的な大きな目と、形の良い眉や唇がすっきりと収まっている。

この子、何歳なんだろう。少し年上みたいだけど。

アキラは、「尊敬を学ぶ会」で見せてもらった昔の歌謡曲番組に出ていた女の子に似ているような気がした。ええと、あれはなんていう女の子だったっけ。ミナミ、じゃないし、オオバ、でもないし、確か、コイズミ——

「どうぞ」

少女は銀のスプーンを添えて、二つのティーカップをコーヒーテーブルの上でアキラとシゲルに差し出した。

「あ、どうも」

二人はぎこちなく会釈をすると、恐る恐るカップの細い柄に手を伸ばす。

アキラは琥珀色の液体を見つめ、匂いを嗅ぐと尋ねた。

「これなあに？　日本茶じゃないよね？　ほうじ茶とも匂いが違う」

「紅茶よ。オレンジペコ。大昔のイギリス人は、一日に三回飲んでたのよ」

「オレンジペコ？」

「紅茶の葉っぱの種類の名前」

「よくこんなの手に入ったなあ」

少女はかすかに笑った。

「『アングラ』に行けば何でも手に入るわ。表面上は輸入が禁じられてるけど、それはあくまでも建前。『新地球』のものは、お金さえ出せばブラックマーケットでほとんど買える。大東京学園の『アングラ』は、日本一の規模のマーケットなのよ。昼間の『アングラ』にはバイヤーがうろうろしていて、政府高官や一部の金持ちのために、『新地球』のブランド品や宝石をごっそり買い込んでるんだから。馬鹿よね、『新地球』の連中も。日本人が買わなけりゃブランド物の商売なんて成り立たないくせに、見栄《みえ》張って日本の輸入禁止に同意して、自分の首締めてるんだから。最近じゃあ、日本の輸入禁止を緩和してくれって泣きついてきてるんだから笑っちゃうわよね。日本には、使い道のない個人資産が、今世紀初頭からたんまり残ったままになってるものね。日本が持っていてもしょうがないから、それを自分たちのために吐き出せっていうわけ」

「ふうん。勝手だなあ」

「ビスケットはいかが？」

「食べる」

少女は戸棚を開けて赤い箱を取り出し、長方形のビスケットを皿に載せて勧めた。

「なんでこんなところに住んでるの？」

それまでじっと少女を観察していたシゲルが、単刀直入に尋ねた。

少女は小さく肩をすくめる。

「あたしは幽霊なのよ」

「幽霊？　足はあるみたいだけど」

シゲルの無愛想な返事に、少女は綺麗な歯を見せてふふと笑った。それまではどこか表情が硬く、つんとして距離を置いていたのが、その瞬間ふわりとほどけたのである。

その華やかな笑顔に、アキラは強く惹き付けられるのを感じた。

「どういう意味だよ？　職員の家族なら、こんなところにいるはずはないし、大東京学園に女の子は入れないし」

シゲルはブツブツ言いながら指を折っていく。

「そうよ。大東京学園に女の子は入れないわ。だから、幽霊なのよ」

少女は、急に視線を落とし、低い声で呟いた。

その声の調子に二人は少女の顔を見たが、少女は暗い視線をカップの中に向けているだけだった。が、それもほんの一瞬で、パッと顔を上げると好奇心いっぱいの目で二人の顔を見る。

「そっちこそ、なんでこんなところに忍び込んだの？　なんだかさっきは、そっちの綺麗な子が偉い剣幕だったわね。喧嘩してたみたいだけど」

アキラとシゲルは決まり悪そうな表情になる。

「いや、なんでもないよ。ちょっと捜しものしてただけだよ」

アキラが歯切れ悪く答えた。

「ふうん、こんな夜中に、こんなところで、捜しもの、ね」

少女はじっと見透かすような瞳で二人を見ていたが、それ以上は追及せずに、席を立つと青いジャケットからレコードを取り出して、プレイヤーの上のレコードと取り替えた。

じゃーん、とエレキギターの音が鳴り、気だるいユニゾンが流れ出す。

「ねえ、ここに化け物が住んでるってほんと？」

シゲルが尋ねた。

「化け物？　どんな？」

少女は眉をしかめる。

「首がいっぱいついた蛇みたいなのとか、空飛ぶ亀とか」

少女はあっけに取られた。

「見たことないわ、そんなの。島の隅っこに鳥小屋はあるけど、ただの鶏しかいないわ」

「そうだよな」

シゲルも頷く。

「ずっとここに住んでるの？」

アキラは部屋を見回しながら尋ねた。少女は醒めた笑い声を立てる。

「ええ、これからもずっとね」

あとの言葉を飲み込んだ。

「でも、これじゃあまるで」

アキラは窓の鉄格子を見て、あとの言葉を飲み込んだ。

「牢獄みたいでしょ」

アキラの言葉を引き取って、少女はあっさりと答えた。

「仕方がないわ――あたしが自分で選んだんだから。でも、これでいいの。あたしはここでの生活に満足してる。昼間はうとうと眠って、夜にロウソクの炎を点けるために起き出して、時々『アングラ』で二十世紀の夢を見るの」

「ねえ、ひょっとして、『お誕生会』の時、『アングラ』の放送ブースにいなかった？」

少女はぎょっとした顔になる。

「どうして」

「見かけたような気がしたんだ。男の子の格好してたよね？」

少女はぺろりと舌を出した。

「だって、アタミの演技があんまり素敵だったんだもの。つい興奮しちゃったのよ」

「ここから『アングラ』にはどうやって？」

「ここで暮らす代わりに、時々大目に見てもらってるの。ま、いろいろ方法があるのよ。あまり深くは聞かないで」

少女は片目をつむってみせた。

「そろそろ戻った方がいいわ。でも、あなたたちのこと気に入ったわ、アキラにシゲル。また遊びに来てね。きっとよ。この時間は、大抵ここで音楽を聞いてるから」

少女は立ち上がると、窓の鉄格子の一部をよいしょ、と外した。しょっちゅう外しているらしく、手馴れたものだ。アキラとシゲルはごそごそと外に出た。夜の冷たい空気が心地よい。少女は素早く鉄格子を戻す。

「じゃあね。おやすみなさい」

「あ」

アキラは思いついて振り向いた。少女の大きな瞳と目が合って、どきりとする。

「あの——名前は？」

君の、とは恥ずかしくて言えなかった。

少女は意表を突かれたような顔になり、やがて穏やかな笑みを浮かべた。

「キョウコ、よ。昨日もなく明日もない。あるのは今だけ。あたしにぴったりの名前でしょ？」

彼女の後ろで、気だるいコーラスが同じ言葉を繰り返していた。

Strawberry Fields forever

Strawberry Fields forever
Strawberry Fields forever

——あの時もこの曲が流れていたっけ。

「アキラ、日本茶入ったよー」

「ありがと」

ぼんやりしていたアキラは、はっとしてキョウコを見た。彼女は満足そうに餡パンにかぶりついていた。

やっぱり少女はここに存在している。今目の前にいて、キラキラした瞳で話をしている。

夜の少女、地下室の少女、幽閉された少女。

ここから寮に帰る度に、もしかすると少女は幽霊で、昼間ここに来てみたら、ぼろぼろのワンピースを着た白骨死体がベッドに横たわっているのではないかと思うのだ。

そして、夜も、ここに辿り着くまではいつも不安だ。そこには、何もないがらんとした部屋があるのではないか。蜘蛛の巣が張った、何年も放置された廃屋があるのではないか、と危惧《きぐ》しながら道を急ぐ。

けれど、いつもキョウコは本を読みながらそこにいて、二人を歓迎してくれた。

チェスをしたり、トランプをしたり、キョウコが「大鴉」や「地獄の季節」を朗読するのを欠伸《あくび》しながら聞いたりして、繭の中にいるような奇妙で寛いだ時間は、いつもあっというまに過ぎていった。

キョウコは、なぜ自分がここに閉じ込められているのかなかなか話そうとはしなかったが、言葉のはしばしから類推し、総合したところによると、どうやらこういうことらしかった。

キョウコには双子の弟がいたが、子供の頃に病気で死んでしまった。しかし、田舎のことで、戸籍の管理にややいい加減なところがあり、戸籍上では何年もの間、まだ彼は死んだことになっていなかったのである。そして、キョウコは中学生になった。常々、大東京学園の「アングラ」で、古代ブリティッシュ・ロックを聴くことを夢見ていた彼女は、半ば冗談で、弟の名前で大東京学園を受験したのである。それが、どうした弾みか手続きが通ってしまい、元々成績も体力も抜群だった彼女は、見事入学試験を突破してしまったのだった。

到着した彼女を見て慌てたのは文部省である。女子の入学は認められていないのに、彼らの手続きのミスで彼女は入学できてしまった。このことが上層部にバレたら、彼らは懲戒免職ものである。今更入学を取り消すわけにもいかず、かといって男子ばかりの校内に彼女を置いておくわけにもいかない。

文部省は隠蔽と沈黙を選んだ。彼女は故郷にも帰されず、この「年増園」に隔離・幽閉されることになったのである。今も彼女は弟の名義で大東京学園に籍を置いているのだが、扱いは休学中のまま。彼女の処分は官僚主義のブラックボックスに放り込まれ、何年も保留にされたままなのだ。

むろん、生活は保証されているし、小遣いまでもらえる。しかし、幽閉されていることには変わりがないし、この先何年ここに入れられているのか、故郷に帰れる日が来るのかは、皆目見当がつかないのである。

キョウコは自分の境遇を受け入れていた。長い幽閉生活で筋肉は落ち、肌の色は透けるように白くなり、髪は伸びて腰よりも長くなってしまった。

「このままじゃラプンツェルになっちゃうわね。だけど、じめじめした地下室のラプンツェルなんて、サマになりゃしないわ。塔の上から髪の毛垂らすんだったら絵になるけど、地下室から髪の毛が伸びたら、ただのB級ホラーだわよ」

キョウコはそう言って笑うのだった。

「ここを出たいとは思わないの？」

シゲルがそう尋ねると、キョウコは一瞬紙のような顔になった。

「家族に会いたいと思うことはあるけどね」

キョウコはそう言って、複雑な表情で笑う。

「でも、外に出たからってどうなるっていうの。外には何があるの？　あたしが好きなものは何もない。今の日本なんて、ちっとも面白くないわ！」

キョウコは憤懣やるかたないという表情で両手を広げて叫ぶ。

「こーんな陰影のない、いつも蛍光灯のお日様しか当たってないようなのっぺらぼうの世界、十二色しかクレヨンがない世界、グレイゾーンのない世界なんて、あたしどうでもいいわ。こんなにしょぼくれた日本を残すくらいなら、とっとと制圧でも占領でも分割統治でもして、壊しちゃえばよかったのよ、国連の意気地なし。正義や退廃文化なんて誰が決めるのよ？　人間には闇の中で妄想することが必要なのよ。太陽の下で小麦の収穫を喜ぶよりも、あたしは地下室のベッドの中で、青い薔薇が咲くところを夢見てる方がよっぽどいい。健全な社会、正しい社会なんて、勘弁してほしいわ！　そっちの方がよっぽど不健全じゃないの」

キョウコは感情の高ぶりを我慢できないように、部屋の中をぐるぐると歩き回る。

アキラにも、キョウコの言っている意味はなんとなく分かった。

「ああ、なんて生まれてくるのが遅かったのかしら――遅れてきた青年どころじゃないわ、遅れすぎて化石になっちゃう。あたし、絶対古代のイギリスに生まれるべきだった。田舎のお城に住んで、ムチ持って乗馬して、執事が差し出す紅茶を飲みながら怪奇小説と詩を読んで、ロンドンの大学に入って、パブで黒ビールとフィッシュアンドチップス食べながら煙草吸って、精神科医を目指す勉強して、人々の精神を解放するためにバンド活動をすべきだったのよね。ああ、ヒースクリフ！　あたしが帰るまで待っててくれるかしら？」

最後の言葉の意味は分からなかったが、キョウコがロウソクの光の中で、レコードに合わせてふわりふわりと踊っているところを見ているのは飽きなかった。彼女の長い髪とワンピースの裾が揺れているのを見ていると、古い映画を見ているような気分になる。

アキラはふと、奇妙な感覚を味わった。これと同じ会話をずっと昔にしたことがあった、という感覚である。そんなことがあるはずはなかったが、彼はふと心のどこかに、二十世紀の日本で、都会の雑踏を歩くキョウコの髪が揺れるのを見たような気がした。

こんな時、シゲルはいつも、少し離れたところからじっとキョウコを見ている。

アキラは、そのシゲルの目がずっと気になっていた。

最初からこうだった。キョウコに会った時から、シゲルはこんな目をしていた。

その目には、およそ恋愛に関しては奥手なアキラから見ても、恋や憧れというのではなく、やるせない痛ましさのようなものが漂っていた。

なんでそんな目でキョウコを見るんだよ、という言葉がいつも喉まで出掛かるのだが、アキラはどうしてもシゲルにその質問をすることができなかった。

どちらかが抜け駆けしようと思えばできたはずだ。しかし、アキラとシゲルの間では、必ず二人でここを訪ねるのが暗黙の了解になっていた。アキラは、三人で過ごすこの時間がとても好きだった。だから、もしシゲルにその瞳の意味を尋ねたら、今保たれている三人の微妙なバランスが崩れてしまいそうで怖かったのだ。

「――生まれ変わりって信じる？」

その日もアキラとシゲルが帰ろうとして鉄格子を外した時、唐突にキョウコが尋ねた。

二人は怪訝そうな顔で彼女を振り返る。

キョウコはつまらないことを言った、というように小さく笑った。

「でも、あたしは信じてるの。あたし、古代ではイギリス人だったって分かってる。それにね、あたし、ずっと前にもあんたたちに会ったような気がする。あたしたち、生まれ変わる前にも会ったことがあるんだわ」

「俺の前世がイギリス人だったとは思えないけどなあ」

アキラは軽口を叩いたが、自分と同じような感覚をキョウコが体験していたことに内心ではひどく驚いていた。

キョウコは真剣な表情で、暫く二人から目を離さなかった。

二人も、なぜか彼女から目が離せない。

キョウコは、ひどく謎めいた、老女のような笑みを浮かべ、きっぱりと言った。

「だから、きっとまた、いつかどこかであんたたちに会えると信じてるわ。その時には、必ず声を掛けてね。約束よ」

第十五章　軽　蔑

シマバラは、学生服がバージョンアップされるという話を知らなかったらしい。以前から噂はあったが、実用段階に来て、予算が付くとは思わなかったのだそうだ。久しぶりに顔を合わせたシマバラに、オチャノミズから聞いた話をすると、彼は表情を曇らせた。

「急がなきゃならないな」

シマバラは、腕組みをして低く呟いた。

近々、何かの計画が実施されるということに、アキラは薄々気が付いていた。顔には出さないようにしていたが、アキラがそのことに気付いていて知らんぷりをしているということを、シマバラも分かっていた。

何かをする前のシマバラは、沈静している。普段よりも更に用心深く、更に思慮深くなり、全身から、先の先まで読んでいる頭のモーターの回転音が聞こえてくるような気すらする。

暫く黙り込んでいるシマバラを、アキラはじっと見守っていた。

「――助かるよ、アキラ」

シマバラは思考の淵から浮かび上がってくると、小さく手を挙げてアキラをねぎらった。同時に、まめにオチャノミズに接触して情報を得るように促す。もちろんアキラもそのつもりだったが、オチャノミズがどこまでアキラのしていることに気付いているのか見当もつかなかったので、何度も彼に接触することに後ろめたさを覚えていたのも事実である。

「弁当箱」の件もあるし、彼と自分との間に共犯意識みたいなものがあるのは認めるけれど、どこまでそれを利用してよいものか。それに、オチャノミズはおっとりした見かけよりも遙かに鋭く、計りしれないところがある。

俺には、およそ、複雑な陰謀とか、腹の探り合いは向いてないな。

アキラは、授業を終えての帰り道、シマバラの表情を思い出して溜息をついた。

山手線の窓は霧雨で濡れていた。外の景色が灰色に歪んで、気持ちが重くなる。口は堅いつもりだったが、一人でいろいろな秘密を抱えていることが、彼をひどく憂鬱にしていた。シゲルに打ち明けられないこともつらかった。時折、シゲルが遠くから非難めいた強い視線を投げて寄越すことも、彼には苦痛だった。

なんだろう、このもやもやした気持ちは。何か重大なことを忘れているような――

胸を不安がよぎる。ここ数日、こんな感覚が繰り返し襲ってくる。どこかで俺はドジを踏んでるんじゃないか？

まさかね。アキラは必死に不安を打ち消した。

購買部での抜き打ち検査やシゲルの忠告も効いている。俺は用心して行動しているはずだ。自分にそう言い聞かせ、最近の行動を思い起こしてみる。新宿クラスのメンバーとはほとんど接触していないし、物資の持ち込みにも細心の注意を払っている。

俺、ちょっとノイローゼ気味かも。

アキラは心細くなった。

俺は孤独なのだ。誰にも心の内を打ち明けられず、一人で新宿クラスと外とのパイプ役を務めている。しかも、しょせんは使いっぱしりで、脱走の計画内容すら教えてもらえない。いつでも切り捨てられる存在なのだ。だから、周囲の誰も信用できないし、誰にも心を許すことはできない。今や、シゲルに対しても。

ここに兄ちゃんがいたらなあ。

アキラは惨めな気持ちでそう心の中で呟いた。

その瞬間、ふわっと全身が冷たくなった。

あ、い、あの手紙。

アキラは愕然として動けなくなった。

すっかり忘れていた。あの、裏の林の木のうろに入れたシマバラからの手紙。兄ちゃんのことを書いた手紙。あんなものが誰かの手に渡っていたら。

アキラは、どきんどきんと心臓が激しく鳴り出すのを感じた。全身に冷や汗が吹き出してくる。

これだったんだ、最近の不安の正体。何かを忘れていると思ったのは。

そう気付くといてても立ってもいられなくなる。寮の駅への山手線のスピードが、とても遅く感じる。速く、速く。早く確認しなければ。さっさと処分してしまわなければ。

どくんどくんと心臓の音が喉まで上がってくる。

まさか、大丈夫。あんな場所を見つけ出す人間がいるはずはない。ここ暫くあの林には足を踏み入れていなかったし、俺とあの手紙を結びつけるものは何もないはず。

しかし、読む人が読めばアキラが受け取った手紙だと分かってしまう。あの中には、アキラの兄のことが詳しく書かれているのだから。

もどかしくて駆け出したいほどだったが、他の生徒の注意を引くのは避けたかった。

アキラは必死に平静を装い、寮に戻って、他の生徒が出掛けていくのを待った。

寮に人気《ひとけ》がなくなったのを見計らい、はやる気持ちを抑えてそっと裏手に出ていく。

雨がじっとりと身体にまとわりついてくる。

周囲を執拗に確認してから、そっと林に入る。

久しぶりに足を踏み入れる林の中は、なんとなく様相が変わっているように見えた。どうしよう、見つけ出せるだろうか、あの木。鬱蒼とした茂みを見上げながら、アキラは焦った。背後にがさっと木の葉の揺れる気配がある。全身が覚醒した。誰かいる。振り返ると、白い影が木陰から飛び出してきた。

「わっ」

温かい息が顔に触れ、熱いものがぺたんと頬に当たった。

なんだこれ？

見覚えのある、白くてでかい犬が、アキラの顔を舐めていた。ちぎれんばかりに尻尾を振っている。新宿ゴールデン街で、変なじいさんが連れていた犬だ。ユメジとかいう名前じゃなかったっけ。

「しっ、しっ、なんでこんなところにいるんだよ。しっ、あっち行けっ」

アキラは必死に犬を追い払った。しかし、なぜか最初からそうだったが、犬はアキラに親愛の情を示したがっているのである。なんだよ、人間には不信を抱いてるんじゃなかったのかよ。

「ここは駄目。あっちに行けってば」

アキラが繰り返し手を振ったので、犬はクウン、と不満そうな声を上げ、アキラの足元をくんくん嗅ぎ回っていたが、やがて渋々林の中に消えていった。

「おどかしやがって」

アキラは汗を拭った。

更に用心深く林の中を歩き回り、ようやくその木を発見した。葉が茂り、見た目が以前と変わっていたのである。

アキラはどきどきしながらそっと木によじのぼった。

祈るような気持ちで手をうろの中に伸ばす。

手に紙が触れた。

あった！　よかった、そのままだ。

大きく安堵し、そのまま紙をつかむ。

うん？

違和感があった。なんだか、減っているような。

アキラは畳んだ紙を取り出した。

やけに真新しい。開いてみる。パッと黒い文字が目に飛び込んできた。

ここに隠しておいた手紙を返してほしければ、金曜日の夜に、山手線最終電車に乗れ。

頭を殴られたような気がした。

馬鹿な！　ここに入れてあった手紙に気付いた奴がいたなんて！

どっと全身から冷たい汗が吹き出した。血が身体の中を逆流し、一瞬気が遠くなる。

あの手紙が当局の手に渡ったら。

どくんどくんと心臓が大きく鳴り始めた。兄貴の伝説。シマバラからのメッセージ。

俺も、シマバラも、破滅だ。

アキラはふらふらと木から下り、林の中から外を青ざめた顔で見回した。

誰だ？　誰がここにいる俺を見ていたんだ？

猜疑心が胸の中いっぱいに広がった。

クラスの奴か？　それとも、リュウガサキの手下か？　それとも――

ああ、シゲルが見張ってたことも気付いていなかった頃の俺だったら、誰だって俺のことを監視できていたはず。なんて馬鹿なんだろう、あれだけ用心しろと言われていたのに、むざむざあんな手紙を残しておいたなんて！　つかまえてくれと言わんばかりの証拠を誰の手にも届くところに置いておいたのだ！　シマバラは処分しろと口を酸っぱくして言っていたではないか。

自分の愚かさに腹が立ち、怒りと絶望で目の前が真っ赤になり、きゅうっと胃が痛くなった。

誰だ、誰なんだ。

アキラは暫く動くことができなかった。なんとか冷静さを取り戻そうと、必死に自分の中で格闘する。

おい、アキラ、落ち着け、落ち着くんだ。まだ手紙は相手が持っている。まだ当局の手に渡ったわけじゃない。これは希望だ。相手も当局に渡す気はない。取り戻すチャンスはある。とにかく、指定の場所に行くんだ。

アキラは青ざめた顔でふらりと林から出て、のろのろと寮に戻り始めた。

金曜日の夜――この手紙の新しさからいって、今週の金曜日だ――今夜じゃないか。

アキラはゾッとした。この文面から見るに、何日も前に手紙は盗まれてしまっていたらしい。そのことに気付かず、のほほんと校内を歩き回っていた自分を見ていた人間がいたのだと思うと、情けなくて恥ずかしくて、おめでたい自分をぶん殴ってやりたくなる。

馬鹿馬鹿馬鹿。なんて馬鹿なんだ。自分のみならず、新宿クラスのメンバーも危険にさらしてしまったのだ。ただでさえ宙ぶらりんの立場なのに、これではますます信用を失ってしまう。この事実をシマバラが知ったらと思うと、申し訳なくて身体が震えてしまいそうだ。

アキラはあまりの絶望で目の前が暗くなるのに必死に耐えた。

じりじりと夜になるのを待つ。

日没までの時間が永遠にも思え、いつまでも夜が来ないような気がした。上《うわ》の空で食事を終え、寮のベッドで転がっていると、雨の音が少しずつ強くなる気配がした。やがて、それはザーッという本降りになる。

会話もかき消す雨の中、ようやくとっぷりと夜になった。

アキラは沈んだ気持ちのまま、そっと外に出て駅に向かう。

駅の明かりがぼんやりと雨に滲んでいた。

ふと、あの電話ボックスには、今夜は明かりが点いているのだろうか、と考えた。


最終電車には、全く人影がなかった。生徒が使わない夜九時以降は、職員のために、普段は畳んである座席が降ろしてある。

誰もいない座席に一人ぽつんと腰を下ろし、闇の中をゴトゴトと走る無人の電車に揺られていると、この世に一人きりのような気分になってくる。

幾つかの駅をそのまま通り過ぎる。乗降客はない。強い雨と風が、田んぼの中を走る電車を横殴りに叩きつけていた。

雨と風、そして電車の音だけがこの世の音の全て。アキラは、自分が影になってしまったような気がした。

ゴトリ、と電車が止まり、一呼吸おいて扉が開く。ザーッという雨の音で車輛の中がいっぱいになる。

ゆっくりと、大きな黒い影が暗い車輛に乗り込んできた。みしり、みしり、と老朽化した電車の床が音を立てる。

大きな影はコマ落としのような動きで静かにアキラの隣に座った。続いて乗り込んできた四人の生徒も、ゆっくりと座席に腰を下ろす。

「いい夜だな」

低くざらりとした声が聞こえ、アキラはそちらにのろのろと顔を向けた。

そこには、久しぶりに正面から見るリュウガサキが、闇の獣のように座っていた。

しばらく見ないうちにまた育ったな、というのが最初の感想だった。

入学時からその体格の良さは周囲から頭一つ抜けていたが、また身長が伸びたような気がする。日々の重労働で鍛え上げられた筋肉はその威力を誇示すべく学生服の下で存在をアピールしていたし、手下を使うことに慣れた狡猾《こうかつ》な目は、不穏な自信を漲らせてこちらを見下ろしている。

アキラは何も言わずにじっとリュウガサキの顔を見ていた。

　やはり、こいつか。

　うんざりした気分が先に立った。これから待ち受ける屈辱を考えると、暗い予感に全身が深く沈み込む。

「お手紙はゆっくり読ませてもらったぜ。偉いんだねえ、君のオサムお兄さまは」

　リュウガサキは、にやにや笑いながらゆっくりと呟いた。

　リュウガサキの口から兄の名前が出た瞬間、全身に稲妻のような怒りが走るのを感じた。その機会を与えたのが自分だと思うと、再び痛みにも似た情けなさに虫酸《むしず》が走る。

「淋しかったぜ、ずっと邪険にされて。こうして話をするのも久しぶりじゃないか。なあ？」

　リュウガサキはずいっとアキラの方に身体を寄せてきた。ねちねちとした口調でアキラに囁きかける。アキラはあまりの嫌悪感に、わなわなと身体が震えるのを抑えようとしたが、あまり成功していないようだった。

「とっとと用件を済ませてくれよ。俺、忙しいんだから」

　思わず感情を露にしてしまう。

　リュウガサキは嬉しそうに、ハハハ、と天井を仰いで笑った。

「まあまあ、そう慌てるなよ。ゆっくり寛いで語り合おうぜ。もう一人、お友達が来るまではな」

「お友達？」

アキラは訝しげにリュウガサキの顔を見たが、彼はにやにや笑いを崩さない。

激しい雨の中、のろのろと電車は走る。暗い車輌の中で、むっつりと黙り込んだ生徒たちは何かを待ち受けるように身動《みじろ》ぎもせずに座っていた。

ごとん、と電車が止まり、がたがたと扉が開いた。

ザアアという雨音に混じり、すっと一人の少年が乗り込んでくる。中を窺う小柄な影。

「おお、待ってたぜ、お嬢ちゃん」

リュウガサキが両手を広げると、雨に濡れた白い顔がこちらを振り返った。

アキラはカッとなった。

「なんで？　なんでこいつを巻き込むんだよ？　この件には関係ないだろ。おまえと俺との話だ」

思わず立ち上がって叫んだアキラを、リュウガサキはジロリと睨み付けた。

「関係があるかないか、決めるのはこっちだ」

「なんでいつも俺たちを目の敵にするんだよ？」

リュウガサキはゆらりと立ち上がり、アキラの前に立ちはだかった。

「おめえらみたいな仲良しこよしが気に食わねえんだよ。それだけでじゅうぶんだ」

憎しみのオーラに、アキラは圧倒された。その理不尽な憎しみに対する激しい怒りが迸《ほとばし》った。

「おまえ、本当はシゲルが好きなんじゃないのか？　どうだ、図星だろ？」トラックの中で一目ぼれし…」

言い終えるより先に、頭の中で同時に百個の鐘がガーンと鳴り響いた。

一瞬空白の時間があって、次の瞬間、扉に全身が激しく叩きつけられていた。目の前に火花が散る。

「アキラ！」

シゲルの声が聞こえる。

頭の中では、まだ鐘の残響が残っている。アキラはぱちぱちと瞬きをし、ぐらぐら揺れている視界を矯正した。みるみるうちに顔が腫れ上がってくるのが分かる。思いっきり殴りやがったな。

ようやく目の焦点が合ってきて、アキラは切れた唇を拭いながら、やっとのことで起き上がった。目の前に、既に笑みの消えたリュウガサキの顔がある。

「ふざけたこと言うんじゃねえ。俺をこんな淫売と一緒にしないでくれよ」

リュウガサキは拳についた血をズボンにこすりつけると、胸ポケットから紙切れを取り出した。

「第一、おまえ、俺にそんな口をきける立場にあると思ってんのか？　なあ？」

アキラは思わず前に乗り出し、手を伸ばした。

「返せ、俺の手紙だ」

リュウガサキはさっと立ち上がると、アキラが伸ばした手を蹴りつけて床に叩きつけ、間髪をいれずその上にドシンと乱暴に足を載せ、全身の体重を掛けた。

「ぐぁ」

手に熱い電流のようなものが走り、アキラは全身をのけぞらせた。

「返してください、だろ。返してください、お願いします、と言え。それが人にものを頼む態度じゃねえのかよ、おい？」

「やめろっ」

真っ青な顔で駆け寄ろうとするシゲルを、他の四人が押さえつける。

リュウガサキは薄ら笑いを浮かべながら、シゲルを振り返った。

「おいおい、お嬢ちゃんよ、こんな奴といつまでもつきあってると火傷するぜ。こいつはなあ、新宿クラスの落ち零れ連中とつるんで、脱走のお手伝いをしてるんだぜ。全く、血は争えないよなあ。兄貴も新宿クラスだったってんだからなあ。せっかくおまえのためを思って、親切にも忠告してやろうとわざわざここに呼んでやったのに、その態度は哀しいよ。少しは、感謝というものを知った方がいいんじゃないか？ こんな落ち零れのママの言うことなんか聞いていないで、俺たちと組まねえか？」

リュウガサキはねっとりとした目で、すうっとシゲルに近寄っていくと、シゲルの頬を撫でた。

「おまえに横恋慕《よこれんぼ》してる職員や上級生はいっぱいいる。おまえがその気になれば、幾らでもポイントを献上してくれるだろうし、どんなことでもできるぜ」

シゲルは氷のような目でリュウガサキを睨みつけると、ぺっとその顔に唾を吐いた。

リュウガサキの目に白い閃光が走る。

「この野郎！」

馬鹿力で平手打ちを受けたシゲルの顔は、あっというまに赤く腫れあがった。

リュウガサキの怒りは収まらず、シゲルの首根っこを両手でつかみ、車輛の壁にガンガンと狂ったように頭を叩き付ける。

「やめろ、やめてくれ」

アキラは腕を押さえてよろよろと立ち上がろうとしたが、たちまち他の連中に床に押さえつけられた。

「この…この…」

リュウガサキは、息を切らしながらシゲルの顔を睨みつけている。

その時、こめかみと唇から血を流しながら、シゲルがにやりと笑った。

悪魔が笑ったのかと思えるほど、壮絶な、ぞっとする笑いだった。その場の誰もがぎくっと身体を硬直させたほどだ。

「嫌い嫌いも好きのうち——ってね」

シゲルはそう呟くと、唇の血をゆっくりと舐めた。

ゆらりと立ち上がり、更に満面の笑みを浮かべる。

「なあ、リュウガサキ。おまえって、本当にかわいそうだな。おまえ、誰かに優しくされたことなんかないだろう？　親にも、女にも、好かれたこと、ないだろ？　だからそんなかわいそうな男になっちまったんだな？　なあ、おまえ、俺のことが羨ましいんだろ？　俺が綺麗で目立つのが、妬ましくて妬ましくてたまらないんだろう。なあ、俺が優しくしてやろうか？　どうだ？　天国にイカせてやるぜ」

シゲルは甘い声を出し——シゲルがこんな、甘い、優しい、柔らかい声で話すのを聞いたことがない——リュウガサキをとろんとした目で見つめていた。吸い込まれそうな、何か蜜のようなものが溢れてきそうなその目。こんな目で見つめられたら、誰だっておかしな気分にならずにはいられない。

リュウガサキは固まったようになり、一瞬動きを止めてシゲルの目に見入った。

シゲルは艶然とした笑みを浮かべ、もう一度ゆっくりと自分の唇についた血を舐めた。

誰もが、魅入られたように、シゲルの唇の上の舌を見つめている。

リュウガサキの手から力が抜けたところを、彼は見逃さなかった。

一瞬にして夜叉《やしゃ》のような表情になったシゲルは、リュウガサキの横っ面に、凄まじい回し蹴りを喰らわせたのだ。

リュウガサキは不意をつかれ、あっけなくどおんと床に倒れた。

「**ふざけんなよ！**　誰がてめえなんかと」

カーブに電車が大きく揺れ、みんながバランスを崩した。シゲルは床に倒れ込むようにリュウガサキの左足を両手に抱え込み、馬乗りになる。

「ぐっ」

リュウガサキの口から恐怖の声が漏れた。

「おい！　分かってるか？　俺がこっちの方にもうちょっと力を込めると、おまえの足はいささか治りにくい状態で骨が折れるってこと？　なあ、どうだ？　まだ分からないか？」

シゲルがぴしりと叫ぶ。

「わ、分かった」

くぐもった声がリュウガサキの口から漏れる。

シゲルはリュウガサキの胸ポケットを素早く探ると、手紙を取り出してアキラに放った。

「ほら、アキラ。とっとと処分してくれよ、そんなもの」

吐き捨てるように言う。アキラはよろよろと手紙の束をつかみ、くしゃっと握り潰《つぶ》すとポケットに入れた。

「さあ、おまえらは次の駅で降りてもらおうか。もう二度と、俺たちには一切構わないでくれ」

シゲルは冷酷な声で、リュウガサキの耳元に叫んだ。

リュウガサキの顔が歪み、怒りと軽蔑がないまぜになった表情が浮かぶ。

「ふ――ふん――しょせん、淫売は淫売だな――なあ？　おまえの姉ちゃんだってそうだもんな。カネで買われていったんだろう？　おめえんちはそうやって、子供の身体売って生活費を稼いでたんだもんな」

リュウガサキは痛みに汗を流しながらも、歪んだ笑みを浮かべた。

シゲルの形相が一変した。

大きく目を見開き、凍りついたように顔が白くなる。

「なんだと？」

「へへっ――無駄だよ――おまえの姉ちゃん、くたばっちまったぜ」

「なに？」

シゲルは悲鳴のような声を上げ、腕に力を込めた。リュウガサキは野獣のような悲鳴を上げたが、それでもシゲルの顔を見てニタニタ笑うのをやめようとしない。

「へっ——おまえが卒業総代になったって無駄なのさ——最期のほうは、完全にイカレてたらしいぜ。山ん中で、地面掘り返して、草だの球根だの手当たり次第に口に放り込んで、食べて、野垂れ死にさ。見つかった時も、口ん中に土と草がぎっしり詰め込まれてたって——とっくに葬式も終わってるぜ」

「嘘だっ、そんなはずない。そんなはずはっ」

シゲルは首を振りながら混乱した声で叫んだ。

ふん、とリュウガサキは床に唾を吐いた。

「聞いてみな——職員室に——担任宛てに死亡通知が来てるはずだ」

「嘘だーっ」

シゲルの悲鳴と重なり合って、突如、遠くからけたたましいサイレンが鳴り始めた。

みんながぎょっとして顔を上げる。

「なんだ、あれ」

サイレンの数はあっというまに増えていく。あちこちでパッ、パッ、と照明が点灯した。

「——脱走か？」

誰かがぽつりと呟いた。

「へっ」

床の上で、リュウガサキが低く笑った。

「馬鹿め——アキラ、おまえがポケットに今突っ込んだ手紙を見てみろよ」

アキラはぎくっとしてポケットを押さえた。

「この俺が、おめおめこんなところにホンモノを持ってくると思ったのかよ。ほんと、おめでたい奴だな」

リュウガサキは目をギラギラさせて笑った。

ポケットの中の紙切れ。アキラは、くしゃくしゃになった紙を震える手で広げた。中は真っ白だった。白紙の束。

「——ホンモノは、とっくに、タダノのところに……」

「**黙れーっ**」

シゲルの罵声と、リュウガサキの凄まじい悲鳴とが交錯した。シゲルは、とうとうリュウガサキの足を折ってしまったらしい。

アキラは呆然と、窓の外の、行き交うサーチライトですっかり明るくなった空を見上げた。

雨は相変わらず激しく窓を叩いている。

ますますけたたましく響き渡るサイレンの音が、いつまでも闇を切り裂いていた。


（下巻に続く）

20世紀サブカルチャー用語大事典

大東京学園アンダーグラウンド有志一同＝編

プロローグ　エデンの東

●「エデンの東」East of Eden（7頁）
映画（アメリカ）。一九五四年製作。エリア・カザン監督、ジェームズ・ディーン、ジュリー・ハリスほか出演。ジョン・スタインベック原作。大農場を経営するトラスク一家を舞台に起こる人間模様を描く。ジェームズ・ディーンを一躍スターダムにおし上げた永遠のヒット作。

第一章　ショウほど素敵な商売はない

●「ショウほど素敵な商売はない」There's No Business Like Show Business（16頁）
映画（アメリカ）。一九五四年製作。ウォルター・ラング監督、エセル・マーマン、マリリン・モンローほか出演。ボードビリアンのドナヒュー一家の変遷を描いたもの。タイトルはブロードウェイ・ミュージカル「アニーよ銃をとれ」(エセル・マーマン主演)の同名のヒット・ナンバーから。

●「なあ二十八番、君のことだぜ!」(20頁)

大友克洋『AKIRA』へのオマージュか(とはいっても本文中で「二十八番」を割り振られているのはシゲルであるが)。同作は第三次世界大戦後の荒廃した東京、ネオ東京を舞台に、暴走族の少年たちと、人体実験で超能力者にされた少年少女の運命を描く。作中、能力の覚醒により東京を壊滅状態に追いやる少年アキラは二十八号と呼ばれるが、これもまた「鉄人二十八号」へのオマージュ。

なお、『AKIRA』はアニメ・漫画史上に残る大ヒット作のひとつ。ヤングマガジンで一九八二年十二月二十日号から一九九〇年六月二十五日号まで連載(アニメ化による中断あり)され、一九八四年に第八回講談社漫画賞一般部門を受賞した。また、一九八八年に劇場アニメが製作されたほか、一九八八年、二〇〇二年にはゲームソフト化されている。

●生活指導のタダノ(35頁)

モデルは筒井康隆『文学部唯野教授』（一九九〇）に登場する唯野仁。

●友情・努力・勝利（37頁）
週刊少年ジャンプのスローガン。

●「中央フリーウェイ」（38頁）
荒井由実（現・松任谷由実）のアルバム『14番目の月』（一九七六）に収録された、彼女の代表曲のひとつ。タイトルはもちろん中央自動車道から。恋人とともに中央フリーウェイをドライブする女性の視点を歌ったもの。『14番目の月』はユーミンの四枚目にして、独身時代最後のアルバムであり、本作からプロデュースを現在のパートナーである夫・松任谷正隆が担当している。

●「入学への助走」（38頁）
同タイトルの文芸作品、映画などはないのだが、強いてあげれば筒井康隆『大いなる助走』（一九七九）に対するオマージュだろうか。

第二章　逢う時はいつも他人

●「逢う時はいつも他人」Strangers When We Meet（48頁）
映画（アメリカ）。一九六〇年製作。リチャード・クワイン監督、カーク・ダグラス、キム・ノヴァクほか出演。エヴァン・ハンター原作。不倫の恋に身を焦がしながら、互いの生活を捨てきれない男女を描く。

●『くるみちゃん』『わたるくん』『いずみちゃん』（49頁）
それぞれ着せ替え人形の名前。一九五四年にマスダヤから発売された「小鳩くるみちゃんのミルク飲み人形」が大ヒット。そして一九六七年にタカラ（現タカラトミー）よりリカちゃんが発売され、空前のブームを巻き起こすこととなる。わたるくんはリカちゃんの初代彼氏の名前、いずみちゃんはリカちゃんの友達の名前。

●ナショナル『愛妻号』／サンヨー『ひまわり』（57、58頁）
それぞれ実在の洗濯機の名前。『愛妻号』は一九八〇年代に、それまでの主流商品だった「うず潮」に変わって登場した。現在まで続くヒット商品。『ひまわり』の製造元であるサンヨー（三洋電機）は二〇〇五年に家電事業から撤退した。

●校長のスズキ（61頁）

モデルは映画監督の鈴木清順（一九二三〜）。

●「大東京学園に、行きたいかー！」（63頁）

クイズ番組「アメリカ横断ウルトラクイズ」中で、司会者が参加者を煽るときに用いたセリフ「ニューヨークに、行きたいかー！」のパロディ。

●学年主任のフクミツ（63頁）

右番組の司会者は、福留功男、福澤朗が担当し、徳光和夫（三人とも日本テレビアナウンサー↓フリー）も一部参加していた。

●「東京螢雪コース」（71頁）

旺文社から刊行されている学習雑誌《螢雪時代》（一九三一〜）より。中学一年生から高校二年生までは《〔各学年〕コース》という名称だが、高校三年生のみ《螢雪時代》である。

●顔の四角い、眉の脇に大きなほくろのある中年男（74頁）

映画「男はつらいよ」シリーズ（一九六九〜九五）で主役の車寅次郎を演じた渥美清

のこと。その後の描写（帝釈天で産湯を〜）も「男はつらいよ」シリーズから。

第三章　暗くなるまで待って

●「暗くなるまで待って」Wait Until Dark（76頁）
映画（アメリカ）。一九六七年製作。テレンス・ヤング監督、オードリー・ヘップバーン、アラン・アーキンほか出演。フレデリック・ノット原作。大ヒットした同名舞台劇を映画化した傑作サスペンス。ヘロインが隠された人形を受け取った夫婦と、そのヘロインを取り戻そうとする組織の攻防を描く。

●制服の第二ボタン（78頁）
一九七〇年代後半、好きな男子の制服の第二ボタンを卒業式にもらうと両思いになれるというおまじないが流行した。ちなみに第二ボタンである理由は、心臓にもっとも近い場所にあるから。

●平将門の怨念（80頁）
荒俣宏『帝都物語』（一九八七）。帝都破壊をたくらむ魔人加藤保憲と、それに対する人々を描いた作品で、一九八八年にまず映画化され、一九八九年には原作の戦争篇を抜粋したかたちで、そして一九九五年には「外伝」としてさらに映画化された。

●「バローム・クロス！」（81頁）

一九七二年に制作された特撮アニメ「超人バロム・1」で、主人公白鳥健太郎と木戸猛がお互いの右腕をクロスさせ、変身するときのかけ声。

●「今週のスポッツッツッツットライト！」（101頁）

TBSの歌番組「ザ・ベストテン」（一九七八年一月〜八九年九月）のコーナー「今週のスポットライト」より。ランキング外の曲をピックアップして送るコーナーで、松田聖子「裸足の季節」やサザンオールスターズ「勝手にシンドバッド」などはこのコーナーで紹介された。

●カワイコちゃん（101頁）

一九六三年の流行語。

●DJのアカサカ（102頁）

DJ、俳優、タレントの赤坂泰彦（一九五九〜）から。一九九三年にスタートした冠ラジオ番組「赤坂泰彦の Million Nights」（TOKYO－FM）の大ヒットにより、一躍人気者の地位を築く。

●そこんとこ、よろしく（103頁）
ロック・ミュージシャンの矢沢永吉（一九四九〜）の台詞。本人の人気が上がるにつれ、その語録も数多く世間に知られることとなった。

●ハナエ・モリ（104頁）
ファッションデザイナー森英恵（一九二六〜）が設立したオートクチュール・メーカー「ハナエモリ」より。蝶をモチーフにした作品で有名。

●アンナミラーズ（108頁）
アメリカン・ダッチスタイルの家庭料理を提供するレストラン・チェーン。略称「アンミラ」。店員が着用する独特のデザインのユニフォームは人気が高く、「萌え」の対象として語られることもある。日本第一号店は一九七三年にオープンした青山店（一九九五年閉店）。

●ランジェリーパブ（108頁）
通常のパブとしての接客営業に加え、接客する女性がみなランジェリー姿であることが大きな特徴である、風俗店の一形態。

●馬場（脳天唐竹割り／十六文キック）（109、110頁）
プロレスラー、ジャイアント馬場（本名・馬場正平／一九三八〜九九）と、その得意技より。もともとはプロ野球選手で、巨人〜大洋（当時）と移籍したが、ひじの軟骨を損傷したため引退し、プロレスラーの道を志した。のちに全日本プロレスを旗揚げし、アントニオ猪木の新日本プロレスとともに二大メジャー時代を牽引した。

●力道山（空手チョップ）（110頁）
プロレスラー力道山（一九二四〜六三）と、その得意技より。力道山は、戦後日本で活躍し、大人気を博したプロレスラーで、ジャイアント馬場やアントニオ猪木も彼の弟子であるなど、現在のプロレス界の礎を築いた人物である。

●「名曲喫茶」（111頁）
通常の喫茶店として飲食物を提供するほかに、音響装置を用いてクラシックをかけるという喫茶店のこと。一九五〇年代から登場し始め、一九六〇年代に全盛期を迎えた。高価な音響装置を用いるのが一般的で、曲目や演奏者のリクエストに応えることもする。

●大きなカエルの人形、オレンジ色の象の人形、眼鏡を掛けて笑っている、太った大男の人形（111頁）

それぞれ企業のマスコット人形で、順にケロちゃん（興和）、サトちゃん（佐藤製薬）、カーネル・サンダース人形（ケンタッキー・フライドチキン）。

●アングラ（113頁）

＝アンダーグラウンド。もともとこの言葉は旧来の体制に対する反発、批判を基にした反体制活動を指す。日本においてはおもに文化的側面における非商業的、革新的な前衛芸術を指すことが多く、代表的なものに唐十郎主宰の劇団「状況劇場」、寺山修司の演劇実験室「天井桟敷」などが挙げられ、これらが盛んだった六〇年代に、語句としての「アングラ」も人口に膾炙した。

●「non-no」「anan」（116頁）

それぞれ日本の女性誌。

「non-no」は一九七一年に集英社が創刊した。ファッション誌としての側面が強く、専属モデルから芸能界入りしたタレントに、小雪、西田尚美、松雪泰子らがいる。タイトルの「non-no」は花を意味するアイヌ語。

「anan」は平凡出版が一九七〇年に創刊した。情報誌としての側面を強く持ち、二〇代〜三〇代の女性に関するテーマ（恋愛・セックス、ファッション・メイク、ダイエット、旅行、占いなど）を幅広く扱う。タイトルの「anan」は創刊当時モスクワ動物園にいたパンダの名前より。

一九七〇年代半ばから八〇年代にかけて、この二誌の旅行特集を読んで旅する女性が急増し、「アンノン族」と呼ばれた。しかし、だんだんと二誌の提唱するライフスタイルに影響を受ける女性全般をこう呼称するようになっていき、死語化したため、現在ではほとんど使われない言葉となっている。

●『ポッキー』（117頁）

江崎グリコが一九六六年から発売しているスナック菓子の名称。現在では多数のラインナップがある。そのなかでも日本各地の名産を使用した「ジャイアント・ポッキー」が多数販売されており（北海道＝夕張メロン／京都＝抹茶あずき／神戸＝ワイン／九州＝日向の夏みかんなど）、本文中で発見された「ポッキー」はこれ。

●グレイシー柔術（119頁）
ブラジリアン柔術家のエリオ・グレイシー（一九一三〜）が創設した柔術の体系。バーリ・トゥードの世界において一大勢力を築く。日本では、ヒクソン（一九五九〜）が高田延彦（一九六二〜）を三度、船木誠勝（一九六九〜）を一度下した一連の試合や、ホイス（一九六六〜）、ホイラー（一九六五〜）、ヘンゾ（一九六七〜）、ハイアン（一九七四〜）の四人がPRIDEのリングで桜庭和志（一九六九〜）と繰り広げた一連の試合が有名。

●『てくまくまやこん、てくまくまやこん』（119頁）
赤塚不二夫による漫画（一九六二）、およびそれを原作としたアニメ「ひみつのアッコちゃん」（一九六九、一九八八、一九九八）で、主人公のアッコちゃんが変身する時の呪文がこれ。「テクマクマヤコン、テクマクマヤコン、〇〇（変身したいものが入る）にな〜れ」と唱える。ちなみに元に戻るときは「ラミパス　ラミパス　ルルルルル〜」。

第四章　グッドモーニング・バビロン！

●「グッドモーニング、バビロン！」Good Morning Babilonia（122頁）
映画（イタリア＝フランス）。一九八七年製作。パオロ・タヴィアーニ＆ヴィットリオ・タヴィアーニ監督、ヴィンセント・スパーノ、ヨアキム・デ・アルメイダほか出演。映画の父D・W・グリフィスの超大作「イントレランス」のセット建設に参加した、あるイタリア人兄弟を描いた人間ドラマの力作。

第五章　奇跡の人

●「奇跡の人」The Miracle Worker（148頁）
映画（アメリカ）。一九六二年製作。アーサー・ペン監督、アン・バンクロフト、パティ・デュークほか出演。ウィリアム・ギブソン作の同名戯曲を映画化したもの。ここでヘレン・ケラーを演じたパティ・デュークが、七九年のリメイク版ではサリヴァン先生を演じているのも興味深い。

●エンジェル（150頁）
テレビ、および映画「チャーリーズ・エンジェル」から。チャーリー探偵事務所に所属する三人の女探偵が主人公で、彼女たちのことを「エンジェル」と称する。テレビ版は一九七六年から一九八一年まで放映され、映画版は二〇〇〇年および二〇〇三年に公開された。

●シラケ世代（150頁）

七〇年代初頭の、何事にもやる気のない若者全般を指した言葉。このネーミングの根底には六〇年代、学園闘争に生きた世代とのギャップがある。

●大東京学園ブラザーズ・バンド（153頁）

ザ・ブルース・ブラザーズ・バンドから。アメリカのテレビ局NBCの人気番組「サタデー・ナイト・ライブ」（一九七五〜）の人気コーナー「ブルーズ・ブラザーズ」に登場するキャストと彼らが実際に結成したバンドを指す。ジョン・ベルーシ、ダン・エイクロイドを中心に、ジェームス・ブラウン、アレサ・フランクリン、キャブ・キャロウェイ、スティーヴ・クロッパーなど有名ミュージシャンを配した非常に豪華なメンツで、現在でもファンが多い。同コーナーはジョン・ランディス監督によって「ブルース・ブラザーズ」として映画化されたほか、一九九八年には続篇「ブルース・ブラザーズ2000」が製作され、すでに死去していたジョン・ベルーシおよびキャブ・キャロウェイ以外のキャストがほとんど再登場したほか、B・B・キングやエリック・クラプトンなど、さらなる有名ミュージシャンの新たなゲスト出演もあり、大きな話題を呼んだ。

●ヘンリー・マンシーニ『ピーター・ガンのテーマ』（153頁）
アメリカの作曲家・編曲家、ヘンリー・マンシーニ（一九二四～一九九四）がテレビ・シリーズ「ピーター・ガン」のために書いたメイン・テーマ。また、映画「ブルース・ブラザーズ」のオープニングにも用いられたため、そちらでも有名。

●クインシー・ジョーンズ『鬼警部アイアンサイドのテーマ』（155頁）
アメリカの作曲家・音楽プロデューサー、クインシー・ジョーンズ（一九三三～）がテレビ・シリーズ「鬼警部アイアンサイド」のために書いたメイン・テーマ。日本では三面記事などを扱ったテレビ番組「ウイークエンダー」のテーマとして知られている。

●ポール・モーリア『オリーブの首飾り』（157頁）
フランスの指揮者、作曲家、ピアニスト、チェンバロ奏者であるポール・モーリア（一九二五～）によるイージーリスニングの名曲。テレビでベタな演出のマジックが放映されるときにかかる。耳馴染みはあれど、誰の曲かわかる人は少ない……という、いわゆる曲が一人歩きするレベルにある有名曲。

●第六章　未知との遭遇

「未知との遭遇」Close Encounters of the Third Kind（167頁）

映画（アメリカ）。一九七七年製作。スティーヴン・スピルバーグ監督、リチャード・ドレイファス、フランソワ・トリュフォーほか出演。異星人とのコンタクトをテーマにすえた傑作SF映画。音楽監督を務めたジョン・ウィリアムス渾身のスコア・ワークも絶品。八〇年に新たなシーンを加えた「特別篇」が製作されている。

●「あ、ビートル目撃」（167頁）

一九七〇年代後半～八〇年代、フォルクス・ワーゲンを街で見かけると幸せになれるという都市伝説があった。ただし、黄色いものでないとだめだったり、三台見かけなければだめだったりと、伝えられている条件はまちまちである。

なお、フォルクス・ワーゲンの最後の一台は二十一世紀初頭にメキシコ工場で造られて、その長い歴史の幕を閉じることとなった。

●「ハッピーアイスクリーム！」（167頁）

会話中に口にした言葉がかぶったとき、どちらからともなくこの言葉を言うのが流行したことがあった（流行時期は諸説あるが、おおむね七〇年代後半から八〇年代前半）。

口にするのと同時に相手の身体を触る、早くこの言葉を言ったほうがアイスクリームをご馳走してもらえる、というパターンもある。

●「東京ドーム」（169頁）

東京都文京区にある日本初のドーム型野球場。後楽園球場を引き継ぐ形で、一九八八年のオープンから現在まで読売ジャイアンツの本拠地として利用されるほか、日本ハムファイターズが二〇〇三年まで本拠地としていた（現在は北海道に移転し、東京ドームは準本拠地のひとつとなっている）。

●『年増園』（170頁）

東京都練馬区にある遊園地「豊島園」（一九二六年〜）から。

●諸宇博士（170頁）

H・G・ウエルズ『モロー博士の島』（一八九六）の登場人物から。絶海の孤島で、獣を改良し新しい人類を創り出そうとする。

●『ハイドロポリス』（170頁）

豊島園では、もともとあったプールに付随する形で一九八八年に巨大滑り台をオープンさせた。その名称がこれ。一九八九年にはハイドロポリス2が導入されている。

●回転しながら空を飛ぶ亀（170頁）

一九六五年製作の「大怪獣ガメラ」に始まる大映の特撮映画に登場する怪獣、ガメラのこと。東宝のゴジラとならび、特撮怪獣映画を代表する人気怪獣。なお、一九九五年には「ガメラ 大怪獣空中決戦」で復活を遂げ、平成三部作として「ガメラ3 〈イリス〉覚醒」（一九九九）までが製作されたほか、二〇〇六年には「小さき勇者たち～ガメラ～」が公開された。

●人面犬／ツチノコ（170頁）

それぞれ幻の動物。一九九〇年代に目撃談が相次いだ。

人面犬は、その名の通り人の顔をもち、喋る犬。目撃談は大きく分けて二つあり、深夜の高速道路で車に追いすがり、抜かれた車は交通事故に遭うというものと、繁華街でゴミ箱を漁り、不審に思った店員や通行人が声をかけると「ほっといてくれよ」と喋る、というもの。都市伝説の一種。

ツチノコはどちらかというと、よりUMA（未確認動物）に近い。目撃談を総合すると、胴の中央部が膨れており、マムシのような毒をもっているとされている。噂の中には酒好きだというものまである。

●両国国技館（173頁）
東京都墨田区横網にある大相撲興行のための施設。一九〇九年に完成し、その年の六月場所から一九五四年まで大相撲興行で使われた。しかし太平洋戦争中から戦後にかけては日本軍やGHQに接収され、五四年から八四年にかけての大相撲興行は蔵前国技館で行なわれた。現在の両国国技館は八五年に完成した二代目で、ボクシング、プロレスなど格闘技の興行も行なわれている。

●K-1（175頁）
立ち技系格闘技の総合イベント「K-1」から。正道会館館長の石井和義と空手家佐竹雅昭が中心となって一九九三年に開催された。現在はヘビー級ほか、ミドル級の選手のために設立された「MAX」、そして総合格闘技分野に進出した「HERO'S」（基本的にK-1の名前は謳っていない）が開催されている。

●エンセン井上（175頁）

ハワイ出身の日系人総合格闘家、プロレスラー（一九六七〜）。キャッチフレーズは「大和魂」。修斗ヘビー級、PRIDEなどに参戦。プロレスでは新日本プロレス、リキプロ、ビッグマウス・ラウドなどを主戦場にしている。

●たちまち黒板消しが落ちてきて（177頁）
学校の黒板に書かれたチョークの文字を消すのが黒板消し。しかし、本来の用途とは別に、白い粉が出るところからたびたび悪戯に用いられた。黒板消しをドアにはさみ、入ろうとした者の頭に落とすというものである。学園ドラマで新任教師が赴任してくるときの定番シーンだった。

●浪人回し（178頁）
シャープペンシル、ボールペンなどを手で回す、いわゆる「ペン回し」のこと。没頭しすぎると浪人する、などのイメージからこのように呼ばれることがある。

●『ブリタニカ』（181頁）
『ブリタニカ百科事典』から。一七七一年にイギリスで初版三巻が発売された。その後資金難のためアメリカから発行されるようになり、現在では第十六版（三十二巻）が刊行中。CD‐ROMやDVD‐ROMの形式でも販売されているほか、オンライン検索サービスも用意されている。

●バルセロナオリンピックの柔道の試合（187頁）
古賀稔彦（男子七十一キロ級）の金メダルが話題を呼んだ。オリンピック直前に吉田秀彦（男子七十八キロ級で同じく金メダルを獲得）との乱取り中に左膝を負傷し、本番が危ぶまれたが、痛み止めを打ちながら見事金メダルを獲得した姿は大きな感動を呼んだ。そのほか、小川直也（男子九十五キロ級）、田辺陽子（女子七十二キロ超級）、田村亮子（女子四十八キロ級）、溝口紀子（女子五十二キロ級）、田子七十二キロ級）が銀メダルを獲得し、越野忠則（男子六十キロ級）、岡田弘隆（男子八十六キロ級）、立野千代里（女子五十六キロ級）、坂上洋子（女子七十二キロ級）が銅メダルを獲得した。

●『エクソシスト』（193頁）
「エクソシスト」The Exorcist／映画（アメリカ）。一九七三年製作。ウィリアム・フリードキン監督、ウィリアム・ピーター・ブラッティ原作、リンダ・ブレア、エレン・バースティン、マックス・フォン・シドーほか出演。十二歳の少女に取り憑いた悪魔と二人の神父の闘いを描いたホラー作品。「オカルト」という言葉がブームとなるきっかけを作った。マイク・オールドフィールド畢生の大曲「チューブラー・ベルズ」が作品の雰囲気をさらに盛り上げる。

●ウエスト（193頁）

「洋菓子舗ウエスト」（一九四七年一月創業）のこと。パイ、クッキーの販売のほか、銀座本店、青山店、目黒店、日本橋三越新館「レトロカフェ」では喫茶が愉しめる。

第七章　魚が出てきた日

●「魚が出てきた日」The Day The Fish Came Out（195頁）

映画（イギリス）。一九六七年製作。マイケル・カコヤニス監督、トム・コートネイ、サム・ワナメイカーほか出演。「その男ゾルバ」などのギリシャの巨匠、カコヤニス監督が手がけた異色SF作品。映画「Z」の音楽で名を馳せたミキス・テオドラキスのスコアがカラフルな近未来を彩る。

●サタデー・ナイト・フィーバー（197頁）

映画「サタデー・ナイト・フィーバー」Saturday Night Fever／アメリカ。一九七七年製作。ジョン・バダム監督、ジョン・トラヴォルタ、カレン・リン・ゴーニイほか出演。ダンスというフィルターを通して描く異色の青春映画。ジョン・トラヴォルタの出世作となった。ビー・ジーズ「スティン・アライヴ」とともに製作当時ディスコ・ブームを巻き起こした。

●『波の立つお堀』（212頁）
豊島園の流れるプール、波のプールから。

第八章　若者のすべて

●「若者のすべて」Rocco e i Suoi Fratelli（220頁）
映画（イタリア）。一九六〇年製作。ルキノ・ヴィスコンティ監督、アラン・ドロン、アニー・ジラルドほか出演。ヴィスコンティの傑作の一本で、イタリア南部からミラノに移住してきた貧しい一家の運命をまるで叙事詩のように重厚かつ壮大に描写した。

●昔流行ったSF映画のファンが、その中の登場人物を真似して作ったマスク（220頁）
映画「スター・ウォーズ」シリーズに登場するキャラクター、ダース・ベイダーのマスク。

第九章　招かれざる客

●「招かれざる客」Guess Who's Coming to Dinner（239頁）
映画（アメリカ）。一九六七年製作。スタンリー・クレイマー監督、スペンサー・トレイシー、キャサリン・ヘップバーン、シドニー・ポワチエほか出演。人種の壁を越えて結婚を誓い合う一組のカップルを中心に、いまだ厳然と横たわる人種差別を告発した問題作。当時の白人の視点が皮肉たっぷりに描き出されているのが印象的。

●ドッヂボール（244頁）
バレーボールなどのボールを使い、敵にボールをぶつけるゲーム。大人数で二つに分かれ、ボールを当てられた者は陣地の中（内野とも言われる）から外（外野ともいわれる）に出る。先に陣地の中からプレイヤーがいなくなった側のチームが負けとなる。

●「ボールは発射されてから十秒後に爆発するようにセットされてる〜それでは、健闘を祈る〜」（249頁）
テレビ・ドラマ「スパイ大作戦」（一九六六〜七三）中のセリフ「なお、このテープは自動的に消滅する。成功を祈る」（声の出演＝大平透）より。なお、一九九六年にはトム・クルーズとブライアン・デ・パルマ監督がタッグを組み、「ミッション・インポシブル」として映画化された。映画のシリーズは監督を変え、現在第三作まで製作されている。

第十章　旅芸人の記録

●「旅芸人の記録」O Thiassos（263頁）

映画（ギリシャ）。一九七五年製作。テオ・アンゲロプロス監督、エヴァ・コタマニドゥ、ペトロス・ザルカディスほか出演。旅芸人の一座の視点を通じて、二百三十二分という長尺のなかにギリシア現代史を幅広く総括した叙事詩。神話、演劇、歴史、そして現実が絶妙なコントラストでせめぎ合うさまはまさに圧巻。

●「大東京学園には空がない」（266頁）

日本の彫刻家、詩人である高村光太郎（一八八三〜一九五六）が一九四一年に著した詩集である『智恵子抄』内の一節「東京には空がない」のパロディ。

●「腐った卵は一つのカゴに入れて見張る」（268頁）

映画「大脱走」で、ハンネス・メッセマー演じる捕虜収容所所長の台詞。映画「アルカトラズからの脱出」（一九七九）に登場する、パトリック・マクグーハン演じる刑務所所長が全く同じ台詞を言っている。

●シベリアンハスキー／ゴールデンレトリーバー（277頁）

両方とも大型犬種。シベリアンハスキーは佐々木倫子の漫画『動物のお医者さん』（一九八七〜九三）の大ヒットの影響で、ハスキー犬ブームをよんだ。

●新宿ゴールデン街（278頁）

新宿区歌舞伎町にある、日本の文壇と密接にかかわってきた特殊な歓楽街。日本冒険小説協会会長内藤陳の経営するバー〈深夜プラスワン〉もここにある。

●コマ劇場／コマ劇場前の噴水に飛び込む（278、281頁）

現在は「演歌の殿堂」として数々の大物演歌歌手の公演が催される、新宿コマ劇場のこと。かつてコマ劇場前には噴水があったが、現在は壊されてただの広場になっている。早稲田の学生は早慶戦に勝っても負けてもこの噴水に飛び込むのが慣習になっていた。

●花園神社（278頁）

新宿にある神社。正式名称は「東京新宿鎮座　花園神社」。繁華街、特に新宿二丁目が近いからか、年の暮れの午前二時〜三時ともなると、見目麗しいニューハーフのお姉様が大挙して訪れる……とか訪れない……とか。

●黒いテント小屋／暗黒舞踏系（279頁）

それぞれ、演出家・佐藤信、山元清多らによって運営される劇団「劇団黒テント」、土方巽、大野一雄による現代舞踊の一種「暗黒舞踏」から。両者ともいわゆる「アングラ」「前衛芸術」の流れに位置し、熱狂的フォロワーがついている。

●『リカちゃん』（282頁）

タカラ（現タカラトミー）が一九六七年に生んだ、日本の着せ替え人形キャラクター。本名は香山リカ。累計出荷数は四千万体を超え、リカちゃんだけでなく、その家族、恋人、友人……といったふうにその世界観を拡げ続ける一大ヒットブランド。

第十一章　自転車泥棒

●「自転車泥棒」Ladri Di Biciclette（289頁）

映画（イタリア）。一九四八年製作。ヴィットリオ・デ・シーカ監督、ランベルト・マジョラーニ、エンツォ・スタヨーラほか出演。「靴みがき」に続いて、デ・シーカ監督と脚本家チェーザレ・ザヴァッティーニのコンビが送るネオ・レアリズモの傑作。作品を通じて、敗戦国イタリアの現状を痛烈に浮き彫りにした。

●地下組織「緑の豆」（293頁）
環境保護団体「グリーンピース」より。

●ウツノミヤタカアキ、オグラノリタケ（296頁）
とんねるずの石橋貴明、木梨憲武の名前から。よってこの二人は結束が固い。

●早い、安い、うまい。（302頁）
牛丼チェーン店「吉野家」のスローガン。漫画「キン肉マン」で、主人公キン肉マンが歌ったこともあり、ヒットした。

第十二章　太陽は夜も輝く

●「太陽は夜も輝く」Il Sole Anche di Notte（312頁）
映画（イタリア＝フランス）。一九九〇年製作。パオロ・タヴィアーニ＆ヴィットリオ・タヴィアーニ監督、ジュリアン・サンズ、ナスターシャ・キンスキー、シャルロット・ゲンズブールほか出演。トルストイの自伝的作品『神父セルギイ』を題材に、人生の意味を深く追求した作品。

●「学生街の喫茶店」（312頁）
近年ソフト・ロックの流れで再評価されるフォークグループのガロ（一九七一～七六）による、一九七二年のヒット曲……であるが、当初は「美しすぎて」のB面として発売された。作詞は「翼をください」の山上路夫、作曲は「恋のフーガ」のすぎやまこういち、編曲は「太陽にほえろ！」の大野克夫。

●人魂みたいな模様のついた色付きの鉢巻（312頁）
ペイズリー柄のバンダナから。ペイズリー柄は松かさやしの葉、糸杉、マンゴー、生命の樹などを図案化した模様のこと。勾玉に見えることから、日本では勾玉模様とも呼ばれる。英国のブランド「エトロ」がペイズリー柄をあしらったコレクションを発表したことなどが影響し、一時期流行した。

●れすか　くりーむそーだ　なぽりたん　もーにんぐ　ふらっぺ　なたでここ（313頁）
れすか＝レモンスカッシュ。現在では死語となっている。なたでここ＝ナタデココ。

ココナッツの汁を発酵させたもので、独特の食感を持つ。日本では一九九三年ごろブームとなり、定着した。

●白いギター（313頁）
フォーク・ミュージック全盛期、長髪で白いギターを持って歌うのが流行した。また当時チェリッシュの歌で「白いギター」という曲がある。

●鼻のない黄色い顔（313頁）
通称「ニコニコマーク」のこと。

●「白馬」と書いた三角の布（313頁）
日本の観光地では、その地名を大きくあしらったペナントが売られている。本文中のペナントは長野県の白馬地方の土産物屋で入手したもの。

●「ラブアンドピース」（314頁）
ベトナム戦争当時、反戦運動家のあいだで流行したスローガン。

●「ハッピバースデーミスタプレジデント」（317頁）
一九六二年五月十九日、かねてから交際があったジョン・F・ケネディ大統領の誕生パーティ（マディソン・スクエア・ガーデンでおこなわれた）に招かれたマリリン・モンローは、なまめかしいドレスに身を包み、「ハッピー・バースデイ」を歌った。映像と音も現存しており、いまや歴史的なドキュメントとなっている。なお、彼女はこのパーティのわずか二カ月あまり後に不審死を遂げ、その翌年にはケネディ大統領も暗殺された。

●昭和のマッチョな、鏡だらけの建物で割腹自殺を遂げた人気作家がアレンジしたのがこれ（320頁）
昭和のマッチョな〜人気作家＝三島由紀夫、アレンジした（作品）＝『近代能楽集』。

●マッチョな作家の衣鉢を継ぐ男が、ある著名な探偵小説作家の、腕に刺青をした女盗賊の話をアレンジして書いた話（323頁）
マッチョな作家の衣鉢を継ぐ男＝橋本治、ある著名な探偵小説作家＝江戸川乱歩、腕に刺青をした女盗賊の話＝『黒蜥蜴』、アレンジして書いた話＝『女賊』。

●「ユースホステル」（326頁）
安価な宿泊場所を青少年に提供する意図でドイツからはじまった宿泊施設のこと。もしくはその運動。二〇〇六年現在、世界約八十カ国、約五千五百カ所の施設がある。

●『額縁ショー』（330頁）
一九四七年、新宿帝都座（現マルイデパート）五階小劇場で行なわれた日本最初のヌードショー。第一次大戦後のベルリンで流行した「生きた大理石像」（全裸の女性がギリシャ・ローマ時代の彫像を模したポーズをとる）をもとに考えられた。半裸の女性がポーズをとり、ステージ上の額縁の中で名画を模したポーズをとるというもので、大評判を呼んだ。

●『マイムマイム』（331頁）
イスラエルの民謡。水を掘り当てて喜び歌い踊る人たちの様を描いたもの。日本では「ジェンカ」や「オクラホマ・ミキサー（藁の中の七面鳥）」と並んで、フォークダンスの定番となっている。

第十三章　恐怖の報酬

●「恐怖の報酬」Le Salaire de la Peur（332頁）
映画（フランス）。一九五三年製作。アンリ＝ジョルジュ・クルーゾー監督、イヴ・モンタン、シャルル・ヴァネルほか出演。遠く離れた南米の油田で発生した大火災を消火するため、賞金を目当てにニトログリセリンを運搬する男たちを描いた傑作サスペンス。一九七七年にはラスト・シーンが異なるウィリアム・フリードキン監督、ロイ・シャイダーほか出演によるリメイク版が製作されている。

●「一晩中日本」（333頁）
ラジオ番組「オールナイトニッポン」より。一九六七年より、ニッポン放送をキーステーションに、全国で放送されている。司会者のことをパーソナリティと呼び、現在に至るまで、圧倒的な支持を得て長期間担当するパーソナリティが何組も出ている。特に笑福亭鶴光（一九七四年四月〜一九八五年五月）、ビートたけし（一九八一年一月〜一九九〇年十二月）などは現在では伝説として語り継がれている。二〇〇六年現在、もっとも長寿のパーソナリティはナインティナイン（一九九四年四月〜）。

●「メリーさんの羊」（333頁）

アメリカ民謡。早川書房に電話をかけると、保留の待ち時間にこの曲が流れる。

第十四章　私はかもめ

●「私はかもめ」Ya Chaika（353頁）
映画（ソ連）。一九六三年製作。ドミトリー・ボゴレポフ監督。一九六三年、女性初の宇宙飛行を行なったワレンチナ・テレシコワのドキュメンタリー。ボストーク六号による軌道飛行中に彼女が送ったコールサイン「私はかもめ」は世界的に知れ渡った。

●トロワグロ（362頁）
フランスの三ツ星レストラン。一九八三年に小田急百貨店と業務提携をし、以降本国のレシピを再現するメニューが日本でも楽しめるようになった。

●銀座の木村屋（362頁）
明治二年創業のパン屋。米と麹で生地を発酵させる「酒種あんぱん」で有名。

●フォートナム・メイソン（362頁）
英国王室御用達の総合高級食品ブランド。一七〇七年創業。日本ではオリジナル・ブランドの紅茶が有名。

●「ミナミ、じゃないし、オオバ、でもないし、確か、コイズミ——」（366頁）

それぞれ南沙織、大場久美子、小泉今日子。

南沙織は一九五四年七月二日生まれのアイドル歌手。一九七一年に「17才」でデビューし、大人気となった。上智大学に進学し、学業に専念という理由で引退。のちに写真家篠山紀信と結婚した。

大場久美子は、一九六〇年一月六日生まれの歌手、女優。テレビ番組「コメットさん」（一九七八年六月〜一九七九年九月）のヒロインをつとめたことで一躍全国的人気を得た。歌手としてのデビュー曲は一九七七年の「あこがれ」。一九七九年にはさよならコンサートをひらき、「私は女優の世界にお嫁に行きます」という名言を残した。

小泉今日子は一九六六年二月四日生まれの歌手、女優。日本テレビのオーディション番組「スター誕生」出身で、一九八二年「私の16歳」で歌手デビュー。一九九一年「あなたに会えてよかった」で自身初のミリオンセラーを記録した。女優としても数々の連続ドラマ、映画に出演するほか、CMでも爆発的な人気を誇った。

●Strawberry Fields Forever（371頁）

ザ・ビートルズ「ストロベリー・フィールズ・フォーエバー」より。「ペニー・レイン」との両A面シングル（一九六七）として、アルバム『サージェント・ペパーズ・ロンリー・ハーツ・クラブ・バンド』（一九六七）に先行する形（しかしこのシングルは両方ともこのアルバムには収められておらず、『マジカル・ミステリー・ツアー』〔一九六七〕に収録）で発売された。タイトルにもある「ストロベリー・フィールズ」はジョン・レノンの故郷にある孤児院「ストロベリー・フィールド（単数形）」にちなんだもの。

●「大鴉」（373頁）
エドガー・アラン・ポオの詩のタイトルより。

エドガー・アラン・ポオ（一八〇九～一八四九）はアメリカの小説家、詩人。日本のミステリ作家江戸川乱歩はポオの名前をもじってつけられたもの。探偵オーギュスト・デュパンが登場する短篇「モルグ街の殺人」はミステリの祖として位置づけられている。「大鴉」は一八四五年に代表的な詩作を集めて出版されたもの。

●「地獄の季節」（373頁）
アルチュール・ランボーの詩集のタイトルより。

アルチュール・ランボー（一八五四〜一八九一）は十九世紀に活躍したフランスの象徴派詩人。同じくフランスの詩人ポール・ヴェルレーヌによって才能を見出され、同時に恋愛関係になる。しかし一八七三年に別離を迎え、その後『地獄の季節』を著した。

●ラプンツェル（374頁）

『グリム童話』に収録されている作品。なかなか子供に恵まれなかった夫婦がようやく授かった子供だったが、妻が魔女の館のラプンツェルを食べないと死んでしまう、と言ったため、夫は生まれる予定の子供と引き換えにラプンツェルを手に入れた。生まれた女の子はラプンツェルと名づけられ、魔女によって塔に幽閉されてしまう……。

●ああ、ヒースクリフ！（376頁）

エミリー・ブロンテ『嵐が丘』より。

エミリー・ブロンテ（一八一八〜一八四八）はイギリスの小説家、詩人。姉のシャーロット、妹のアンとあわせて「ブロンテ姉妹」と呼ばれる。『嵐が丘』は一八四七年に彼女が発表した唯一の長篇。ヨークシャー州ヒースの荒れ果てた館「嵐が丘」を舞台とした物語で、ヒースクリフは館の主人。エミリーの死後、サマセット・モームなどの絶賛によって急激に評価が高まった。

●第十五章　軽蔑

「軽蔑」Le Mépris（379頁）

映画（フランス）。一九六三年製作。ジャン＝リュック・ゴダール監督。ミシェル・ピッコリ、ブリジット・バルドー、フリッツ・ラングほか出演。アルヴェルト・モラヴィアの小説をもとに、映画産業の黄昏と、当時の妻アンナ・カリーナとの関係に悩むゴダール自身の姿とをメロドラマの中に溶け込ませた、ヌーヴェル・ヴァーグの名作の一本。

著者註——第十二章の台詞の一部は、三島由紀夫『近代能楽集』（新潮文庫）、橋本治『女賊』（集英社）から引用させていただきました。

話題作

山本周五郎賞受賞
ダック・コール
稲見一良

ドロップアウトした青年が、河原の石に鳥を描く中年男性に惹かれて夢見た六つの物語。

吉川英治文学賞受賞
死の泉
皆川博子

第二次大戦末期、ナチの産院に身を置くマルガレーテが見た地獄とは？　悪と愛の黙示録

日本推理作家協会賞受賞
沈黙の教室
折原　一

いじめのあった中学校の同窓会を標的に、殺人計画が進行する。錯綜する謎とサスペンス

暗闇の教室 Ⅰ百物語の夜
折原　一

干上がったダム底の廃校で百物語が呼び出す怪異と殺人。『沈黙の教室』に続く入魂作！

暗闇の教室 Ⅱ悪夢、ふたたび
折原　一

「百物語の夜」から二十年後、ふたたび関係者を襲う悪夢。謎と眩暈にみちた戦慄の傑作

原尞の作品

そして夜は甦る

高層ビル街の片隅に事務所を構える私立探偵沢崎、初登場！　記念すべき長篇デビュー作

直木賞受賞

私が殺した少女

私立探偵沢崎は不運にも誘拐事件に巻き込まれる。斯界を瞠目させた名作ハードボイルド

さらば長き眠り

ひさびさに事務所に帰ってきた沢崎を待っていたのは、元高校野球選手からの依頼だった

愚か者死すべし

事務所を閉める大晦日に、沢崎は狙撃事件に遭遇してしまう。新・沢崎シリーズ第一弾。

日本冒険小説協会賞最優秀短編賞受賞

天使たちの探偵

沢崎の短篇初登場作「少年の見た男」ほか、未成年がからむ六つの事件を描く連作短篇集

次世代型作家のリアル・フィクション

マルドゥック・スクランブル
The 1st Compression——圧縮〔完全版〕
冲方　丁

自らの存在証明を賭けて、少女バロットとネズミ型万能兵器ウフコックの闘いが始まる。

マルドゥック・スクランブル
The 2nd Combustion——燃焼〔完全版〕
冲方　丁

ボイルドの圧倒的暴力に敗北し、ウフコックと乖離したバロットは〝楽園〟に向かう……

マルドゥック・スクランブル
The 3rd Exhaust——排気〔完全版〕
冲方　丁

バロットはカードに、ウフコックは銃に全てを賭けた。喪失と安息、そして超克の完結篇

マルドゥック・ヴェロシティ1〔新装版〕
冲方　丁

過去の罪に悩むボイルドとネズミ型兵器ウフコック。その魂の訣別までを描く続篇開幕！

マルドゥック・ヴェロシティ2〔新装版〕
冲方　丁

都市政財界、法曹界までを巻きこむ巨大な陰謀のなか、ボイルドを待ち受ける凄絶な運命

次世代型作家のリアル・フィクション

マルドゥック・ヴェロシティ3〔新装版〕
冲方 丁
都市の陰で暗躍するオクトーバー一族との戦いに、ボイルドは虚無へと失墜していく……

ブルースカイ
桜庭一樹
あたし、せかいと繋がってる――少女を描き続ける直木賞作家の初期傑作、新装版で登場

サマー／タイム／トラベラー1
新城カズマ
あの夏、彼女は未来を待っていた――時間改変も並行宇宙もない、ありきたりの青春小説

サマー／タイム／トラベラー2
新城カズマ
夏の終わり、未来は彼女を見つけた――宇宙戦争も銀河帝国もない、完璧な空想科学小説

零式
海猫沢めろん
特攻少女と堕天子の出会いが世界を揺るがせる。期待の新鋭が描く疾走と飛翔の青春小説

神林長平作品

あなたの魂に安らぎあれ

火星を支配するアンドロイド社会で囁かれる終末予言とは!? 記念すべきデビュー長篇。

帝王の殻

携帯型人工脳の集中管理により火星の帝王が誕生する――『あなたの魂～』に続く第二作

膚《はだえ》の下 上下

無垢なる創造主の魂の遍歴。『あなたの魂に安らぎあれ』『帝王の殻』に続く三部作完結

戦闘妖精・雪風〈改〉

未知の異星体に対峙する電子偵察機〈雪風〉と、深井零の孤独な戦い――シリーズ第一作

グッドラック 戦闘妖精・雪風

生還を果たした深井零と新型機〈雪風〉は、さらに苛酷な戦闘領域へ――シリーズ第二作

神林長平作品

敵は海賊・海賊版

海賊課刑事ラテルとアプロが伝説の宇宙海賊匋冥に挑む！　傑作スペースオペラ第一作。

敵は海賊・猫たちの饗宴

海賊課をクビになったラテルらは、再就職先で仮想現実を現実化する装置に巻き込まれる

敵は海賊・海賊たちの憂鬱

ある政治家の護衛を担当したラテルらであったが、その背後には人知を超えた存在が……

敵は海賊・不敵な休暇

チーフ代理にされたラテルらをしりめに、人間の意識をあやつる特殊捜査官が匋冥に迫る

敵は海賊・海賊課の一日

アプロの六六六回目の誕生日に、不可思議な出来事が次々と……彼は時間を操作できる!?

神林長平作品

敵は海賊・A級の敵

宇宙キャラバン消滅事件を追うラテルチームの前に、野生化したコンピュータが現われる

敵は海賊・正義の眼

純粋観念としての正義により海賊を抹殺する男が、海賊課の存在意義を揺るがせていく。

敵は海賊・短篇版

海賊版でない本家「敵は海賊」から、雪風との競演「被書空間」まで、4篇収録の短篇集。

永久帰還装置

火星で目覚めた永久追跡刑事は、世界の破壊と創造をくり返す犯罪者を追っていたが……

ライトジーンの遺産

巨大人工臓器メーカーが残した人造人間、菊月虹が臓器犯罪に挑む、ハードボイルドSF

野尻抱介作品

太陽の簒《さん》奪《だつ》者《しゃ》

太陽をとりまくリングは人類滅亡の予兆か？
星雲賞を受賞した新世紀ハードSFの金字塔

沈黙のフライバイ

名作『太陽の簒奪者』の原点ともいえる表題
作ほか、野尻宇宙SFの真髄五篇を収録する

南極点のピアピア動画

「ニコニコ動画」と「初音ミク」と宇宙開発
の清く正しい未来を描く星雲賞受賞の傑作。

ふわふわの泉

高校の化学部部長・浅倉泉が発見した物質が
世界を変える――星雲賞受賞作、ついに復刊

ヴェイスの盲点

ロイド、マージ、メイ――宇宙の運び屋ミリ
ガン運送の活躍を描く、〈クレギオン〉開幕

小川一水作品

第六大陸1

二〇二五年、御鳥羽総建が受注したのは、工期十年、予算千五百億での月基地建設だった

第六大陸2

国際条約の障壁、衛星軌道上の大事故により危機に瀕した計画の命運は……。二部作完結

復活の地I

惑星帝国レンカを襲った巨大災害。絶望の中帝都復興を目指す青年官僚と王女だったが…

復活の地II

復興院総裁セイオと摂政スミルの前に、植民地の叛乱と列強諸国の干渉がたちふさがる。

復活の地III

迫りくる二次災害と国家転覆の大難に、セイオとスミルが下した決断とは？　全三巻完結

小川一水作品

老ヴォールの惑星
SFマガジン読者賞受賞の表題作、星雲賞受賞の「漂った男」など、全四篇収録の作品集

時砂の王
時間線を遡行し人類の殲滅を狙う謎の存在。撤退戦の末、男は三世紀の倭国に辿りつく。

フリーランチの時代
あっけなさすぎるファーストコンタクトから宇宙開発時代ニートの日常まで、全五篇収録

天涯の砦
大事故により真空を漂流するステーション。気密区画の生存者を待つ苛酷な運命とは？

青い星まで飛んでいけ
閉塞感を抱く少年少女の冒険から、人類の希望を受け継ぐ宇宙船の旅路まで、全六篇収録

著者略歴　1964年生，作家　著書『六番目の小夜子』『光の帝国　常野物語』『ユージニア』『中庭の出来事』『蜜蜂と遠雷』他多数

HM=Hayakawa Mystery
SF=Science Fiction
JA=Japanese Author
NV=Novel
NF=Nonfiction
FT=Fantasy

ロミオとロミオは永遠《えいえん》に
〔上〕

〈JA855〉

二〇〇六年七月三十一日　発行
二〇一七年一月二十五日　三刷
（定価はカバーに表示してあります）

著者　恩《おん》田《だ》陸《りく》
発行者　早川浩
印刷者　大柴正明
発行所　株式会社　早川書房
郵便番号　一〇一 - 〇〇四六
東京都千代田区神田多町二ノ二
電話　〇三 - 三二五二 - 三一一一（大代表）
振替　〇〇一六〇 - 三 - 四七七九九
http://www.hayakawa-online.co.jp

乱丁・落丁本は小社制作部宛お送り下さい。
送料小社負担にてお取りかえいたします。

印刷・株式会社亨有堂印刷所　製本・株式会社フォーネット社

ISBN978-4-15-030855-1 C0193